COOPER TRAINING

Collection New Romance® créée par Hugues de Saint Vincent
et dirigée par Arthur de Saint Vincent

Collection dirigée par Franck Spengler
Ouvrage dirigé par Roxane Maffre
34-36, rue La Pérouse
75116 Paris
www.hugoetcie.fr

Image de couverture : © Shutterstock et © iStock
Couverture : Marion Rosière

ISBN : 9782755641813
Dépôt légal : mai 2019
Imprimé en Espagne

MALORIA CASSIS

COOPER TRAINING

CALVIN

Hugo Poche

NEW ROMANCE®

PROLOGUE

Vu le poids léger de mon vieux sac en toile, je prends subitement conscience que je n'avais pas accumulé beaucoup d'affaires chez Nick ces dernières semaines. Adolescente, ce même sac transportait ma serviette de plage et mon éternelle paire de lunettes de soleil à la place de mes manuels de cours. Signe évident que je faisais les choses à l'envers, même à l'époque. Il n'est peut-être pas étonnant que je me retrouve donc aujourd'hui en pleurs au pied de l'immeuble de celui qui vient de devenir mon ex-petit ami.

Comme ça, on pourrait croire que mes larmes lui sont destinées. Pourtant, ce n'est pas le cas. En réalité, mes sanglots amers trahissent mon angoisse d'être responsable d'un petit être d'ici quelques mois. Et tout le monde sait que m'associer au mot « responsable » est particulièrement grotesque. Du plus loin que je m'en souvienne, j'ai toujours vécu au jour le jour sans me soucier des conséquences d'un éventuel lendemain. La preuve en est que je n'ai actuellement pas de boulot et n'en cherche pas. Je préfère profiter de la vie à San Diego et de ses plages pour parfaire mon teint doré naturel. Et c'est sur celle de Pacific Beach que j'ai rencontré celui qui vient de me foutre à la porte. Lorsqu'il s'est présenté à moi dans sa combinaison de surf, une planche à la main, les cheveux mouillés et avec un sourire en coin il y a bientôt deux ans, je n'ai pas résisté.

Avec le recul, et si je dois être honnête, je réalise que notre couple a perdu de sa complicité de départ depuis quelque temps déjà. Nick a toujours eu le nez dans ses jeux vidéos tandis que j'avais besoin d'air frais. Il nous est arrivé plusieurs fois de nous disputer car il ne comprenait pas ma nécessité de faire des choses à deux. Quand je voulais me prélasser au soleil, lui restait enfermé toute la journée à avancer sur sa *map*[1] et à battre son record de *kill*[2]. J'ai bien tenté de le remuer en lui proposant des sorties matinales, histoire qu'il puisse jouer l'après-midi tranquillement, mais puisque même ses nuits sont réservées au *gaming*, il n'est jamais parvenu à sortir du lit. Les rares fois où il s'est forcé à me suivre, il était d'une humeur de chien à cause du manque de sommeil. Notre seule entente restait donc finalement sous la couette… quand l'adrénaline du gagnant coulait dans ses veines.

1. Carte de jeu.
2. Élimination.

Je pleure de plus belle en réalisant que je me suis fait mettre en cloque entre deux parties de *Fortnite*[3].

Il m'est impossible de retourner vivre chez mes parents. Je ne supporterai pas d'entendre ma mère me rabâcher à longueur de journée que je la déçois, que je ne suis pas capable de faire quelque chose de bien de ma vie et que je devrais davantage prendre exemple sur ma sœur. Il faut dire qu'Amy a placé la barre haute. Elle bosse de jour, mais son ambition professionnelle la motive à suivre en plus des cours de droit certains soirs de la semaine. Elle vise un poste d'assistante juridique au sein d'un grand cabinet d'avocats, et je sais par avance qu'elle l'obtiendra. Parce que rien ne résiste à Amy, si elle décide de l'obtenir.

En plus d'être cette figure de modèle qui me met la pression depuis que je suis née, Amy est une femme bienveillante qui a le cœur sur la main. C'est la raison pour laquelle c'est son numéro à elle que je compose afin de recevoir de l'aide. En bonne Samaritaine qu'elle est, ma sœur ne me laissera jamais moisir sur ce trottoir, même si je le mérite.

Non, mais franchement, Erin… Te retrouver enceinte à à peine vingt ans, c'est de loin la plus belle connerie que tu pouvais faire !

Il est peut-être temps de mûrir et de me comporter en adulte. Surtout qu'il ne s'agit plus uniquement de moi, désormais. Je dois cesser d'être égoïste et

3. Jeu vidéo.

commencer à prendre ma vie en main pour cette petite chose qui grandit dans mon ventre et qui aura certainement besoin d'une maman avec la tête sur les épaules.

– Allô ?

– Amy ? énoncé-je en reniflant.

– Tu pleures ? Qu'est-ce qu'il se passe ?

– J'ai besoin de toi.

– Tu sais que je plaisantais quand je disais que j'étais prête à cacher un corps pour toi, n'est-ce pas ?

– Je suis enceinte, et Nick m'a virée de son appartement.

Un silence de quelques secondes suit ma déclaration. De toute évidence, ma sœur peine à réaliser la dernière de mes conneries. Encore une, doit-elle se dire. Et pas des moindres

– Où es-tu ? Je viens te chercher.

Qu'importe la situation, Amy ne m'abandonnera jamais.

Du bout des doigts, je sèche alors mes larmes et me fais la promesse de ne plus en verser. J'ai un petit peu moins de neuf mois pour me prendre en main et devenir la meilleure des mamans. Pour mon enfant, je serai forte. Je me le promets.

***

Deux ans plus tard

Je referme la porte d'entrée et balaie du regard mon appartement. Oui, *mon* appartement ! À moi !

Nous venons de passer plusieurs heures à tout installer avec Amy, mais je peine encore à réaliser que, ça y est, j'ai quitté le nid douillet que ma sœur avait créé pour Léon et moi, et ai pris mon envol. C'est un pas en avant très significatif à mes yeux, et j'en suis fière, quand bien même cela n'a pas empêché Amy d'être triste à l'annonce de la nouvelle. Je le suis aussi, d'une certaine manière, mais hors de question qu'elle réussisse à me faire changer d'avis.

Mon trois-pièces se situe à Hillcrest, une banlieue de San Diego plutôt calme. Le blanc de la façade du bâtiment n'est plus de la première fraîcheur, et la majorité de mes fenêtres donnent sur le parking commun de l'immeuble, mais je ne pouvais clairement pas faire la difficile. D'autant qu'avoir mes parents à seulement quelques rues d'ici rend l'emplacement idéal. On peut en effet dire que ma mère est la plus heureuse de toutes les grands-mères depuis qu'elle est la nounou officielle de mon petit garçon. Ou depuis que j'ai un travail, selon le point de vue…

La boutique de prêt-à-porter dans laquelle je bosse est à seulement quinze minutes de chez moi en métro, ce qui me laisse le temps d'acheter mon petit-déjeuner au Copper Top sur Washington Street.

Un café et deux donuts tous les matins, histoire de remplir mes jeans !

Pour en revenir à ce qu'il y a de plus intéressant dans ma vie : la chambre de Léon est maintenant fin prête. C'est la première pièce que j'ai repeinte. Je voulais qu'il ait enfin son petit univers d'enfant bien à lui. Un endroit où il pourra laisser traîner ses jouets sans entendre sa mère ou sa tante râler. Si, dans un premier temps, j'avais peur que le vert acheté sur les conseils d'un charmant vendeur paraisse trop criard, je dois à présent reconnaître que cela donne du peps à la pièce. Je devrais donc peut-être aller remercier le beau brun qui m'a convaincue et lui proposer de venir ici afin de choisir les couleurs du reste de l'appartement…

Dans ma nouvelle vie, je maîtrise à peu près tout. Sauf en ce qui concerne ma libido. Je ne suis pas une nymphomane, mais j'ai des besoins primaires que même ma main ou un sex-toy ne peuvent assouvir. *Et Dieu sait que j'ai pourtant essayé...* J'aime griffer le dos d'un homme, qu'il me susurre des cochonneries au creux de l'oreille, qu'il arrache mes vêtements et qu'il me possède jusqu'à ce que nous soyons tous les deux à bout de souffle. Or, pour l'instant, ce sont surtout mes piles qui donnent des signes de fatigue…

C'est peut-être pour cette raison que j'ai failli mourir de combustion instantanée lorsque j'ai ouvert, ce matin, la porte de l'appartement que je partageais avec ma frangine. Merci à Julian, son copain, de nous avoir envoyé deux mecs baraqués pour nous aider dans les cartons ! Enfin, je dis « nous », mais ma sœur n'a pas été fichue de débarquer à l'heure. Un mal pour un bien, ceci dit, car sans son arrivée, ma soif de luxure m'aurait sûrement joué des tours. Un *threesome*[4] ne m'aurait pas déplu, en effet.

Celui qui s'est présenté à moi comme étant Harry a passé la journée à alpaguer tout ce qui avait des seins entre l'appart d'Amy et le mien. Avec ses tatouages colorés et les piercings qu'il a un peu partout sur le visage, il n'hésite pas à jouer de son côté mystérieux auprès de la gent féminine pour obtenir faveurs et numéros de téléphone à la pelle. Il est même allé jusqu'à noter celui d'une nana sur l'un de mes cartons.

L'aîné de la fratrie a, quant à lui, fait son intéressant la majeure partie du temps en nous donnant à voir toute l'étendue de sa force. S'il avait pu, il serait allé jusqu'à porter la camionnette de déménagement, j'en suis sûre ! Et moi, comme une gourde, j'ai laissé mon corps réagir à la moindre tension de ses biceps et au merveilleux rebondi de ses fesses moulées dans un petit short en jean.

Alors que je m'attaque au rangement du peu de vaisselle que j'ai, ou plutôt, que ma sœur m'a filée, je me fais la réflexion que ce Calvin est bien différent de ses frères. Aucun tatouage à l'horizon, coiffure calculée et petite barbe rasée de près. Tout

4. Plan à trois.

cela lui donne un côté minet digne d'un chanteur de boys band. Les Backstreet Boys n'ont qu'à bien se tenir !

Surprise par un « dring » agaçant, je tourne sur moi-même quelques secondes avant de comprendre qu'il s'agit de ma sonnette. Je décroche l'interphone sans réfléchir mais n'entends qu'un faible grésillement en guise de réponse. Bien sûr, je n'ai pas pensé à vérifier si ce fichu appareil fonctionnait lors de ma visite.

Un coup puissant frappé à la porte me fait sursauter.

– C'est Calvin.

Punaise ! Je l'ai tellement allumé toute la journée en vantant sa force herculéenne qu'il doit maintenant venir finir le travail. Il ne perd pas le nord, lui !

J'ouvre la porte dans la seconde et joue des sourcils d'un air aguicheur.

– Tu as oublié quelque chose peut-être ?

– Je ne pensais pas avoir besoin de ce genre d'excuse pour revenir.

Est-il possible de ne pas s'extasier comme une adolescente prépubère face à un tel sourire ? Je jette un coup d'œil à ma montre et feins de ne pas être intéressée plus que ça par sa venue.

– Désolée, je dois partir chercher mon fils d'ici une vingtaine de minutes.

Il avance de plusieurs pas afin de me faire reculer à l'intérieur de l'appartement puis claque la porte d'un coup de pied. Mon pouls s'emballe. Il y a quelques heures à peine, je fantasmais sur son corps, et le voilà à présent à ma merci. Face à la taille imposante de Calvin, j'ai le sentiment d'être une petite souris prise entre les griffes d'un lion.

– Donne-moi dix minutes et tu seras au paradis.

Sans avertissement, il fonce sur moi tel le félin qu'il incarne et nous propulse dans la cuisine. Sa langue gourmande presse immédiatement l'entrée de ma bouche et parvient, sans mal, à trouver la mienne. Dès lors qu'il passe un bras autour de ma taille et me décolle un peu du sol, une tension délicieuse s'empare de mon bas-ventre. Sa main libre se jette sur le haut de mon legging de sport et me le retire d'une traite, emportant ma petite culotte dans son sillage. Heureusement pour moi, car je ne suis pas sûre que Calvin soit très excité par mon dessous en coton blanc à pois bleus choisit uniquement pour son confort.

Son mouvement rapide et contrôlé m'arrache un cri de surprise qu'il vient capturer dans un baiser torride. Alors que je m'attends à ce qu'il m'emmène dans la chambre, Calvin me pose brutalement sur la table. Un sourire arrogant illumine ses traits. J'ai à peine le temps de l'admirer dans cette posture que mes paupières se ferment sous les caresses de son pouce sur mon intimité. Son genou agrandit l'angle d'ouverture entre mes jambes si bien que je dois m'accrocher à sa nuque pour ne pas vaciller. À l'instant où ses doigts s'immiscent dans ma chair, mon cerveau se déconnecte, et un gémissement reflétant mon manque de sexe se répercute contre les murs de la cuisine.

Alors que mes jambes sont flageolantes, mes mains, elles, enlèvent avec empressement le tee-shirt de mon déménageur. *Bordel, ce n'est pas permis d'être aussi musclé !* Je le dévore des yeux sans pudeur et laisse mes doigts dévaler les courbes de ses abdominaux gonflés tandis qu'il aspire la peau sensible de mon cou.

Lorsque je ne peux plus me retenir, je défais la ficelle qui retient son short, dégage aussitôt son membre et le fais glisser dans le creux de ma main. Calvin émet alors un grognement rauque qui augmente immédiatement mon degré d'excitation.

Tandis que nous nous donnons du plaisir l'un à l'autre, ses yeux marron clair aux reflets verts me fixent et rendent mon état d'autant plus fébrile. Cet instant est assurément à classer dans mon top 5 des plus érotiques !

– Prends-moi, réclamé-je.

– Préservatif. Poche arrière.

Son ton haletant me presse de le trouver et de l'ouvrir avec les dents, ce qui semble lui plaire.

– Dépêche-toi, ajoute-t-il d'une voix autoritaire, ce serait con de te mettre en retard.

La protection est à peine placée que Calvin me pénètre en tirant sur ma taille, une étincelle de désir dans le regard. Ses bras me maintiennent contre lui tandis qu'il va et vient en moi, de plus en plus fort à chaque fois. À ce rythme-là, et avec le désert sexuel que je viens de traverser, l'orgasme risque de me faire perdre connaissance. Ma tête, devenue lourde, tombe sur son épaule alors que je sens ses doigts se resserrer sur mes hanches. Demain, c'est sûr, elles en porteront les traces.

Ses coups de boutoir me chahutent telle une poupée de chiffon jusqu'à la délivrance. Dès lors, je me noie sous le flot de milliers de particules qui explosent dans mes terminaisons nerveuses. Quelques secondes plus tard, le corps de Calvin se tend, et son souffle chaud, près de mon oreille, me fait frissonner. Il s'immobilise dans un dernier soubresaut en frottant son nez contre le mien. Puis, délicatement, il s'éloigne de moi en caressant mes cuisses du bout des doigts. Mon souffle est erratique alors que c'est lui qui a fait tout le boulot.

Sans un mot, il ramasse son tee-shirt, remonte son short et regarde sa montre à son tour. Comment parvient-il à tenir debout quand je n'arrive même pas à me redresser suite à nos ébats ?

– T'as vu ? me lance-t-il avec un sourire arrogant. Il te reste même deux minutes pour te rhabiller.

Il renoue à peine le lacet qui retient son bas avant de me gratifier d'un clin d'œil et de s'en aller.

La porte à peine refermée, je me dis que mes jouets sexuels ne feront définitivement plus jamais l'affaire.

CHAPITRE 1

Le front posé contre la vitre du métro qui m'emmène à Little Italy, quartier commerçant où se situe la boutique pour laquelle je travaille, je grappille quelques minutes de repos supplémentaires. Léon s'endort toujours trop tôt en fin de journée et se réveille donc avant les poules. J'ai bien tenté de me coucher à la même heure que lui, mais cela me donne toujours l'impression d'être pire que ma mère, obsédée par le temps. Et s'il y a bien une chose que je ne veux pas dans la vie, c'est lui ressembler. Quand je pense qu'elle m'a remonté les bretelles ce matin quand je lui ai déposé mon fils, Léon, quinze minutes après l'heure de notre rendez-vous habituel…

– Tu ne parviendras jamais à garder ton emploi, si tu es toujours en retard ! m'a-t-elle asséné dans un cri.

Elle trouve toujours le moyen de me rabrouer. Nos différends remontent à mon adolescence, et même si l'arrivée de Léon les a un peu tempérés, ma mère revient régulièrement à la charge pour me rappeler que je fais tout de travers. Cerise sur le gâteau : je vais sans aucun doute avoir le droit aux remontrances de ma patronne également. Entre elle et ma mère, je suis servie.

Pourtant, je suis de bonne volonté. Par exemple, si je n'avais pas ces talons de dix centimètres aux pieds tous les jours, je pourrais courir et rattraper mon retard. Malheureusement, j'ai également pour obligation de porter des robes cintrées la plupart du temps afin de me fondre dans le décor. Et des baskets feraient tache avec une telle tenue.

C'est Amy qui m'a donné l'idée, sans même le savoir, de lui piquer ses fringues de businesswoman. À l'époque, je m'étais dit que si Madame avait réussi à se faire embaucher dans une salle de sport, alors tout était possible ! Voilà comment je me suis retrouvée fagotée en avocate coincée à un entretien pour devenir la nouvelle vendeuse de Bloomingdale's[5].

J'avoue ne pas avoir anticipé le moment où il me faudrait arborer ce look tous les jours. Je suis plutôt du genre rétro habituellement, et j'aime les modes anciennes. Le style femme d'affaires intemporel ne me va absolument pas et me fait ressembler à une adolescente endimanchée avec les vêtements de sa mère.

Jusqu'à présent, j'alterne donc avec trois tenues piquées à Amy. Le problème est que ma sœur et moi

5. Chaîne de magasins de prêt-à-porter réputés pour être chics.

n'avons pas du tout les mêmes mensurations. Là où elle est toute en courbes, je suis une brindille. Mon bonnet A ne remplit pas aussi bien les décolletés que sa poitrine à elle. C'est simple, j'ai parfois l'impression que mon corps n'a plus bougé depuis mes 15 ans. Il n'y a que pendant ma grossesse que j'ai eu une paire de seins à faire pâlir Lolo Ferrari. Dommage qu'aucun homme ne partageait ma vie à ce moment-là pour en profiter.

Comme à mon habitude, je passe par la porte de service située en retrait du magasin et dépose mes affaires dans mon casier avant de rejoindre l'équipe.

– Vous voilà enfin ! m'accueille d'un ton sec ma supérieure, Mme Freeman.

– Je vous prie de bien vouloir m'excuser pour ce retard. Je resterai un quart d'heure de plus ce soir, bien entendu.

Eh oui, depuis que j'ai ce boulot, l'ancienne Erin au caractère de cochon a dû apprendre à rester à sa place. La nouvelle moi fait le dos rond au lieu d'envoyer chier ses interlocuteurs, tourne sept fois sa langue dans sa bouche avant de parler et tente par tous les moyens de garder son job, quand bien même il ne lui correspond pas du tout.

– Ce n'est pas le problème, et vous le savez. Si tout le monde se mettait à faire comme vous, il me deviendrait impossible de faire tourner la boutique correctement ! Il est donc inutile de rester ce soir, je décompterai ces minutes de votre salaire.

– Madame, s'il vous plaît, je vous assure que ça ne se reproduira plus.

À quelques mètres de là, près des cabines d'essayage, le rire discret de mes trois collègues m'indique qu'elles se régalent de mon humiliation.

– C'est la dernière fois que je fais preuve d'autant de gentillesse à votre égard, conclut Mme Freeman. Si cette scène venait à se reproduire, je ne vous accepterais même pas ici, et c'est toute une journée que vous perdrez.

La garce ! Elle n'attend qu'une chose, de toute manière, c'est que je démissionne. Depuis que j'ai eu le malheur de la croiser au parc alors que je me baladais avec Léon dans mes propres habits, elle m'a dans sa ligne de mire. À sa décharge, comme je refrène mes fantaisies vestimentaires la semaine, le week-end, j'ai tendance à me lâcher. Ce jour-là, je portais un jean noir avec de larges déchirures au niveau des genoux et un simple bandeau rouge comme top. Il y a quelques avantages à avoir de tout petits seins. Le pire a toutefois été quand elle a remarqué mes Dr Martens à semelles compensées. Je pense qu'elle a compris cet après-midi-là que je me déguisais au travail. Et la pilule ne semble pas passer.

Sous ses yeux de dragon, je me contente donc de hocher la tête et ravale ma fierté.

– Il y a pas mal de rangement à faire dans la réserve. Nous allons avoir besoin de place avec la collection automne-hiver. Je compte sur vous pour faire le tri d'ici ce soir.

– Bien, madame, je m'en occupe, dis-je, la gorge serrée.

Une journée sans voir la lueur du jour à éternuer dans la poussière, chouette, n'est-ce pas ? En même temps, ça m'évitera de supporter les mièvreries des autres vendeuses. Elles bossent ensemble depuis l'ouverture de la boutique et n'ont aucune envie de m'intégrer à leur petit cercle. Ainsi, elles me laissent me faire bouffer toute crue par la patronne et ont la paix de leur côté. C'est tellement malin que je ne leur en veux presque pas.

Durant mes heures de travail, je fais toujours la même chose pour ne pas dérailler : j'additionne inlassablement les montants de mes charges fixes et tout ce dont j'ai besoin pour Léon. Ça me permet de me rappeler pourquoi j'accepte une telle situation.

À l'heure de ma pause, je sors prendre un peu l'air. Le soleil qui culmine me fait plisser les yeux et réchauffe ma peau d'une manière agréable. Je rejoins le banc habituel sur le trottoir d'en face et démarre ma bronzette quotidienne. Les après-midi passées à me prélasser à la plage sont loin aujourd'hui. En témoigne mon teint naturel bien moins doré que les années précédentes.

Alors que je déverrouille mon téléphone pour jeter un coup d'œil à ma messagerie, la petite flamme orange de Tinder me nargue. Amy appelle ça « le supermarché de l'amour ». Pour moi, ce n'est qu'un moyen supplémentaire d'étancher ma soif de petites aventures. Peut-être est-ce exactement ce qu'il me faut en ce moment : un coup d'un soir, vite fait bien fait, capable de me faire oublier Calvin Cooper pour un temps.

Je commence à croire que ce qu'il s'est passé entre lui et moi ne sera à jamais qu'un *one-shot*[6]. Nous nous sommes croisés plusieurs fois depuis mon déménagement, notamment à la salle de son frère, mais cela n'a abouti à rien d'autre qu'à une série de regards furtifs. J'avais espéré que la fête donnée en l'honneur de Julian, la veille de sa compétition, nous permettrait de finir la nuit ensemble… Mais rien ne s'est passé comme prévu ce soir-là. Depuis qu'elle a fait la connaissance de Calvin Cooper, ma libido est survoltée. Je suis constamment dans la nécessité d'assouvir mes besoins primaires, au risque de finir coincée comme ma patronne.

Un clic plus tard et je suis déjà en train de faire la difficile. Tous les profils que l'application me propose aujourd'hui n'ont droit qu'à des *swipe* à gauche[7]. Je ne suis pourtant pas si difficile… Bon, allez, je fais un petit effort, histoire de. Et ça marche ! En quelques secondes à peine, je matche avec un certain Leeroy, qui ne perd pas de temps pour m'écrire :

---

6. Une aventure sexuelle unique.

7. Signifie que le profil de l'utilisateur ne vous plaît pas.

De Leeroy :
Salut, ça va ?

De Erin :
Très bien, merci. Et toi ?

De Leeroy :
Tu suces ?

Mais mince, à la fin ! D'où sortent tous ces types qui manquent cruellement de respect ? À chaque connexion, j'ai droit à ce style d'obsédés. Est-ce qu'il y a vraiment des femmes qui continuent la conversation avec ces gars-là après de tels propos ? Il m'est arrivé plusieurs fois d'avoir envie de leur filer un rencard juste pour les émasculer. Ma sœur est toujours paniquée à l'idée que j'aille à un rendez-vous avec un homme de Tinder. Elle a entendu tellement d'histoires glauques à ce propos que ça l'a rendue parano. *Amy et sa tendance à voir le mal partout…*

En réalité, je n'ai pas accepté de rencontrer beaucoup d'utilisateurs depuis que je suis inscrite. Le premier, c'était à une soirée au Jam's Rock où j'avais traîné Amy alors qu'elle démarrait seulement à la salle de Julian. Marc était charmant, mais ses blagues bien trop nazes. Puis, il y a eu Aaron, qui ne ressemblait pas du tout à ses photos. Et pour finir, la crème de la crème : Zack et son invitation après seulement un verre de finir la nuit dans un club libertin. Là, j'ai réalisé que j'avais touché le fond et qu'il fallait que j'arrête pour un temps.

Le prochain profil sur lequel je m'attarde me présente un beau blond aux yeux bleus. Avant de me tromper de côté dans mon *swipe*, je décide de consulter les autres photos de son compte. Sur la plupart, il est torse nu à la plage, avec un sourire magnifique. On ne me la fait pas à moi, malheureusement. Depuis Aaron, je sais reconnaître les *fakes* !

Voyant qu'il va bientôt être l'heure de retourner m'enfermer dans la réserve, j'éteins mon téléphone, mais mes pensées s'orientent de nouveau vers Calvin. Si j'avais découvert son profil sur Tinder, je l'aurais probablement pris pour un menteur, lui aussi, avec son côté « presque parfait ». Chaque fois que j'utilise mon Rabbit Magic – soit dit en passant le meilleur vibromasseur que j'aie jamais pu tester – c'est à lui et à notre unique scène de passion dans ma cuisine que je pense. Et exactement comme je l'avais prédit, j'ai de plus en plus de mal à m'en contenter.

Merde, alors… Je crois qu'il me faut un second round d'urgence.

CHAPITRE 2

Après un dernier bisou à Léon, je claque la porte d'entrée de la maison de mes parents et rejoins Amy qui m'attend au volant de sa voiture. Ce soir, j'ai accepté de me séparer de la prunelle de mes yeux afin que nous puissions fêter dignement la victoire de ma sœur contre l'autre raclure de Jax Hankes. Bon… C'est déjà la troisième fois que nous célébrons la conclusion de cette histoire sordide, mais il y a de quoi ! Ce sale type a harcelé Amy sans vergogne, il y a quelque temps, alors qu'elle travaillait dans le même cabinet que lui. Elle a fait preuve d'un grand courage lorsqu'elle a décidé de le mettre au pied du mur en le menaçant de réunir les autres femmes qui avaient subi ses attouchements. Ma sœur ne lui a pas laissé le choix : soit il acceptait de se faire soigner et de faire un don à une association d'aide aux victimes de harcèlement durant cinq ans, soit elle le traînait en justice.

Je ne préfère même pas imaginer ce qui aurait pu se passer si elle n'avait pas cédé à ses avances la nuit où il a réussi à la coincer entre deux véhicules, dans un parking. Cette même nuit pendant laquelle les frères Cooper et moi-même l'attendions impatiemment au Jam's Rock pour décompresser avant la compétition de Julian. Je m'en suis tellement voulu de ne pas avoir été avec elle à ce moment-là…

Le sourire aux lèvres, je pique la cigarette que ma sœur s'apprête à allumer et la lui balance sur les genoux. Nous venons tout juste de nous garer devant notre bar fétiche, et il est hors de question qu'elle nous fasse poireauter dehors.

– Allez, Erin ! réclame-t-elle. Une fois que je serai à l'intérieur, vous ne me laisserez plus sortir pour fumer.

– Et on aura raison.

Sans lui laisser le temps d'insister, je tire sur son bras et l'oblige ainsi à ranger son paquet. Nous repérons rapidement la table des frères Cooper à laquelle je n'aperçois pas Calvin. Suis-je vraiment déçue ? Peut-être un peu, je dois l'avouer. Je balaie brièvement la piste de danse des yeux, sans plus de résultat. Puis, je le remarque enfin, accoudé au comptoir, en train de siroter une bière avec une jolie brune. Il lui fait du rentre-dedans. Je le devine d'ici à ses regards enjôleurs et à sa manière de lui murmurer quelques mots à l'oreille. La potiche glousse en replaçant une mèche de ses cheveux derrière son oreille. Je ne suis pas jalouse. C'est juste que le souvenir de notre nuit ensemble m'avait bien donné envie de remettre le couvert avec lui ce soir.

Je reviens sur terre à temps pour ne pas paraître impolie et salue un à un tous les amis de ma sœur : Vanessa, Stacy ainsi que Trevor et sa petite amie.

– Merci encore, Erin ! me dit Julian alors que je m'assois près du groupe. J'ai deux nouvelles mamans qui sont venues s'inscrire au cours collectif grâce à ton bouche-à-oreille, et certaines commencent même à envisager un coaching personnel pour retrouver leur corps d'avant.

– Ne me remercie pas si vite, Monsieur Muscles. Si j'ai fait ça, c'est uniquement pour permettre à Amy de te rabattre le caquet.

Vanessa se marre en bousculant Julian, qui lève les yeux au ciel.

– Comment va ton fils ? demande ce dernier pour changer de sujet. Toujours heureux dans son nouveau chez lui ?

– Oui, carrément ! J'ai un peu de mal à refréner mes achats de jouets, donc je peux t'assurer qu'il a très vite oublié le confort que lui fournissait l'appartement d'Amy. À dire vrai, il ne semble pas du tout déboussolé.

– C'est un bon p'tit gars, ça ! Au fait… tu viens demain matin au cours de gym postnatal ?

– Non, je vais venir à celui du vendredi soir, je pense. J'ai décidé d'emmener Léon au parc Balboa. Il est juste à côté de chez moi, est ouvert le dimanche matin et possède un zoo magnifique à ce qu'il paraît.

– C'est vrai. Calvin y va très souvent avec sa fille. A priori, ça vaut le coup d'œil.

Mon moi intérieur ne peut s'empêcher de sourire jusqu'aux oreilles.

En parlant du loup, celui-ci pointe justement le bout de sa queue tandis qu'Amy et Julian commencent à se draguer ouvertement sur la banquette. L'air détaché, je lui jette un bref regard et constate que le sien est fixé sur moi.

– Je parie que tu as besoin de te détendre ce soir, me balance-t-il en souriant. Je peux t'aider, si tu veux.

– Ça ira, merci. Pour ça, je préfère encore utiliser mon vibro. Rapide, efficace. Et je sais par où il est passé, au moins.

– Eh bah putain, je te remercie. Maintenant que j'ai une image de toi en train de te donner du plaisir, je suis excité.

Il pose une main sur ma cuisse, que je m'empresse aussitôt de retirer, et je le fusille du regard. Je ne sais pas trop à quoi je joue, étant donné que je meurs d'envie d'une partie de jambes en l'air avec lui à l'instant T. Un simple regard de sa part suffit à titiller ma libido.

– Tu es plus sauvage que dans mes souvenirs, me glisse-t-il en se rapprochant assez de moi pour que je devine son parfum. Tu comptes m'expliquer le problème ?

– Il n'y en a aucun. Je sais qu'on ne se doit rien à la suite de ce qu'il s'est passé chez moi, mais ça ne m'aurait pas dérangée de remettre ça.

– Et moi donc ! Qu'est-ce qui t'en empêche ?

– Je refuse d'être une fille de plus sur la liste de celles que tu peux contacter quand tu as des besoins primaires à satisfaire.

– Euh… tu es jalouse parce que tu m'as vu parler à une autre nana ?

– Non, lui dis-je, exaspérée. Tu parles à qui tu veux. Mais sache qu'on ne remettra pas ça, toi et moi, puisque tu vois d'autres filles. C'est peut-être idiot, mais c'est comme ça que je fonctionne.

– Et si je ne voyais personne d'autre ?

– Ce n'est pas ce que je te demande.

– Je sais, sourit-il, c'est moi qui propose. On a tous les deux une vie chargée entre nos boulots et nos enfants, donc une relation sérieuse, ce n'est pas possible. Mettons-nous d'accord pour passer du bon temps quand nos agendas le permettent. Ça nous fera du bien à tous les deux. Un coup de temps en temps, sans prise de tête ni engagement.

– Tu es d'un romantisme ! ne puis-je m'empêcher de rire. Malgré tout, c'est tentant. J'accepte ta proposition à condition que l'on ne voie personne d'autre.

– OK. Mais dans ce cas, il faut que tu sois certaine de pouvoir combler mon appétit insatiable à tout moment.

– Arrête de frimer, Cooper.

– Il va falloir être à la hauteur.

– Facile, scellé-je notre accord en lui tendant la main.

À l'autre bout de la table, Harry nous jette un regard curieux.

Alors que j'observe du coin de l'œil mon nouveau *sexfriend* descendre sa bière, mon cerveau se met en mode surchauffe. Je me demande vraiment dans quoi je viens de me fourrer, mais à en croire la réaction que produit mon corps, ce n'est assurément pas très intelligent. J'ai déjà les tétons qui pointent dans la direction de Calvin et mon intimité qui se contracte par anticipation. *Mince, Erin... Respire !* Sur le plan théorique, cela paraît pourtant simple. C'est une tout autre histoire sur le plan pratique. Je ne sais pas quand est-ce que mon agenda me permettra de m'octroyer un instant crapuleux. Je pourrais peut-être le caser à ma pause déjeuner ? Quoique le trajet jusque chez moi serait trop long et nous laisserait que peu de temps tous les deux. Le soir après le boulot, alors ? Argh, non plus… Je cours déjà afin d'être à l'heure pour récupérer Léon chez mes parents. Et une fois mon petit bout à la maison, je ne chôme pas entre le repas, le bain et toutes les tâches à accomplir pour que mon appart ne ressemble pas à une déchetterie.

J'ai bien un jour de repos dans la semaine, mais il est vite rempli par les courses, un éventuel rendez-vous chez le pédiatre, et surtout, pour passer du temps avec mon fils. *Génial !* J'ai un Apollon à ma disposition et je joue à la diva qui n'a pas une minute à lui accorder. Malgré tout, il me faut un exutoire, et Calvin vient de me l'offrir sur un plateau. Cette parenthèse coquine est ce qu'il manque à ma vie pour tenir bon, donc à moi de m'arranger pour que ça fonctionne.

Les autres sont déjà sur la piste de danse depuis un bon moment lorsque nous décidons de les rejoindre. Calvin se moque complètement de la musique qui passe et conduit nos pas dans une chorégraphie collée-serrée. Cela fait du bien de pouvoir lâcher prise de la sorte après la semaine que je viens de passer.

Alors que nous déhanchons nos bassins en rythme, je profite de ce moment pour caresser du bout des doigts les épaules et les biceps de mon partenaire, qui, autant le dire, ne sont pas en reste niveau gonflette. Calvin a un corps de rêve, de quoi faire passer Vin Diesel pour un gringalet.

– On va rentrer avec Julian, nous interrompt Amy après de longues minutes. Je te ramène ?

– C'est inutile, je m'en chargerai, répond Calvin à ma place.

– Pour me planter comme la dernière fois ? lui rétorqué-je aussi sec.

– Rancunière ? Promis, je te reconduirai à bon port, ce soir. Pas de faux plan.

– Tu ne m'as même pas dit pour quelle raison tu m'avais laissé tomber l'autre soir.

– Une urgence à la salle.

– À deux heures du matin ?

– Il n'y a pas d'heure pour les braves, élude-t-il ma question.

Il y a quelques semaines, après avoir bu plusieurs tequilas d'affilée, j'ai fait promettre à Calvin de me ramener chez moi afin de laisser la chance à ma sœur de rentrer tranquillement avec Julian. À ce moment-là, ça n'allait pas très bien entre eux. Alors que j'espérais que Calvin finirait la soirée dans mon lit, ce couillon a reçu un appel d'un mystérieux inconnu qui l'a poussé à mettre fin à notre tête-à-tête, m'abandonnant à mon ivresse. Ou mon vibro, selon le point de vue.

J'embrasse ma sœur et Julian avant qu'ils ne quittent la piste et continue ainsi de danser avec Calvin jusqu'à ce qu'il me propose de rentrer à notre tour.

– Malheureusement, ce soir, c'est moi qui vais devoir vérifier ma montre, me prévient-il alors qu'il met le contact et que nous attachons nos ceintures. J'ai un truc à gérer à la salle.

– Tu bosses de nuit, toi ? J'ai bien fait de mettre une jupe, dans ce cas. Cela va nous faire gagner du temps.

– Tu peux commencer à la soulever. Ce sera parfait pour ce que j'ai en tête.

Pour l'allumer d'autant plus et faire comme si j'étais sûre de moi, et non stressée de ne pas connaître notre destination, je passe mes mains en dessous du tissu et retire ma petite culotte. Il inspire fort tandis que je la range soigneusement dans mon sac à main. Quelques secondes plus tard, il actionne son clignotant et s'insère dans un parking souterrain proche du centre-ville. La voiture descend au niveau le plus bas et le plus désert. Calvin coupe ensuite le contact et retire sa ceinture.

Mon cœur s'affole. Je ne sais pas trop ce que je suis censée faire. D'un mouvement fluide, il parvient à reculer mon siège et à passer devant moi afin de se mettre dos au pare-brise. Il se penche sur mon corps en analysant mon regard, puis me fait crier lorsque mon dossier bascule subitement en arrière.

– Voilà, on sera mieux comme ça, me souffle-t-il à l'oreille tandis que j'étouffe un petit rire.

Mes mains se posent sur ses épaules robustes alors que nous échangeons un baiser léger.

– Erin, murmure-t-il d'une voix peu assurée, on est d'accord que nous… c'est juste ça.

– Juste ça quoi ? le questionné-je pour l'embêter.

– Quelques moments torrides quand l'emploi du temps de chacun le permet.

Je me mords la lèvre en lui souriant. Il la dégage avec son pouce et pose son genou entre mes jambes sur l'assise du siège. Je descends alors mes mains sur sa taille et entreprends de déboutonner son jean.

– Justement, j'ai un agenda serré, alors si tu pouvais arrêter de parler et agir, ça m'arrangerait ! le nargué-je.

En réalité, je n'en mène pas large, car il me court-circuite le cerveau avec ses yeux inquisiteurs et ses lèvres indécentes. Je ne veux pas penser plus loin et juste profiter de l'instant présent. Chose qu'il comprend très vite, puisqu'il n'attend pas plus longtemps pour retrousser ma robe, s'équiper d'un préservatif et s'enfoncer en moi.

Malgré l'exiguïté de la voiture, ses coups de reins sont puissants et me font décoller à une vitesse record. Ce type possède assurément la clé de mon plaisir. Sans un mot, il soulève ma jambe droite pour me faire poser le pied à plat sur le siège, ce qui lui permet d'aller encore plus loin. Son côté bestial me fait le même effet que lorsque nous avons couché ensemble la première fois. Si je ne calme pas mes ardeurs très vite, je serai incapable de contenir le tsunami de plaisir qui menace d'exploser alors qu'il a à peine commencé.

Soudain, le bruit d'une voiture arrivant près de nous m'indique que nous allons devoir tout de même accélérer le mouvement. Cette situation ne fait que décupler mon excitation et m'empêche de garder le silence plus longtemps. J'encourage Calvin à continuer en tirant sur ses cheveux. Lui me mord l'épaule en retour en redoublant d'efforts. L'instant d'après, je jouis en tremblant des pieds à la tête, rapidement rejointe par Calvin.

Lorsque retentit en arrière-fond le bruit de portières qui claquent, mon compagnon se redresse puis se retire d'un geste vif. Il jette un coup d'œil circulaire aux environs pour s'assurer que nous sommes à nouveau seuls, puis m'aide à sortir du véhicule afin que nous puissions nous rhabiller correctement. Je profite du miroir du pare-soleil pour me recoiffer discrètement.

C'est ensuite sans un mot que Calvin me ramène devant chez moi. C'est dingue… Je n'avais encore jamais fait ça de ma vie. Du sexe pour du sexe, dans une voiture, au beau milieu d'un parking. Je m'y habituerai certainement.

– On s'appelle ? me demande-t-il avant que je quitte la voiture.

– On fait comme ça, accepté-je avec un sourire.

Je suis soulagée que les choses soient aussi faciles entre nous.

CHAPITRE 3

Léon saute sur place dès lors qu'il entend la sonnette de notre appartement retentir. Il faut dire qu'il est désormais habitué aux visites de fin de semaine de sa tata adorée et qu'il est toujours euphorique à l'idée de la voir apparaître.

– Regarde qui est là, mon bébé ! dis-je en le prenant dans mes bras pour l'approcher d'Amy, qui frotte ses bottines sur le paillasson de l'entrée.

– Oh ! mon petit filou adoré ! s'écrie-t-elle d'une voix suraiguë en me l'arrachant pour lui faire un câlin.

– Hé, oh ! Vas-y doucement !

Je referme la porte derrière eux et lève les yeux au plafond face à la mièvrerie à laquelle se prête Amy.

– Tu l'as vu la semaine dernière, pas y'a un mois !

– Oui, mais avant, je le voyais tous les jours, se plaint-elle en continuant ses bisous dans le cou de Léon qui rit aux éclats.

Cela me rappelle mes premiers jours en tant que maman… Si j'ai eu des doutes quant à ma capacité à être assez responsable pour élever un enfant lors de ma grossesse, ceux-ci se sont tous envolés lorsqu'on me l'a posé sur le ventre. Ses petits yeux avaient du mal à se faire à la lumière de la pièce tandis que les miens s'émerveillaient de le rencontrer enfin. Il était déjà si beau, bien qu'il vienne juste de naître.

Léon est ma force, ma priorité. La plus belle chose qui me soit arrivée. C'est fou ce qu'un si petit être peut vous apporter, même sans savoir parler. Sa naissance a donné un sens à ma vie.

– Qu'est-ce que tu as fait de Monsieur Muscles ? questionné-je Amy en nous rapportant une Corona chacune de la cuisine.

– Il est avec ses frères au Jam's Rock.

Pour changer.

Une semaine s'est écoulée depuis que j'ai scellé mon pacte avec Calvin. Nous n'avons eu aucun contact depuis. En même temps, nous n'avons jamais échangé nos numéros, et cela ne me dérange pas de laisser les choses se faire naturellement. Et puis, il est vrai que je n'ai pas eu une minute à moi ces derniers jours. L'avantage de cet arrangement est de ne pas avoir de compte à rendre. Malgré tout, je commence à me demander si Calvin n'a pas changé d'avis…

– Tu les rejoins plus tard ? demandé-je avec un soupçon de jalousie.

– Oui, bien sûr. Mais avant, je veux que tu me racontes tes derniers exploits de maîtrise de soi à ton travail.

– Ah ! m'en parle pas. Je suis arrivée en retard la semaine dernière, et ça a été la fin du monde. Sans compter que notre chère maman s'est fait un malin plaisir de m'engueuler parce que je lui déposais Léon trop tard ! Entre elle et ma boss, je suis servie. Au moindre petit écart supplémentaire, je suis persuadée de prendre la porte.

– Tu ne tiendras pas longtemps comme ça, m'annonce ma sœur d'une voix calme.

– Il le faut, pourtant. J'ai besoin de ce travail.

– Non, fait-elle en agitant son doigt manucuré devant mon visage, tu as besoin d'un travail, mais pas nécessairement de celui-là.

– Ne recommence pas, s'il te plaît. Tu sais que je n'ai aucun diplôme, que je ne veux pas travailler dans la restauration à cause des horaires et qu'il est hors de question pour moi de laisser Léon à maman la nuit.

– Erin… Ce n'est pourtant pas si compliqué. Fais le tour du quartier dans lequel tu bosses pour voir si certaines boutiques te plaisent. Prends des copies de ton CV, distribue-les et présente-toi soigneusement à chaque fois que tu trouves un endroit qui pourrait te correspondre un tant soit peu. Je suis sûre que tu vas finir par y arriver. Après tout, tu n'es pas marginale… Juste un peu loufoque.

Je ris face à son plaidoyer et regrette subitement toutes les années passées à nous chamailler. Nous avons beau être différentes, cela ne nous empêche pas de bien nous entendre sur différents points. Notre cohabitation nous aura permis de découvrir cela.

– Tu m'as convaincue, lui dis-je en cognant ma bouteille contre la sienne. Je ferai ça à ma pause déjeuner la semaine prochaine.

– Comme ça, c'est toi qui pourras dire « bon débarras » à ta Mme Freeman.

– Ça serait le pied intersidéral, m'exclamé-je en imaginant la scène.

Ma sœur m'offre un sourire de connivence avant d'avaler une gorgée de sa bière.

– Et sinon, fait-elle en s'essuyant les lèvres, il ne te manque rien dans cet appartement ?

– Pas pour le moment.

– Cool, s'exclame-t-elle en parcourant mon salon des yeux.

Elle laisse passer quelques secondes sans rien dire tout en jouant avec le bas de sa chemise. Je la connais par cœur…

– Crache le morceau, Amy Wilkinson. Il y a quelque chose que tu veux me dire, je le sens.

Elle hausse les épaules et me jette un bref coup d'œil avant d'annoncer de but en blanc :

– J'envisage peut-être d'emménager avec Julian.

Devrais-je être surprise ?

– Tu es toujours fourrée chez lui, de toute manière.

– OK, je te l'accorde. Mais là, je te parle de résilier mon bail et d'accepter de vivre officiellement avec lui, dit-elle, les yeux brillants.

– Waouh ! Ce serait une sacrée étape de franchie ! Je suis vraiment heureuse de voir que ce qu'il s'est passé avec Jax est maintenant derrière vous. Julian est fou de toi, et ça se voit.

– Ça tombe bien, moi aussi, rigole-t-elle en finissant sa bière.

Une heure plus tard, alors que cette petite veinarde va rejoindre le frère de celui qui hante mes nuits, je me couche sagement dans mon lit. Léon dort paisiblement depuis un moment déjà.

La couette calée par-dessus mon corps, j'inspire un grand coup. J'ai bien du mal à ne pas repenser au regard torride que Calvin me jetait lorsque nous nous sommes caressés pour la première fois. À cette simple image, mes tétons se dressent. Si je pensais qu'une partie de jambes en l'air avec ce gros balèze allait calmer ma libido, je me trompais. Nos étreintes ont été courtes, rapides, et pourtant si intenses. Mon corps aimerait bien remettre ça. Mais cette fois, cela durerait toute une nuit. Une nuit complète entre les mains expertes de l'aîné des Cooper.

Une nuit qui ne sera assurément pas celle-ci.

CHAPITRE 4

Comme prévu, c'est au parc Balboa que j'emmène Léon ce dimanche matin. En plus d'être un endroit incontournable grâce à ses musées et théâtres, il s'agit d'un gigantesque écrin de verdure proche du centre-ville de San Diego. Les familles s'y pressent en masse. Malgré l'aéroport à moins de cinq minutes, le bruit des avions ne dérange pas le calme qui y règne. Le zoo, situé un peu en retrait du parc, jouit par ailleurs d'une excellente réputation grâce aux huit cents espèces d'animaux qu'il possède.

Lorsque nous pénétrons à l'intérieur, je laisse Léon descendre de la poussette afin qu'il puisse aller là où sa curiosité le pousse. Il marche plus sereinement depuis quelques mois maintenant, même si je sais qu'il reviendra vite s'asseoir par fatigue. Ce petit garçon semble apprécier d'être transporté tel un pacha. Il me crie de le rejoindre alors qu'il s'arrête devant un premier enclos.

– Ça, c'est un tigre, Léon. Comme ton doudou ! Tu montres à maman comment fait le tigre ?

– Grrrr, rugit-il, en bavant par la même occasion.

Je ris en sortant une lingette de mon sac afin de lui essuyer la bouche.

– C'est adorable de voir comme vous vous occupez bien de votre petit frère, me lance une dame qui surveille ses deux enfants près de moi.

– C'est mon fils, la corrigé-je.

– Ah. C'est juste que vous paraissiez si jeune. Je ne pensais pas…

Je lui offre un sourire contrit et attrape la main de Léon afin d'aller à la rencontre d'autres animaux. Les vipères à deux pattes, très peu pour moi.

Je devrais pourtant avoir l'habitude de ce genre de choses maintenant. Les critiques murmurées dans un coin de rue, les regards dédaigneux, les haussements de sourcils… Pour certaines femmes, le simple fait d'être jeune me retire la possibilité d'être une mère à la hauteur. C'est ridicule ! D'autant plus lorsque l'on voit comment certaines élèvent leurs enfants.

Heureusement que les yeux brillants de mon petit garçon s'extasiant face aux pandas effacent toutes ces blessures invisibles que j'accumule.

– Regarde, Léon… Tu as vu tout le bambou qu'ils mangent, les pandas ?

Mon fils ne les quitte pas des yeux une seule seconde.

– Ils ont beaucoup de bambous parce que le zoo le fait pousser dans le parc, me précise une petite fille qui se pose juste à côté de Léon, près du grillage.

– C’est vrai ? Je ne le savais pas, merci beaucoup pour l’information.

– C’est mon papa qui me l’a dit. Il m’emmène souvent ici quand je suis avec lui parce que je veux être vétérinaire quand je serai grande. C’est mon rêve, débite-t-elle d’une traite sans reprendre son souffle.

Cette petite tête blonde est adorable à parler comme si elle était une adulte.

– C’est un très joli rêve, lui dis-je en souriant. Et ton papa a bien raison de t’encourager sur cette voie.

– Nina ? Nina ?

– Oui ! crie-t-elle en agitant un bras. Je suis là, papa !

Nina ?

Un sursaut m’échappe quand je vois débarquer Calvin une glace dans chaque main. Julian m’avait dit qu’il venait souvent ici avec sa fille, et j’espérais bien sûr le croiser un de ces jours, mais je ne pensais pas que cela arriverait si vite ! Sa tenue de sport à l’effigie de l’équipe de basket des Cavaliers de Cleveland ne cache rien de sa musculature, pour mon plus grand plaisir comme pour celui de toutes les femmes présentes dans ce zoo, par ailleurs.

– Combien de fois dois-je te répéter de ne pas t’éloigner ? gronde-t-il ma nouvelle copine sans faire attention à moi.

– Désolée, répond-elle, quand bien même elle n’a pas l’air de le penser une seule seconde.

Son père lui tend son cône en lui lançant un regard noir. Tandis que la petite entame sa glace, j'adresse alors un petit geste timide de la main à Calvin pour lui signifier ma présence.

– Erin ?

– Salut, Calvin.

Nina en profite aussitôt pour se dessiner une moustache en chocolat du bout de son index, ce qui me fait éclater de rire.

– Bah vas-y, marre-toi. On verra bien quand ton fils aura 5 ans, balance-t-il en essuyant la bouche de sa fille aussi prestement.

Léon cesse d'être fasciné par les gros ours noirs et blancs dès qu'il aperçoit la glace. Sans réfléchir, Calvin se baisse à la hauteur de mon fils, approche le cornet de sa bouche et le laisse se régaler. Le peu d'hommes ayant traversé ma vie depuis la naissance de Léon avaient plutôt tendance à se rembrunir à la simple évocation de mon rôle de mère. Je suis donc touchée par ce geste, exécuté avec un naturel déconcertant.

– Tu connais mon papa ? demande Nina en fronçant les sourcils.

– Euh, oui. Parce que… Enfin, je…, bredouillé-je, l'image de nos corps imbriqués l'un dans l'autre en tête.

– Erin est la sœur d'Amy, explique Calvin tout simplement.

– Voilà, c'est ça, ajouté-je, embarrassée.

– Oh ! c'est vrai ? J'adore Amy, elle me laisse toujours manger tout ce que je veux.

Nous rions à l'unisson avant que je me rende compte que Léon a, lui aussi, barbouillé son visage de chocolat. Calvin me donne un coup de coude en le remarquant également. J'essaye d'ignorer les picotements que cela crée dans mon bas-ventre tandis que je nettoie le joli minois de mon fils. Ce dernier se met alors à chouiner, contrarié qu'on le prive de sa collation.

– Viens, lui dit Nina en le prenant par la main, je vais te montrer les girafes.

C'est sûr, maintenant, la visite du parc Balboa le dimanche matin sera mon rituel préféré. Je suis ravie d'avoir trouvé Calvin. Le peu d'informations que je possède sur lui vient de ce que m'a confié Amy. Ce que je sais de moi-même, c'est qu'il me fait grimper aux rideaux en moins de dix minutes. Peut-être va-t-il me faire découvrir de nouvelles choses tout aussi intéressantes aujourd'hui…

– Ta fille m'a dit que vous veniez souvent ici, dis-je pour relancer la conversation en gardant un œil sur nos enfants.

– À chaque fois que je l'ai chez moi, oui. J'habite à quelques rues, donc c'est pratique.

D'autant plus pratique que ce n'est pas loin de chez nous ! Toutefois, je devine aisément que Monsieur vit dans un quartier résidentiel qui n'a rien à envier au mien. Je parie qu'en plus de la grosse bagnole qu'il conduisait à mon déménagement, il a toute la panoplie : maison, garage, piscine et jardin parfaitement entretenu où il a dû construire de ses propres mains une cabane en bois pour sa fille.

Perdue dans mes pensées, c'est *in extremis* que je rattrape Léon qui avait trébuché, emporté par l'élan de sa nouvelle copine.

– Il est plus petit que toi, ma puce. Ne va pas trop vite, s'il te plaît, intervient Calvin.

– Oui, papa.

Nina resserre alors ses doigts autour de ceux de Léon et avance plus doucement. Elle l'emmène finalement découvrir les orangs-outans, et je l'entends lui expliquer tout un tas de choses les concernant.

– Et donc, tu tiens aussi une salle de sport, c'est ça ? m'intéressé-je pour en apprendre un peu plus à son sujet.

– Oui, elle est sur la 30e rue à South Park. C'est la première salle qu'on a ouverte avec Julian et Harry. Depuis, ils se sont lancés tout seuls dans l'aventure également.

– C'est chouette que vous partagiez votre passion.

– Oui, ça l'est. Et toi… Qui es-tu, Erin Wilkinson ? J'ai cru remarquer que vous étiez très différentes, avec ta sœur.

Je hausse les épaules, un peu mal à l'aise. « Qui suis-je ? » est une bonne question. À part la maman de Léon, je ne suis probablement personne.

– Je travaille depuis quelque temps comme vendeuse chez Bloomingdale's, réponds-je toutefois pour la forme. Celui situé dans Little Italy.

Il fronce les sourcils avant de me détailler de bas en haut, sans aucune discrétion.

– Tu n'as pas vraiment le profil pour, non ? Enfin, sans vouloir te vexer. J'aime beaucoup ton look, mais les nanas que je vois passer là-bas optent généralement pour des fringues plus classiques.

Je baisse les yeux sur ma tenue. Le soleil étant de sortie aujourd'hui, j'ai décidé de porter un short court dont les poches dépassent par en dessous. Mon top est un tee-shirt Hard Rock Café que j'ai noué juste au-dessus du nombril, et mes New Balance complètent parfaitement la tenue à mon sens.

– Es-tu un as de la mode féminine ? demandé-je en souriant.

Calvin rit brièvement avant de reporter son attention sur Nina qui imite le crocodile devant Léon, à quelques mètres de là.

– Figure-toi que, quelques boutiques plus loin, il y a mon fournisseur de protéines et de compléments alimentaires.

Je me repasse le boulevard Kettner en mémoire et me souviens effectivement d'une boutique à la devanture bleue que je prenais pour un magasin de diététique.

– À l'occasion, fais une halte chez Bloomingdale's et tu me verras avec mon uniforme de travail. Ça vaut le coup d'œil.

Calvin se rapproche et murmure afin que les oreilles innocentes de nos enfants ne puissent rien entendre.

– Si je peux te l'enlever facilement, alors tu peux être sûre que je viendrai.

Je secoue la tête pour faire mine d'être désabusée, mais je sais déjà que j'attendrai sa visite dès demain.

– Nina, chérie, appelle-t-il sa fille, il va falloir dire au revoir à Erin. Et aussi à…

– Léon, termine-t-elle pour lui. C'est déjà l'heure de rentrer ?

De toute évidence, la petite fille n'a aucune envie de s'en aller. C'est drôle, moi non plus. Calvin la prend alors dans ses bras et la chatouille pour lui redonner le sourire.

– Maman ne va pas tarder à venir te chercher.

– Est-ce qu'on reverra Léon ?

– Peut-être ! Sa maman n'habite pas très loin d'ici, comme nous, donc il y a de fortes chances qu'on les croise à nouveau.

Il me lance un clin d'œil avec son plus beau sourire, et je fonds sur place. Est-ce qu'on va me prendre pour une détraquée sexuelle si j'avoue le trouver encore plus excitant en mode papa ?

– Sinon, on pourrait les inviter à la maison ! Comme ça, Léon et moi, on pourrait jouer avec Peanuts.

Une véritable petite entremetteuse, cette fille ! Je me souviens qu'Amy m'avait dit que c'était un sacré numéro, en effet.

– On en reparlera une prochaine fois, élude-t-il.

Nous nous saluons sans plus de cérémonie tandis que Nina fait un gros bisou à mon garçon ravi. Alors que j'observe Calvin remonter l'allée qui mène à la sortie, je me demande si notre arrangement tient toujours. A-t-il vu d'autres filles depuis notre soirée au Jam's Rock ? A-t-il changé d'avis et est-il trop poli pour m'en parler ?

Il se retourne dans ma direction au moment où je fronce les sourcils. Le regard amusé qu'il me jette avant de disparaître instaure une chaleur diffuse dans mon corps.

Je ne peux qu'espérer que cela signifie que nous allons nous revoir très vite.

CHAPITRE 5

À peine rentré de notre escapade au zoo, Léon a filé dans un bain et a éclaboussé tous les murs de la pièce, comme à son habitude. J'ai déjà sérieusement envisagé de porter un K-way pour le surveiller sans finir trempée des pieds à la tête avant de me dire que j'aurais vraiment l'air stupide dans une tenue pareille à l'intérieur. Quelles que soient les bêtises de mon fils, je dois avouer qu'il me fait bien rire. Je suis persuadée qu'il tient sa fourberie de sa maman…

Tandis que nous migrons dans le salon après un rapide dîner, je récupère mon ordinateur portable et m'installe sur le canapé tandis que Léon joue avec ses jouets sur le tapis. J'ai en tête de vérifier les derniers dégâts occasionnés sur mon compte en banque avant de le mettre au lit.

Mon emménagement a généré pas mal de dépenses, comme je m'y attendais. Je me retrouve très souvent dans le rouge en fin de semaine. Il est donc tout naturel que je reçoive régulièrement des mails de mon banquier me demandant, ou plutôt m'ordonnant, de renflouer mon compte au plus vite. Heureusement que ma paie est tombée il y a peu. Même si elle est dérisoire, ça a eu le mérite de le calmer.

En même temps, c'est de sa faute s'il accepte les paiements de ma carte bancaire alors que je ne possède plus un radis. C'est toujours au moment où je suis le plus à sec qu'il vient me solliciter. Un peu vicieux comme façon de faire, je trouve. Il faudra que j'en touche un mot à Trevor, à l'occasion, pour mieux comprendre les magouilles des rois de la finance et tenter de m'en sortir sans trop d'agios et de frais d'intervention.

Après avoir retiré mes frais obligatoires tels que le loyer, l'électricité et la somme que je tiens à verser à mes parents tous les mois en échange de la garde de leur petit-fils, il me reste tout juste de quoi faire les courses. Si les promotions sont généreuses, je peux même octroyer un petit extra à Léon. Mais autant se l'avouer, tout cela n'est pas très glorieux. Si je veux pouvoir intégrer une formation professionnelle à l'avenir, je vais devoir faire mes preuves chez Bloomingdale's.

– C'est vraiment la dèche pour maman, Léon ! lui dis-je comme s'il pouvait me comprendre.

Je me masse les tempes et souris en le voyant jouer calmement avec ses voitures. Je me souviens très bien de ce que je faisais de mon argent avant lui… À l'époque, j'enchaînais des petits boulots qui me permettaient de m'offrir une nouvelle fringue ou une paire de chaussures toutes les deux semaines. J'adorais suivre les dernières tendances et me précipiter en boutique sitôt mon salaire en poche. Tout ça me paraît tellement futile à présent.

– Maman, maman ! m'appelle Léon.

Il me tend l'un de ses jouets tandis que je me lève pour le rejoindre par terre.

– Vroum-vroum, chanté-je en faisant rouler la petite voiture.

Je la fais foncer dans la jambe de Léon en criant « boum » et en la renversant sur le toit. J'attrape ensuite son camion de pompiers et le fais arriver à toute allure en criant cette fois-ci « pin-pon ». Léon rit aux éclats à cause de la grimace que je fais simultanément, ce qui me donne une irrésistible envie de le chatouiller et de lui voler plein de bisous. J'adore le sentir se tortiller sous mes doigts pour essayer de m'échapper. Alors que je m'arrête pour le prendre dans mes bras, Léon passe les siens autour de mon cou et pose sa tête contre mon épaule. Je le berce en chantant tout bas et réussis à l'endormir en un rien de temps.

You are my sunshine, my only sunshine. You make me happy, when skies are grey.

Quelques secondes plus tard, je le couche dans son lit et allume sa veilleuse afin qu'il ne soit pas dans le noir.

You'll never know, dear, how much I love you.

En lui faisant son dernier bisou de la journée, je me demande sincèrement ce qui me rendait heureuse avant de l'avoir dans ma vie.

Please don't take my sunshine away[8].

Alors que la nuit est tombée depuis longtemps déjà, je décide de végéter encore un peu devant la télé, mon *bullet journal* sur les genoux. Je l'ai commencé lors de ma grossesse dans l'optique d'exercer un contrôle absolu sur ma vie. Toutefois, j'ai vite rendu les armes face au temps que cela me demandait de tout transcrire. Aujourd'hui, ce petit cahier me sert à réunir toutes les idées farfelues ainsi que toutes les idées mode que je vois passer dans les médias ou autour de moi.

Chez Bloomingdale's, ma patronne a tout un tas de revues sur les tendances vestimentaires que je dévore à chacune de mes pauses. Je me contrefous qu'elles datent des années précédentes. Au contraire, plus les tenues présentées sont anciennes et plus je trouve ça chic. Depuis que je travaille là-bas, j'ai pris l'habitude de découper les pages où figurent les ensembles qui retiennent mon attention. Mme Freeman m'a bien entendu donné son accord. Je ne prendrais pas le risque de perdre mon job pour

---

8. « Tu es mon rayon de soleil, mon seul rayon de soleil.
Tu me rends heureux, quand les cieux sont gris.
Tu ne sauras jamais, chéri, combien je t'aime.
S'il vous plaît, ne m'enlevez jamais mon rayon de soleil. »
You Are My Sunshine, Johnny Cash.

de simples bouts de papier, entendons-nous. Ça ne me sert absolument à rien, à part à rêver. Mais au moins, ça ne me coûte rien. Ce qui tombe plutôt bien puisque je suis fauchée.

Un « ping » sur mon téléphone me sort de mes images de défilés haute couture. J'étends mon bras pour l'attraper sans bouger mes fesses du canapé et constate qu'il s'agit uniquement d'une demande d'abonné sur mon compte Instagram. Mon profil est bien entendu en mode privé afin que seules les personnes à qui je l'autorise puissent voir mes photos.

Mon cœur rate un battement en voyant son nom. Nick Hearst. *Le* Nick Hearst. Puis je manque d'air en voyant la photo qui lui sert d'avatar, sur laquelle il arbore un immense sourire. Quelques jours après qu'il m'a fichue à la porte de chez lui, j'ai supprimé mes réseaux sociaux et m'en suis créé de nouveaux, comme pour recommencer de zéro. Je me suis interdit d'aller sur les siens pour vérifier s'il les alimentait régulièrement.

Il aura donc mis deux ans à me retrouver, alors même que le nouveau pseudo que je me suis façonné n'est autre que le précédent écrit à l'envers. Inutile d'être un fin limier pour savoir où me chercher. J'hallucine… Sa demande n'est même pas accompagnée d'un quelconque message. Comme s'il pouvait se pointer de nouveau dans ma vie avec une simple demande d'ami sur Instagram ! Croit-il sincèrement que cela suffise pour renouer un lien ? Pour mettre de côté son abandon, son absence auprès de Léon et le mal que cela a pu nous causer ? Dommage qu'il n'existe pas une réponse automatique du type « *What the fuck ?*[9] » pour décliner sa demande.

Je choisis de faire comme si je n'avais rien reçu. L'ignorance est la meilleure des réponses. C'est la méthode qu'il utilise depuis qu'il m'a su enceinte, après tout, alors pourquoi ne pas l'adopter à mon tour ? Furieuse, j'éteins mon téléphone pour ne pas être tentée de lui envoyer un message. Je risquerais de sortir de mes gonds alors qu'il ne mérite pas que je lui accorde la moindre attention.

Afin de penser à autre chose, je pose mon carnet fourre-tout sur la table basse et lance le premier film qui apparaît sur Netflix. Hors de question de laisser ces vieux démons ressurgir de mon passé.

---

9. « C'est quoi, ce bordel ? » en anglais.

CHAPITRE 6

Après la matinée que je viens de passer, je pense que l'on pourrait aisément me décerner le prix du meilleur self-control de l'univers. Je ne sais toujours pas par quel miracle j'ai réussi à ne pas répondre aux multiples attaques mesquines de mes collègues. Elles ont décidé de s'en donner à cœur joie aujourd'hui en me faisant changer plusieurs fois de place des montants de vêtements, puis en mettant d'autant plus de bazar dans les piles que j'avais pour mission de ranger. Leur prétexte ? La nouvelle disposition du magasin qui leur a fait perdre leurs moyens. *Tu parles.* Je me suis difficilement retenue de leur planter un cintre là où je pense. Avant que Mme Freeman ne débarque, j'ai toutefois réussi à tout remettre en ordre, histoire de ne pas avoir plus d'ennuis que ça avec ma supérieure.

À 12 h 45, ma pause déjeuner sonne comme une délivrance. J'avale un sandwich sur le pouce puis décide de mettre en place le plan d'action d'Amy, plus motivée que jamais. Après tout, je n'ai rien à perdre et je sais mon temps compté chez Bloomingdale's.

Je me balade un long moment à la recherche d'une boutique qui pourrait attirer mon attention, sans me donner de critères particuliers en tête. Je passe notamment devant un pressing plutôt bien tenu, mais c'est déjà tellement une aventure de gérer mon repassage et celui de Léon que je m'imagine mal y déposer une candidature.

Un peu plus loin, Mme Freeman possède un local, vide depuis plusieurs mois. Il s'agit d'un vieux magasin de chaussures qui a fermé seulement quelques semaines après son ouverture. Je l'observe du coin de l'œil avant de poursuivre ma route sur Dwight Street. Hormis quelques restaurants desquels s'échappent de délicieuses odeurs, je ne trouve rien qui sorte de l'ordinaire.

Mes pas bifurquent sur India Street où les piétons sont moins nombreux. Une devanture rose girly fait son job en m'attirant. L'écriteau annonce *Chez Maddie*, comme ça, à la française. Je prends un instant pour lire le détail des tarifs affichés à côté de la porte d'entrée. Le concept est étonnant. Il s'agit d'un salon de tatouage et piercing réservé exclusivement aux femmes. Il est également possible d'opter pour du maquillage permanent ou de se faire poser de faux cils. J'adore aussitôt l'idée de la clientèle unique. J'ai déjà pensé à me faire tatouer quand j'étais plus jeune, mais c'est un univers que je ne connais pas du tout. J'aurais peur de confier mon corps à n'importe qui. Quant à l'idée de tenir une boutique pareille… cela me paraît inconcevable. J'ai toujours été un peu effrayée par les types couverts d'encre, n'en déplaise à Julian, que j'apprécie ceci dit beaucoup. Il ne s'agit que de préjugés, je l'avoue.

Sans hésitation, j'entre à l'intérieur du petit commerce et suis immédiatement sous le charme de l'endroit. Deux énormes rocking-chairs en cuir jaune canari disposés en retrait sont prévus pour l'attente des clientes. Le décor a été tout à fait réfléchi. Un mélange de bois clair et de touches de rose et de violet habille les lieux. C'est très élégant. Et puis il y a aussi un nombre incalculable de photos mises en valeur sur les murs. Je m'approche de quelques pas afin de les regarder de plus près. Il s'agit principalement de tatouages fins, délicats et discrets. C'est un travail minutieux. On sent tout le talent de la personne qui les a réalisés.

Alors que je me perds dans mes contemplations, un bruit de porte coulissante se fait entendre au loin.

– Merci beaucoup, Maddie. J'ai beau savoir que tu as un don pour sublimer chacun de mes dessins, tu as encore réussi à me surprendre.

Deux femmes apparaissent depuis l'arrière-boutique, et je distingue immédiatement laquelle d'entre elles est la patronne. Ses oreilles supportent plusieurs clous de style gothique tandis que scintille à son nez ce qui semble être un vrai diamant. La jeune femme aux longs cheveux noirs tressés de façon sophistiquée à l'aide d'un ruban rouge porte également une bague qui s'étend sur la longueur des quatre doigts de sa main droite. Sa bouche violette et le charbonneux sur ses yeux révèlent son âme d'artiste tout autant que ses œuvres affichées aux murs.

Alors qu'elle papote quelques secondes supplémentaires avec sa cliente, je réalise que je ne sais absolument pas ce que je trafique ici ni ce que je vais bien pouvoir lui dire. Je ne vais tout de même pas postuler pour un job dans cette boutique alors que mes capacités en dessin doivent être égalent à celles d'un gamin de 4 ans. Niveau make-up, je suis également loin d'être une pro. Un peu de fond de teint appliqué grossièrement avec les doigts et un trait d'eye-liner suffisent à mon look quotidien.

– Ça te fera deux cents dollars, s'il te plaît.

La cliente fournit à la tatoueuse un chèque sur lequel elle ne prend même pas le soin de renseigner l'ordre avant de quitter les lieux, un immense sourire aux lèvres. Comme quoi, un tarif pareil ne refroidit pas tout le monde.

– Je me trompe ou vous n'êtes encore jamais venue ici ? m'interroge la fameuse Maddie.

Sa voix fluette contraste totalement avec son apparence. Elle porte une blouse d'esthéticienne sur un jean élimé et affiche une magnifique paire de Jordan aux pieds.

– J'adore vos baskets ! m'exclamé-je en même temps que je les aperçois. C'est le modèle « décontracté » ?

– Oui ! s'exclame-t-elle, ravie.

– Où les avez-vous dénichées ?

– Sur Internet, avec des frais de port exorbitants et un délai de livraison aussi long que le mandat d'un président. Mais je ne pouvais pas les laisser passer.

– Vous avez bien fait. Ce genre de baskets n'a pas de prix.

Elle m'offre un sourire de connivence avant de faire un pas vers moi.

– Je m'excuse de vous demander ça comme ça, mais comment connaissez-vous ces baskets pourtant rétro ?

Je prends conscience avec sa question que je suis en train de lui parler mode vintage alors que je suis tirée à quatre épingles dans le tailleur strict d'Amy. Mon look apparent est tout ce que je déteste habituellement.

– Je sais ce que vous vous dites… Mais je dois être plutôt classique pour le travail, expliqué-je.

– Ah… J'en vois beaucoup passer, des femmes dans le même cas que le vôtre. Je vous admire pour votre force de caractère. Je n'ai jamais su cacher qui j'étais, au grand dam de mes parents.

– C'est une véritable torture, je vous l'accorde, mais ça paye les factures.

– Vous vous appelez comment, si ce n'est pas indiscret ?

– Erin. Erin Wilkinson.

– Bien, Erin. Je vais me permettre de te tutoyer, car nous allons faire un marché toutes les deux. Je ne veux pas savoir ce qui t'a amenée chez moi aujourd'hui. En revanche, j'accepterai de te donner la référence de mes baskets à condition que la prochaine fois que tu viens me rendre visite, ce sera en étant toi-même. Et personne d'autre. Comme ça, on pourra parler en toute liberté.

Waouh ! j'adore déjà cette nana. Elle m'a percée à jour d'un simple coup d'œil. La fille banale que je m'oblige à être commence à m'étouffer. Ça me pèse, et Amy a raison, je ne vais pas tenir longtemps à ce rythme. La pression s'accentue un peu plus chaque jour, et ça va finir par exploser. Tôt ou tard.

– Marché conclu, Maddie.

Je lui tends une main qu'elle serre, tout sourire, avant de m'éclipser, l'esprit plus léger.

Parler de ce que je connais et de ce que j'aime, même l'espace d'une minute, m'a fait un bien fou. Un peu comme si j'avais autorisé la vraie Erin à sortir de sa cachette pour un temps. Espérons que cela arrive plus souvent à l'avenir…

CHAPITRE 7

Nous sommes mercredi, et il me reste moins de trente minutes à tirer quand Calvin passe enfin les portes de Bloomingdale's. On peut dire qu'il sait se faire désirer, celui-là. Ces trois jours depuis notre rencontre fortuite au zoo m'ont paru bien longs. Je suis restée à l'affût à chaque fois que j'entendais une voix masculine dans la boutique, persuadée qu'il débarquerait à la première occasion. Il faut croire qu'il n'était pas très pressé…

Je suis à l'arrière du magasin lorsque je l'aperçois dans son pantalon chino beige et sa veste légère bleu foncé estampillée « Cooper Training ». Dire qu'il est canon serait un euphémisme. Son allure B.C.B.G. m'agace autant qu'elle m'excite. J'ai envie de fourrager dans sa tignasse trop bien coiffée, de sortir le bas de sa chemise de son pantalon et d'en défaire le premier bouton. En revanche, je dois avouer qu'il sait se chausser, vu la paire de Magnanni en cuir beige qu'il porte aux pieds.

Ma collègue Kelly se rue sur lui dès son arrivée dans les lieux afin de le servir. Le beau sourire dont elle s'arme face à lui est le même qui réussit à faire cracher un max de blé aux pauvres types qui viennent ici sans la moindre idée de ce qui pourrait plaire à leur femme ou à leur maîtresse.

– Bonjour, chante-t-elle de sa plus jolie voix, je peux vous renseigner ?

– Oui, peut-être. Je cherche un cadeau à offrir à une amie. Le problème, c'est que je ne la connais pas encore assez bien pour savoir quoi choisir.

Il me repère et me gratifie de son habituel clin d'œil. Cela agit sur moi comme un aphrodisiaque. À quoi joue-t-il ?

– Aucun souci, répond Kelly. Je vais vous présenter les pièces qui sont tendance en ce moment et que nos clientes s'arrachent. Vous connaissez la taille de votre amie ?

– C'est la même taille de guêpe que celle de votre jolie collègue, affirme-t-il en me pointant du doigt.

Je me retiens de rire tandis qu'il suit Kelly dans les rayons du magasin et continue de replier correctement les vêtements manipulés par nos clients précédents. C'est drôle que ma collègue fasse mine de ne pas avoir saisi le compliment de Calvin à mon égard. La vendeuse reste imperturbable face à lui, persuadée qu'elle fait affaire.

– Vous avez une envie particulière ? Une robe, un chemisier, une jupe crayon… ?

Les combinaisons-pantalons sont également très tendance en ce moment.

– Je n'en ai aucune idée, rigole-t-il tout en lui faisant les yeux doux. Ça vous dérangerait de me proposer plusieurs modèles pour que je puisse choisir ?

– Absolument pas ! Tenez, asseyez-vous là, lui dit-elle en désignant un fauteuil. Je vais chercher les articles. Je peux vous proposer de l'eau ou un café en attendant ?

Je suis dans une dimension parallèle ou quoi ? Calvin est le premier client à qui nous proposons de boire quelque chose. Comme si ce type savait parfaitement comment s'attirer les faveurs de n'importe quelle femme.

– À vrai dire, je suis un peu pressé, lui murmure-t-il sur le ton de la confidence.

– Aucun problème, minaude-t-elle en se permettant de lui toucher l'avant-bras. Je me dépêche de vous apporter tout ça.

Kelly appelle à la rescousse deux de ses copines, les mêmes qui s'amusent généralement à me mettre des bâtons dans les roues. Toutes les trois s'agitent dans la boutique pour dénicher ce qui pourra plaire au beau brun qui ne me quitte pourtant pas des yeux. En moins de dix minutes, elles sont près de lui et lui détaillent chaque tenue. Je ne suis pas étonnée de constater qu'elles ont fait leur sélection parmi les pièces les plus onéreuses.

– Je suis confus, mesdames, s'excuse-t-il subitement en se levant. J'ai dû me tromper en entrant ici. Voyez-vous, mon amie a un look plus authentique que ce que vous me proposez là. Rien ne lui correspond. Tout est trop… banal.

Eh merde. Ce dernier mot vient de les achever. Calvin leur sourit, mais cette fois-ci, cela ne fonctionne plus. Mes collègues sont en pétard de tout le temps qu'il vient de leur faire perdre. À présent, elles doivent se dépêcher de tout ranger si elles ne veulent pas que Mme Freeman sorte de ses gonds. Quand je pense qu'il ne va rien acheter après toute cette mascarade… Adieu le pourcentage sur la vente que Kelly pensait faire ! L'air de rien, Calvin glisse les mains dans ses poches, leur souhaite une bonne fin de journée et s'en va sans même les remercier.

Un petit quart d'heure plus tard, je salue à mon tour mes trois collègues avec, pour la première fois, un sourire sincère plaqué sur le visage. J'espère de tout cœur qu'un certain Cooper m'attend près de la boutique. Après tout, il n'aurait pas fait le trajet jusqu'ici uniquement pour se payer la tête des vendeuses de Bloomingdale's, si ?

Un coup d'œil à gauche, puis à droite m'indique qu'il n'y a aucun beau gosse dans les environs. Je n'arrive pas à croire qu'il soit parti comme ça, sans un mot. Alors que je commence à pester intérieurement, un coup de klaxon me fait sursauter. Je m'apprête à insulter le conducteur qui en est à l'origine lorsque celui-ci ouvre sa vitre teintée et laisse apparaître son visage angélique. Ce type est beaucoup trop craquant, il cache forcément quelque chose.

C'est le pas léger que je marche en direction de son véhicule tout en essayant d'adopter une respiration lente et profonde. Arrivée à sa hauteur, je me grandis et pose mes coudes sur l'encadrement de sa vitre. Je tente honteusement de gonfler mon petit bonnet A en passant mes avant-bras sous ma poitrine.

– Je vous dépose quelque part ? demande Calvin en lorgnant mes lèvres.

– Hillcrest et North Park, ce n'est pas vraiment la même direction.

– Pas grave, j'adore faire des détours, plaisante-t-il. Allez, grimpe.

Je ne me fais pas prier et contourne sa voiture pour m'installer côté passager.

– Vous avez tous une Range Rover dans la famille ? analysé-je en riant.

Je me souviens très bien d'avoir vu Amy dans celle de Julian plusieurs fois.

– C'est ça d'être un modèle d'exemplarité pour ses frères !

Nous rions tandis qu'il entame la route pour me ramener jusqu'à mon appartement. Sur le trajet, le soleil fait ressortir les nuances de vert qui éclaircissent ses yeux, et j'ai presque du mal à soutenir son regard.

– C'est bizarre de te voir si apprêtée, dit-il après un long silence.

Je pousse un soupir las parce que ça me pèse de plus en plus de devoir me déguiser ainsi.

– Moi-même, je ne me reconnais pas dans le miroir, lui avoué-je.

– Je ne dis pas que ça ne te va pas, bien sûr. Mais c'est juste que je préfère la Erin que j'ai rencontrée à son déménagement.

– Ça tombe bien puisque c'est elle, la vraie moi.

Il sourit brièvement avant de concentrer son attention sur la route.

J'ai un peu de mal à le cerner, il faut le dire. Il est toujours en train de blaguer et ne semble jamais rien prendre au sérieux. Et puis, quelquefois, il se met à parler sur un ton franc et posé, comme si ce qu'il disait était le plus lourd des secrets.

– Je peux te poser une question ?

– Je t'en prie.

– Pourquoi tu as fait ça à la boutique, tout à l'heure ?

– Fait quoi ? feint-il de ne pas comprendre en fronçant les sourcils.

– Tu sais ce que je veux dire… Faire sortir toute une collection de vêtements à mes collègues alors que tu ne comptais rien acheter.

Il hausse les épaules et prend le temps de réfléchir avant de me fournir une réponse.

– Il se peut qu'Amy ait évoqué, lors d'une de nos sorties au bar, que les autres nanas de ton boulot n'étaient pas très sympas.

Tiens donc, on parle de moi lorsque je ne suis pas là…

– Et ?

– Et j'ai pensé que ce serait marrant de les faire tourner en bourrique. Un petit kif perso auquel tu repenseras chaque fois qu'elles te casseront les pieds.

– Eh bien… merci. Grâce à toi, j'ai fini la journée en apothéose.

– Houlà ! Je t'arrête tout de suite, dit-il en secouant la tête. Premièrement, ta journée n'est pas finie. Et deuxièmement, l'apothéose est prévue pour quand on sera chez toi.

– « On » ? Qu'est-ce qui te fait croire que tu vas monter ?

Il me jette un regard en coin d'un air arrogant.

– On peut aussi faire ça dans le parking de ton immeuble.

Le sourire qu'il m'accorde ensuite m'indique qu'il est tout à fait sérieux et partant pour cette option. Suite à cette proposition, le reste du trajet se fait dans le silence. De mon côté, je médite sur la meilleure façon de lui annoncer que je n'ai absolument pas le temps pour une partie de jambe en l'air, là, maintenant. En réalité, il n'aurait pas pu choisir une pire journée pour me rendre visite. Il faut que je récupère Léon à l'heure chez ma mère car elle a un cours collectif avec Vanessa. Eh oui ! Julian convertit toutes les femmes au sport, c'est effarant. Enfin, à part Amy…

Je n'ai pas le droit au moindre retard avec ma mère. Autrement, je risque d'en entendre parler durant des jours. Ce matin, elle m'a reproché le fait que Léon n'avait pas avalé son biberon. J'y peux rien s'il n'en voulait pas, moi ! J'ai insisté, mais il n'y avait rien à faire. En plus de cela, j'ai toujours été pour l'écoute de l'enfant. Je fais confiance à ses besoins. Et puis, ça arrive à tout le monde de ne pas petit-déjeuner. On ne veut pas forcément d'un café tous les matins. Bien sûr, ma mère est d'un avis différent. Quand je lui ai apporté le lait pour qu'elle puisse le donner à Léon s'il le réclamait, elle a jugé bon de me passer un savon. Pour elle, je laisse tout passer à mon fils et n'ai aucune autorité. J'ai donc pris sur moi pour ne pas lui rétorquer que si j'étais censée prendre exemple sur elle et sa façon de m'avoir élevée, Léon était mal barré.

Arrivé devant chez moi, Calvin gare son 4 × 4 avec agilité. J'agrippe son poignet alors qu'il coupe le contact. Sans lui laisser le temps de dire quoi que ce soit, je grimpe à califourchon sur lui en posant mes mains sur son torse. Mon geste semble le surprendre sur le moment, mais il réagit ensuite très vite en empoignant mes fesses. Quand ma langue se mêle enfin à la sienne, je sens tout mon corps s'apaiser. Calvin m'offre une parenthèse bien méritée entre mon rôle de maman et celui de vendeuse. Il n'y a peut-être que durant ces quelques minutes que je suis réellement moi. C'est donc à contrecœur que je me décolle de lui pour reprendre mon souffle.

– Faut que j'aille chercher mon fils.

Aussitôt, Calvin calme ses ardeurs en retirant ses mains de sous mon chemisier dont les premiers boutons avaient déjà sauté.

– Donne-moi ton numéro. Comme ça, la prochaine fois, je m'assure que tu as un peu de temps à m'accorder avant de débarquer à l'improviste.

Il fait bonne figure, mais je vois bien qu'il est contrarié. Malgré tout, je ne céderai jamais la priorité de mon fils contre un coup vite fait, aussi bon soit-il. C'est d'ailleurs l'une des raisons pour lesquelles je peine à construire une relation durable avec un homme depuis l'arrivée de Léon. Le cœur battant encore la chamade, je me penche pour récupérer mon sac à main et en sors un papier sur lequel je griffonne mon portable à l'aide d'un stylo.

– Tu veux que je précise mon prénom dessus pour que tu ne te trompes pas avec les numéros de tes autres conquêtes ?

– Le tien, je vais faire l'effort de l'enregistrer, me nargue-t-il.

Connard.

Je tire sur la poignée pour ouvrir la portière, mais Calvin ne me laisse pas descendre.

– Alors quoi, je n'ai même pas le droit à un dernier baiser ?

Monsieur veut jouer ? Pas de problème. Je vais lui donner ce qu'il veut. Le sourire aux lèvres, je glisse mes mains sur le bas de son cou puis les remonte jusqu'au sommet de sa nuque. Je tire un peu sur ses cheveux et approche doucement ma bouche de la sienne avant de reculer d'une traite, alors même qu'il s'avançait vers moi. Ma langue l'allume en caressant par petits coups ses lèvres roses. Simultanément, mon bassin ondule sur lui, et je sens son membre durcir dans son pantalon. Son bras droit se plaque dans mon dos pour me cambrer davantage contre lui, et, dans la seconde, nous nous dévorons par des baisers voraces.

Ma culotte ne va pas s'en remettre.

Malheureusement, la sonnerie de mon téléphone vient me rappeler à l'ordre. Il s'agit probablement d'un message de ma mère.

– Je dois vraiment y aller, soufflé-je en caressant sa joue de mon index.

Il mord mon doigt en souriant, m'envoyant une décharge électrique dans le bas-ventre.

– File, m'ordonne-t-il.

Je claque la portière, les sens en vrac. Après avoir attendu trois jours que Calvin vienne à la boutique, je vais maintenant attendre qu'il m'appelle. L'aîné des Cooper est décidément très fort.

Dès qu'il disparaît, je fonce à pied chez ma mère, qui habite vraiment tout près. Il était absolument inenvisageable qu'il me dépose devant chez mes parents. J'aurais eu droit à un interrogatoire digne du FBI et un sermon sur le fait de présenter un homme à Léon, autrement.

Ma mère m'attend déjà sur le pas de la porte tandis que j'aperçois Léon jouer dans le jardin.

Son look de sportive est à se tordre de rire, mais je me retiens pour ne pas la froisser.

– Te voilà enfin ! J'ai cru que tu n'arriverais jamais, lance-t-elle en me faisant les gros yeux.

Je me dirige vers Léon pour le prendre dans mes bras afin de partir le plus vite possible. Je suis de bonne humeur grâce à cette entrevue avec Calvin, je ne vais pas laisser ma mère gâcher ça.

– Je t'avais pourtant prévenue que je ne devais pas être en retard, continue-t-elle son monologue. Et si Vanessa était arrivée avant toi pour m'emmener à la salle ?

– Ce n'est pas le cas, n'est-ce pas ? Je suis là avant elle, donc inutile de polémiquer.

Elle s'apprête à répliquer quand sa nouvelle prof de sport me sauve la mise en arrivant. Je la salue d'un signe de la main tandis que ma mère grimpe dans sa voiture.

Bon débarras, ne puis-je m'empêcher de penser.

CHAPITRE 8

Dans la nuit, les pleurs de Léon me tirent de mon sommeil. Le réveil indique deux heures du matin. Je me suis mise au lit vers vingt-trois heures après avoir fait un brin de ménage tardif et traîné sur les réseaux sociaux. C'est à ce moment-là que j'ai remarqué le message privé reçu sur Instagram pendant que j'étais avec Calvin, au pied de mon immeuble. J'étais persuadée qu'il s'agissait d'un texto de ma mère m'urgeant de rappliquer chez elle.

En constatant l'identité de celui qui me l'a envoyé, j'ai décidé de remettre à plus tard la lecture du message. À la place, j'ai préféré visionner une quinzaine de recettes à réaliser en moins de dix minutes et je me suis extasiée pendant une heure sur les dernières rééditions de baskets des grandes marques sportives. Les vendeurs commencent à comprendre que le rétro revient à la mode et fabriquent à nouveau leurs anciens modèles, mais en quantité limitée. Ainsi, ils peuvent vendre la paire de pompes deux, voire trois fois plus chère qu'à notre époque. *Business is business*[10]. Par la suite, j'ai griffonné quelques idées d'associations vestimentaires avec les pièces qui figurent dans mon carnet pour m'occuper l'esprit. Je veux à tout prix museler ma curiosité et ne pas accorder d'importance à la tentative de retour de Nick.

Quand j'entrouvre doucement la porte de la chambre de mon fils, je prie pour qu'il ait simplement perdu sa tétine dans le noir et que sa crise de larmes puisse bientôt cesser. Léon est debout dans son lit et se calme dès qu'il me voit.

– Il faut faire dodo maintenant, mon chéri, lui murmuré-je. C'est encore la nuit.

Je m'approche pour lui caresser la tête, et il se met à bredouiller des « maman », en tirant sur mon débardeur qui me sert de pyjama. Vu son attitude, je sais que c'est peine perdue et qu'il ne s'endormira pas. Je le soulève donc dans les airs, une main sous ses fesses et une autre contre l'arrière de sa tête, afin de le bercer en fredonnant. J'inspire son odeur de poupon que j'affectionne tant et souris en sentant son petit cœur battre contre le mien. Un « ping » m'indiquant l'arrivée d'un message m'entraîne dans ma chambre. Voyant qu'il s'agit d'un numéro inconnu, je m'imagine aussitôt que mon ex-petit ami a réussi à se procurer mon portable. Mais je suis vite rassurée.

---

10. « Les affaires sont les affaires », en anglais.

De Numéro Inconnu :
Je bande encore à cause
de ton baiser. Une solution ?

Ce mec est impossible, mais j'aime son côté brut de décoffrage. Je l'enregistre dans mon répertoire avant de lui fournir une réponse.

De Erin :
Peux-tu préciser qui tu es,
je ne voudrais pas me tromper
de mec.

De Calvin :
Celui qui t'a baisée sur la table
de ta cuisine.
Ça y est... tu me remets ?

Je rigole toute seule face à l'écran de mon téléphone.

De Erin :
Même s'il est tard, tu dois bien avoir
une nana de disponible
dans ta liste de contacts
pour solutionner ton petit problème...

Léon commence à se débattre dans mes bras, alors je capitule, facilement je l'avoue, et le laisse s'installer dans mon grand lit. Il me sourit, fier de lui, quand je m'allonge à ses côtés. Il a eu ce qu'il voulait, il va pouvoir nous laisser dormir maintenant.

De Calvin :
Aucune ne sera à la hauteur
pour gérer le feu que tu as allumé

en moi… Et soit dit en passant,
mon problème est tout sauf petit.

Je réfléchis à ma réponse quand un autre message arrive déjà.

De Calvin :
Va falloir assumer,
mademoiselle Wilkinson.

S'il me prend pour une dégonflée, il se trompe. Je n'attends que ça, moi, qu'on remette le couvert !

De Erin :
Vendredi soir, 19h. Chez moi ?

Je sais qu'Amy finit plus tôt à la banque ce soir-là. Elle se fera une joie de garder son neveu pour quelques heures.

De Calvin :
Compte sur moi.

De Erin :
Super. Bonne nuit, Calvin.
Et sache que pour calmer
mon incendie personnel,
je me suis caressée
en pensant à toi sous la douche…

Je me retiens de rire en appuyant sur « envoyer », car c'est faux, bien sûr. Entre le moment où il m'a déposée et celui où j'ai couché Léon, j'ai fait des courses, préparé le repas, donner le bain à mon bébé et son dernier biberon. Puis j'ai lancé une lessive et fait du repassage en matant Netflix. Ma douche a dû durer trois minutes top chrono : la première pour me mouiller, la deuxième pour me savonner et la troisième pour me rincer. J'ai toujours peur que Léon se mette à pleurer et que je ne l'entende pas.

Mais tout ce côté non glamour, il n'a pas besoin de le savoir.

De Calvin :
ERIN ! Tu ne perds rien pour attendre !

Je pose mon téléphone sur la table de chevet, le sourire aux lèvres. Je viens de me programmer un rendez-vous dont l'unique but est de m'envoyer en l'air. C'est peut-être ça dont j'ai besoin dans ma vie pour tenir le coup : un plan cul sans prise de tête. J'assume être celui de Calvin sans aucune honte. Nous sommes adultes et consentants. Tout le bla-bla autour des sentiments est bon pour les romantiques ne s'étant jamais pris une claque dans la gueule. C'est donc l'esprit léger que je m'endors en calant mon bébé assoupi contre moi.

Sans avoir lu ce fameux message Instagram de Nick.

CHAPITRE 9

Réveillée de bon matin par mon petit bout qui ne cesse de gesticuler, j'ai le temps de me préparer pour le travail sans courir. Cela me permet de réaliser à quel point c'est agréable d'être zen au saut du lit. Peut-être devrais-je arrêter de relancer mon alarme tous les matins et me lever à la première sonnerie… D'autant que plus j'appuie sur *repeat* et plus je suis de mauvaise humeur.

Il nous reste un peu moins d'une heure avant que Léon doive aller chez sa mamie, ce qui me laisse le temps de faire une halte à la boulangerie tenue par des Français, à quelques pas d'ici. Léon a un faible pour leurs viennoiseries. En chemin, je préviens Amy qu'elle va devoir garder son neveu en fin de semaine.

De Erin :
Salut, sœurette !
Dispo pour garder ton adorable neveu
vendredi soir ?

Alors que nous sommes presque arrivés, Léon réclame de descendre de la poussette. Je le détache et garde sa petite main au creux de la mienne pour qu'il ne commence pas à courir. La circulation est chargée et la rue envahie de piétons.

De Amy :
C'est bizarre, Julian
a pour mission de garder Nina
ce soir-là aussi…

Je pouffe face au ridicule de la situation, mais m'en veux aussi de faire perdre à Calvin une soirée avec sa fille. Il ne doit pas la voir autant qu'il le voudrait…

De Erin :
Tu le gardes, oui ou non ?

Mettant de côté cette histoire pour un temps, je me délecte de l'odeur du pain en train de cuire lorsque nous entrons dans le petit établissement. Je choisis de nous prendre le produit phare du couple qui dirige l'endroit : le croissant au beurre. Léon croque dans le sien avec gourmandise tandis que nous rejoignons le trottoir. Je ris en voyant sa petite bouille pleine de miettes.

En attendant la réponse d'Amy, je remarque que la bulle rouge de mes messages indique deux notifications à présent, soit deux messages de la part de ce lâche de Nick. Ni tenant plus, je finis par les ouvrir, sans réellement savoir à quoi m'attendre.

@Nick_proplayer :
Salut, Erin, j'ai essayé de t'appeler,
mais tu as changé de numéro.
Ce qui est normal, après tout...
J'aimerais vraiment te parler.
S'il te plaît, contacte-moi.

Puis :

@Nick_proplayer :
Erin, je sais que tu as toutes
les raisons de m'en vouloir,
mais s'il te plaît, accepte ma demande
d'ami sur ton compte.
Ou alors appelle-moi, je n'ai pas
changé de numéro. Il faut qu'on parle.

Je serre les dents pour ne pas me mettre à hurler tellement je suis hors de moi. Sur le moment, ses mots me paralysent. Même si je le voulais, je ne trouverais rien à lui répondre. Je suis trop sonnée par l'audace avec laquelle il tente de remuer le passé. Après tout, c'est lui qui a choisi de se dérober au pire moment. C'est donc à lui d'assumer ses erreurs aujourd'hui. Il ne peut pas réapparaître d'un coup de baguette virtuelle simplement parce qu'il se sent prêt désormais.

Je mets une nouvelle fois ces messages de côté le temps de rentrer à la maison avec Léon. J'ai trop de choses à assimiler à la fois et je refuse de me laisser polluer l'esprit avant même d'avoir commencé ma journée de travail. Heureusement, un dernier message de ma sœur me remonte un tant soit peu le moral.

De Amy :
Oui, patate ! Il me tarde
de revoir mon neveu préféré !

Il y a quelques heures, je me languissais de pouvoir retrouver Calvin pour une soirée en tête à tête. Mais la réapparition subite de Nick a comme ajouté une ombre au tableau. Quelques phrases ont suffi à raviver la blessure de son abandon. Je suis pleine de rancœur, quand bien même j'ai lutté pendant deux ans afin de l'oublier. Pas certain que ce soit un bon *mood* pour un rendez-vous coquin.

Arrivée devant chez mes parents, je sonne à la porte et attends que ma mère vienne m'ouvrir.

– Tu es déjà là ? m'accueille-t-elle, surprise.

– Léon s'est levé tôt, comme d'habitude, mais cette fois-ci, j'ai décidé de mettre ce temps à profit.

– Tu aurais dû me prévenir ! J'aurais pu ne pas être prête.

Je soupire bruyamment et aide Léon à retirer sa veste pour éviter de devoir la regarder dans les yeux.

– De toute façon, quoi que je fasse, tu n'es jamais contente. J'arrive en retard, tu râles. Je viens en avance, tu râles.

– La ponctualité, c'est arriver à la bonne heure, me rétorque-t-elle d'un ton suffisant. Je vous ai pourtant appris à respecter les horaires, à toi et ta sœur. Si Amy y parvient, je ne vois pas pourquoi ce ne serait pas ton cas !

– OK, je ne vais pas m'aventurer sur ce sujet-là aujourd'hui avec toi.

Je suis bien assez à fleur de peau comme ça. Si je commence à rentrer dans son jeu, je vais passer mes nerfs sur elle et lui dire ses quatre vérités. Or, je n'ai pas le temps pour un énième drame familial.

– Viens faire un gros câlin à maman, dis-je à Léon en lui tendant les bras.

Il se jette à mon cou, et nous nous échangeons deux bisous baveux.

– Sois sage.

Avant de partir, je souris de façon mécanique à ma mère pour ne pas envenimer la situation. Pas sûr que je survive à cette journée sans assassiner quelqu'un.

CHAPITRE 10

La matinée touche à sa fin tandis que j'encaisse une cliente que j'ai pris plaisir à conseiller. Elle cherchait une tenue pour un mariage mais ne voulait pas quelque chose de trop classique. Après plusieurs essayages, elle a donc opté pour une robe marine, style français, avec une veste légère d'un jaune vif. Même Mme Freeman, qui était sceptique au départ, a reconnu que l'association de ces deux pièces était audacieuse et jolie. J'ai réussi à ajouter à l'achat un collier et une pochette ornée de perles, ce qui a cloué le bec à Kelly et ses deux pimbêches de copines.

Euphorique de mes prouesses de vendeuse, je me présente à trois magasins de prêt-à-porter d'une gamme inférieure à Bloomingdale's à la pause déjeuner. Malheureusement, aucun n'embauche actuellement. Après trois rejets consécutifs, les messages de Nick polluent mon esprit à nouveau. J'hésite de plus en plus à lui répondre pour y mettre un terme, même si je n'ai aucune envie de discuter avec lui. Il est trop tard pour ça, maintenant.

Comme il me reste encore trois quarts d'heure avant de devoir reprendre mon poste, je décide de faire un tour chez Maddie. Je ne suis pas sûre d'être moi-même, mais peu importe, j'ai besoin de me changer les idées.

La tatoueuse m'aperçoit à travers sa vitrine avant même que j'entre.

– Jolie tenue, m'accueille-t-elle dans un sourire.

La robe fleurie qu'Amy m'a choisie lors d'une séance shopping m'arrive à hauteur des genoux. Je l'ai associée à des sandales plates toutes simples, ce qui n'a pas eu l'air de plaire à ma patronne d'ailleurs.

– Mouais… merci. Tu n'es pas mal non plus.

Maddie a, quant à elle, adopté un look beaucoup plus sexy que l'autre jour : minijupe en cuir, cuissardes et un top d'un blanc transparent laissant deviner la dentelle dissimulée en dessous.

– Comment vas-tu depuis la dernière fois ? me demande-t-elle en arrangeant son bureau situé à l'accueil.

– Pas au top, dis-je en prenant place dans l'un de ses gros fauteuils jaunes. Pourtant, j'ai eu l'impression ces derniers mois que les choses rentraient petit à petit dans l'ordre. Mon emménagement s'est bien passé, mon fils s'y est fait sans problème… Le boulot, ce n'est pas la joie, mais au moins j'en ai un. Et combien de personnes ne sont pas épanouies professionnellement ? Je suis loin d'être la seule.

– Alors quel est ton problème ?

– Je ne veux pas t'embêter avec mes histoires…

– C'est moi qui demande !

– Bon… disons qu'un fantôme du passé essaye de refaire apparition.

– Quel genre de fantôme ?

– Le genre ex-petit ami de la *lose* qui m'a abandonnée et mise à la porte en plein début de grossesse.

Je ne sais pas véritablement pourquoi je lui confie ma vie comme ça alors qu'on se connaît à peine, mais ça fait du bien.

– Ah ! oui, je vois, dit-elle en fronçant les sourcils. Mais as-tu plus à perdre qu'à gagner en le laissant revenir dans ta vie, aujourd'hui ?

– Excellente question. Mon ego me crie que j'ai plus à perdre. Mais pour en être certaine, il faudrait déjà que je le laisse s'expliquer, j'imagine…

– Peut-être, en effet, me sourit-elle avec douceur.

Ne tenant plus en place, je me lève et me mets à contempler ses œuvres affichées au mur.

– J'ai une question un peu aléatoire à te poser…

– Je t'écoute.

– Est-ce que tu trouves ça naze de vouloir se faire tatouer le prénom de son enfant ?

– Ce qui est naze, comme tu dis, c'est de prêter attention à ce que les autres pourraient penser de toi si tu le faisais.

– Pas faux…

Je n'ai jamais été attirée par les tatouages. Mais il est vrai que marquer mon corps du nom de mon fils porterait une signification particulière à mes yeux.

– Comment s'appelle ton enfant ?

– Léon.

– Léon ? Quatre pauvres lettres ? Je te le fais tout de suite si tu veux.

Euh, elle me prend au dépourvu, là. Je ne pensais pas du tout me faire tatouer quand je me suis levée ce matin. Ni recevoir des messages de Nick, cependant, me glisse une petite voix à l'oreille. Quoi qu'il en soit, je n'ai pas les moyens de me payer ses services.

– Une prochaine fois, peut-être, proposé-je alors.

– Tu reprends le boulot à quelle heure ? Je peux faire ça très rapidement, je t'assure.

– Ce n'est pas une question de temps, c'est juste…

– Ah ! non, je t'arrête tout de suite ! Il n'est pas question d'argent entre amies, et encore moins pour un si minuscule prénom.

– C'est très gentil, Maddie… mais ça me gêne vraiment. On ne se connaît presque pas.

– Arrête tes conneries, Erin. Quand je te regarde, je vois celle que j'aurais pu devenir si j'avais laissé mes parents me modeler à leur image. Je te connais parfaitement. Ça me rend folle que tu sois obligée de jouer ce rôle. Sincèrement, ça me ferait plaisir que tu acceptes que je réalise ton tatouage. J'aurais le sentiment de participer un peu au réveil de la vraie Erin qui sommeille en toi.

– Je suis touchée, murmuré-je en lui attrapant les mains. Mais je t'avoue que cela me fait aussi un peu flipper.

– Dans ce cas, on se dépêche. Plus vite ce sera fait et moins tu auras le temps d'avoir peur. Direction la cabine !

Je la suis dans une petite pièce à l'arrière du magasin avant de m'asseoir sur le siège qu'elle me désigne du doigt.

– Où veux-tu ton tatouage ?

– Aucune idée, avoué-je.

– Hum… On pourrait peut-être l'écrire sur le côté de ton annulaire, à la main gauche ?

– Pourquoi là ?

– On prétend qu'une veine relierait ce doigt directement au cœur. C'est la raison pour laquelle les mariés y portent leur alliance.

– Waouh ! J'adore cette idée ! m'exclamé-je, convaincue. Va pour l'annulaire.

Maddie me présente différentes polices d'écriture, et je choisis celle en attaché, assez fine. Pendant qu'elle trace les lettres du prénom de mon fils, je pense à lui pour atténuer la douleur. Les nuits courtes, ses poussées dentaires, les montées de fièvre et toutes les inquiétudes qu'une jeune maman peut avoir. Mais aussi ses joies : les premiers fous rires, les premiers pas et le premier mot… Malgré moi, l'image de Nick refait surface dans mon esprit. S'il était revenu quelques semaines après notre séparation, je crois que j'aurais pu lui pardonner. J'aurais pu comprendre sa panique. Je voulais tellement construire un foyer solide pour Léon que j'étais prête à lui donner une seconde chance. Mais il n'a jamais cherché à la saisir… Jusqu'à présent.

– Et voilà !

– Quoi, déjà ?

Je baisse les yeux pour découvrir le magnifique prénom de mon fils gravé à jamais sur ma peau. Le tatouage est très discret, et je suis bluffée par le travail de minutie effectué par Maddie. Elle a pris soin de placer les lettres de façon harmonieuse avant de pigmenter mon doigt.

– C'est sublime.

– Tu veux bien que je le prenne en photo pour l'accrocher dans l'entrée ? me demande-t-elle.

– Bien sûr, avec plaisir.

Elle attrape son téléphone portable et prend le cliché. Puis, de manière tout à fait spontanée, je me lève et la prends dans mes bras.

– Merci beaucoup, Maddie.

– De rien. Tu seras toujours la bienvenue ici quand tu en auras besoin.

C'est au pas de course que je retourne au travail, mais avec le cœur plus léger. Je ne sais pas encore ce que je compte faire de Nick, mais quelque chose me dit qu'il va continuer à m'envoyer des messages jusqu'à ce que je cède. Le tout est de trouver une réponse assez claire pour qu'il me fiche la paix. Depuis peu, je maîtrise l'art de modérer mes propos, alors je dois bien être capable d'envoyer bouler mon ex de façon cordiale tout en restant ferme !

CHAPITRE 11

Chez Bloomingdale's, mes journées sont longues. Et ce vendredi ne déroge pas à la règle. J'aime mon métier de vendeuse mais certainement pas la clientèle avec laquelle il faut faire des ronds de jambe et des révérences pour se faire bien voir. Le fait que je hais cet environnement rend les heures interminables. Mais avec le rendez-vous prévu en fin de journée avec Calvin, le temps paraît d'autant plus étiré.

J'ai prévu les choses en grand pour ce soir. Enfin, si l'on veut… Au programme : un bon petit plat cuisiné maison, comme j'ai rarement l'occasion d'en faire. Nous avons passé un accord sur le fait qu'il ne devait rien y avoir de plus entre nous que du sexe, mais réflexion faite, nous ne sommes pas des animaux. De toute manière, je vais faire simple avec des lasagnes et une salade verte. C'est probablement l'un des seuls menus que je maîtrise à peu près. Il faut dire que je l'ai refait un nombre incalculable de fois depuis le cours collectif que j'ai pris avec un chef cuisinier. Une lubie qui m'avait prise avec l'idée qu'une maman devait forcément savoir concocter des repas dignes d'un grand restaurant. Heureusement que ma sœur a été là pour me ramener sur terre et me faire réaliser à quel point ce précepte était révolu.

– Erin, m'appelle Mme Freeman alors qu'il va être l'heure que je parte, j'aimerais que vous fassiez l'inventaire des bijoux fantaisie demain. Je veux savoir combien de modèles nous avons en stock.

Je sais ce qu'est un inventaire, merci !

– Je m'en occuperai.

– D'autre part, je vous trouve un peu moins apprêtée, ces temps-ci. J'estime que cette paire de sandales n'est pas appropriée pour travailler. Ça ne me dérange pas que vous ayez des chaussures plates, mais tâchez d'en choisir des plus raffinées, la prochaine fois.

Elle quitte le magasin sur ces belles paroles, ne me laissant pas le loisir de lui répondre. Ça vaut peut-être mieux, d'ailleurs…

Tout en levant les yeux au ciel, je file en direction des vestiaires et ouvre mon casier afin de récupérer mon sac à main. Je salue de façon brève mes collègues et quitte enfin cet enfer professionnel. Mon téléphone se met à sonner et affiche le prénom de mon rencard alors que je franchis la sortie.

– Allô ?

– Salut, c'est Calvin.

– Ton prénom s'affiche sur mon téléphone, tu sais.

– Ravi d'apprendre que tu m'as enregistré dans ton répertoire, plaisante-t-il. Je suis vraiment désolé, Erin, mais je dois annuler pour ce soir.

Pardon ? Dire que je ne suis pas déçue serait le plus gros bobard du monde.

– Aucun souci, ce n'est pas grave, m'entends-je pourtant répondre d'une voix rassurante.

– Putain, si, y'en a un, de souci ! J'ai une trique de malade à chaque fois que je pense à toi, et le destin s'acharne à me priver de ton corps.

Je pouffe pour tenter de masquer le coup de chaud que m'a provoqué sa déclaration.

– Puis-je te demander ce qui est si important pour que tu annules une partie de jambe en l'air qui s'annonçait mémorable ? en rajouté-je une couche.

– Nina est malade, alors je préfère rester auprès d'elle plutôt que de la laisser aller chez Julian.

– Mince, pardon. Je n'aurais pas dû dire ça.

– Pas de problème, tu ne savais pas. Tu ne m'en veux pas trop ?

– Que tu fasses passer ta fille avant un rendez-vous coquin ? Laisse-moi réfléchir…

Je l'entends rire d'un air las.

– Et puis, après tout, c'est toi qui as un problème. Moi, je suis libre. Je vais bien te trouver un remplaçant.

– Très drôle, lance-t-il en sachant pertinemment que je plaisante. J'ai peut-être un compromis à te proposer.

– Je t'écoute.

– Nina ne vient chez moi qu'à vingt heures. Je sais qu'il est pratiquement dix-huit heures, mais si tu es disponible, tu pourrais faire un saut à ma salle de sport. Elle n'est pas très loin de ton travail. En métro, tu peux être là en moins de quinze minutes.

– Tu veux dire que notre soirée se transformerait en cinq-à-sept ?

– Qu'est-ce que t'en dis ?

Que je me suis peut-être un peu trop emballée. Au moins, me voilà fixée sur ses intentions à mon égard.

– J'arrive, tranché-je cependant.

Il s'agit après tout du principal avantage de notre accord. Pas de perte de temps en bla-bla inutile. Nous avons chacun nos responsabilités et un quotidien bien chargé, alors allons à l'essentiel. Calvin me donne droit à une parenthèse d'une heure, à moi d'en faire bon usage.

Durant le trajet, je propose rapidement à Amy de garder Léon directement à mon appartement en lui expliquant que je ne rentrerai pas tard finalement. Le fait qu'elle ait un double de mes clés s'avère pratique dans ces cas-là.

Arrivée sur place, je m'arrête pour observer la devanture de la salle de Calvin. De l'extérieur, elle semble moins récente que celle de Julian, mais tout aussi fréquentée. En m'approchant, je constate que la clientèle paraît plus jeune également. Une petite bande de mecs tout juste sortis de l'adolescence squatte justement l'entrée et me reluque à mesure que j'avance.

– Hé ! salut, la miss ! Tu t'es perdue ? m'alpague l'un d'eux pour faire l'intéressant.

– Je crois bien, oui. On m'avait pourtant indiqué qu'il s'agissait d'une salle de musculation, mais vu comme t'es gaulé, j'ai dû me tromper. Ou peut-être viens-tu seulement de t'inscrire ?

Ses potes explosent de rire alors que le petit malin essaye de faire bonne figure.

– Tu t'es prise pour qui, le cure-dent ? enchaîne-t-il, vexé, en me barrant l'entrée de la salle.

Je fais mine de réfléchir en posant un index sur mes lèvres.

– Pour celle qui vient voir le boss, sans doute, dis-je en haussant un sourcil.

Au moins, ça a le mérite de la faire boucler à tout le monde.

– Merci, ajouté-je alors qu'il me laisse enfin le champ libre pour entrer.

Il fallait s'y attendre : l'intérieur de l'établissement sent la transpiration. Je dois avouer que le décor est également plus rudimentaire qu'à la salle de son frère. Attirée par les bruits de fond, je m'avance vers une double porte et l'entrouvre. Celle-ci donne sur une grande salle où une petite vingtaine d'hommes s'entraînent en cognant dans des sacs de frappe ou en faisant de la corde à sauter à une vitesse qui rend jalouse la gamine que j'étais. Certains sont torse nu, et c'est un vrai plaisir pour les yeux.

Une drôle de cage est installée au milieu de tout ce bazar. Et pour en avoir déjà vu à la télévision, je sais qu'il s'agit d'une arène pour MMA[11]. Un peu intimidée, je sors de cette pièce après m'être assurée que Calvin n'y était pas. Dans le couloir, je tombe sur Harry, qui semble prêt à partir. Il porte une chemise blanche qui fait ressortir la couleur de ses multiples tatouages, ainsi qu'un jean noir. C'est rare de voir un Cooper aussi élégant, et ça vaut le coup d'œil. Il me regarde avec son grand sourire de séducteur.

– Tiens donc, pourquoi ne suis-je qu'à moitié surpris de te trouver ici ? me lance-t-il.

– Parce que tu n'es qu'à moitié bête, plaisanté-je.

Il ne s'offusque pas de ma boutade et m'enlace pour mieux m'embrasser sur les deux joues.

– Le bureau de Calvin est au bout du couloir, m'indique-t-il. Tu devrais te joindre à nous samedi soir, on va boire un verre au Jam's Rock avec la bande.

– J'y penserai, merci.

---

11. Les arts martiaux mixtes, en français, sont un sport de combat interdit en compétition en France, associant pugilat et lutte au corps à corps.

En réalité, je sais déjà que ce n'est pas possible. Mes samedis soir, c'est Netflix et plateau télé tout en jouant avec Léon, que je ne presse pas d'aller au lit puisque nous ne devons pas nous réveiller tôt le lendemain. Même si mon petit bout n'a pas encore compris le principe de la grasse matinée. De plus, si je ne veux pas avoir à entendre mon banquier me pousser une gueulante au téléphone, j'ai intérêt à limiter mes dépenses. Pas de soirée au bar pour moi, donc.

Alors que Harry s'en va tout en levant ses deux pouces en l'air pour me motiver, je rejoins le bureau de son frère, le sourire aux lèvres. L'heure tourne, et il me tarde de commencer les festivités… Alors que je m'apprête à entrer, des bribes d'une conversation me parviennent puisque la porte est entrouverte. Je reconnais la voix de Calvin mais suis incapable d'identifier celle, plus fluette, de la personne avec lui. La seule chose dont je suis certaine, c'est que mon amant ne prend pas de pincettes pour s'exprimer.

– Mais si je te dis que tu ne fais pas le poids ! Il est plus rapide, et ses coups ont plus de force que les tiens. C'est de ta faute, tu ne t'entraînes pas assez. Crois-moi, je ne te laisserai pas faire ce combat si tu ne fais pas plus d'efforts que ça. Autrement, tu vas te faire défoncer. Et le pire, c'est qu'on n'aura même pas droit à un beau spectacle, parce que tu vas te faire mettre K.-O. au premier round.

Son interlocuteur ne répond pas. En même temps, il vient d'être mis plus bas que terre.

Un drôle de sentiment me noue alors l'estomac. Ces paroles me rappellent celles de ma mère, toutes les fois où elle m'a comparée à ma sœur : « Amy a de bonnes notes à l'école, elle réussit ses études. Elle prend des cours du soir pour obtenir une promotion. Amy a une situation, un appartement. Toi, tu ne penses qu'à t'amuser et faire la fête, à courir après les garçons. Quand comptes-tu devenir adulte ? »

Mine de rien, c'est elle qui a creusé ce fossé entre Amy et moi durant notre enfance. Heureusement que nous nous en sommes rendu compte avec le temps. C'est comme si ma sœur était intouchable, tandis que j'ai toujours eu le sentiment d'être un nuisible à ses yeux. Quand Amy a présenté Julian à nos parents, par exemple, ma mère n'a rien eu à redire sur lui, alors que si c'était moi qui avais ramené un mec percé et tatoué des pieds à la tête, elle n'aurait peut-être même pas accepté de le rencontrer.

– On en reparlera lorsque j'estimerai que tu es prêt, pas avant, conclut Calvin alors qu'il m'aperçoit devant la porte. Maintenant, va t'entraîner.

Je me décale pour laisser sortir le jeune homme, ou plutôt l'adolescent couvert de bleus qu'il était en train d'engueuler. Je note dans un coin de ma tête de ne jamais laisser Léon faire de la boxe. Je ne supporterais pas de le voir prendre des coups.

Calvin se lève et me tend une main pour m'inciter à entrer. Je n'avais pas réalisé que j'hésitais jusqu'alors. Il donne un tour de clé derrière moi pour verrouiller la porte et me plaque aussitôt contre. Ses lèvres sont déjà dans mon cou tandis qu'il passe une main le long de ma cuisse, sous ma robe. Il soulève cette dernière pour passer ma jambe dans son dos et colle la preuve de son désir contre mon intimité.

– Tu sens l'effet que tu me fais ? grogne-t-il, le regard ardent.

Si sa voix était sèche et sans appel une seconde plus tôt, elle possède à présent une tonalité rauque et mystérieuse. Je choisis alors de reléguer au second plan l'altercation que je viens de surprendre et le fait que Calvin a été odieux en rabaissant ce jeune garçon. Après tout, ça ne me regarde pas. Et surtout, je ne suis pas là pour ça.

D'une main, j'ouvre les premiers boutons situés à l'avant de ma robe, puis écarte le tissu afin de lui montrer que je ne porte pas de soutien-gorge. Face à son regard gourmand, je caresse ensuite mes seins et l'incite à venir jouer avec à l'aide de sa langue. On peut dire qu'il ne se fait pas prier !

– Putain, ils ont la taille parfaite, dit-il en les serrant un peu dans sa paume. Je pourrais presque les prendre en entier dans ma bouche.

Ce qu'il fait dans la seconde, me rendant complètement dingue. Il les suçote tour à tour, et jamais je n'avais été autant excitée à ce stade des préliminaires. Il doit le sentir car il s'interrompt pour m'embrasser tendrement. Ses doigts continuent de cajoler ma poitrine pendant que nos langues tournent l'une autour de l'autre. Je n'ai aucun contrôle sur les gémissements qui m'échappent et qu'il capture d'un baiser.

Calvin me déshabille entièrement. Avec moins de facilité, je lui retire son tee-shirt, et il me vient en aide pour son short. Ma main trouve son membre et le caresse doucement, dans de lents va-et-vient. En parallèle, Calvin caresse chaque centimètre de ma peau. Rien ne lui échappe tandis qu'il durcit entre mes doigts.

Sans se détacher de mon corps, il recule en m'entraînant avec lui vers son bureau. J'entends le bruit d'un tiroir qu'on ouvre et le vois sortir un préservatif qu'il s'empresse d'enfiler. Alors que je pense qu'il va s'asseoir sur son siège, il me tourne face au bureau et me penche par-dessus. Il allonge son torse sur mon dos et vient mordiller mon oreille.

– Te voir ainsi est encore plus bandant que dans mes fantasmes, me souffle-t-il en soulevant mon genou gauche pour le poser sur la surface du meuble.

Un de ses bras se faufile sous mon ventre tandis que l'autre recouvre ma nuque. Il s'immisce entre mes lèvres intimes sans difficulté tellement je suis trempée. Aussitôt, il inspire un grand coup, comme pour se retenir de ne pas dérailler. Mais rapidement, ses mouvements trahissent son excitation, à mon grand plaisir. Dans la pièce, on n'entend plus que nos peaux claquer l'une contre l'autre au rythme effréné des coups de bassin de Calvin. *Et bordel, que c'est bon !* C'est brut, bestial et intense. Je ne veux pas que ça cesse. J'aimerais qu'il aille encore plus loin, qu'il me donne plus.

Comme s'il entendait mes prières, Calvin glisse sa main vers mon sud, et ses doigts s'agitent sur mon point central. Je ne sais pas si je crie ou si je hurle, mais je ne maîtrise plus rien. Cet orgasme est plus puissant que tous ceux que j'ai pu avoir dans ma vie.

Alors qu'il continue ses coups de reins pour jouir à son tour, Calvin empoigne mes cheveux et tire ma tête en arrière pour coller sa joue contre la mienne. Je suis totalement épuisée, telle une poupée de chiffons dans ses bras. Une fois rassasié, mon partenaire m'aide à me redresser, le souffle court, et m'assied sur le bord de son bureau. J'écarte les jambes pour lui laisser une place, et nous nous échangeons un baiser calme, apaisé de notre soif de l'autre.

Pour l'instant, du moins.

CHAPITRE 12

Après que nous nous sommes rhabillés, Calvin a eu la galanterie de me reconduire à mon appartement pour m'éviter de prendre le métro. C'est joyeuse mais avec les jambes en vrac que je rejoins alors Amy et mon fils. Tous les deux sont au salon en train de monter un mur avec des cubes de construction quand je franchis la porte d'entrée.

– Coucou, mon bébé !

Bien trop concentré sur ses jouets, Léon râle quand je l'attaque avec mes bisous.

– Alors comme ça, ta soirée a été annulée ? me questionne ma sœur, l'air de rien.

– Oui, pas de chance, hein…, éludé-je en partant dans la cuisine nous servir un verre.

– C'est fou, ça, parce que, figure-toi que Julian n'a pas besoin de garder Nina, finalement. La pauvre est malade, et son père a choisi de rester avec elle.

Je retourne au salon et dépose la bouteille de vin sur la table.

– Ah ! oui, en effet, c'est drôle comme coïncidence !

Elle me balance un coussin du canapé au visage, et nous éclatons de rire.

– Bon, allez, raconte, m'ordonne-t-elle après nous avoir servies.

Je bois une gorgée en haussant les épaules.

– En réalité, il n'y a rien à dire de particulier. On passe juste du bon temps ensemble, si tu vois ce que je veux dire.

Elle sirote le contenu de son verre en attendant que je poursuive, ce que je fais inévitablement.

– Enfin, « passer du temps » est un bien grand mot. On n'est pas vraiment synchronisés niveau planning, lui et moi. Entre la salle, sa fille et moi avec le boulot et Léon, on vole quelques minutes par-ci par-là, mais jamais rien de sérieux.

– Fais-moi grâce des détails, tu seras gentille. Pourquoi tu ne te joins pas à nous le samedi soir ? On se retrouve toujours au bar, tu sais.

– Je stoppe tout de suite la romantique qui sommeille en toi puisqu'il n'est pas question de sentiments entre Calvin et moi. On va à l'essentiel, il faut que tu me croies là-dessus ! Inutile de vouloir me faire participer à toutes vos sorties. Et puis, maman garde déjà Léon toute la journée, donc je ne veux pas qu'il y passe encore la nuit.

– Je comprends. Mais pense à sortir un peu aussi. Tu ne seras pas une mauvaise mère si, de temps à autre, tu t'octroies une nuit torride.

– Mouais, j'y réfléchirai.

Nous reportons notre attention sur Léon qui trouve plus marrant de balancer ses petits cubes partout plutôt que de les accrocher ensemble. À ce stade, j'ai décidé de ne pas parler à ma sœur de mes problèmes d'argent. Déjà parce que je n'en suis pas fière, mais aussi parce que je ne veux pas qu'elle m'en prête. Je sais que sa situation financière s'est arrangée depuis qu'elle bosse à nouveau, et elle a déjà été suffisamment généreuse en me laissant vivre chez elle pour un temps.

Amy attrape ma main gauche d'un seul coup, me sortant de mes pensées.

– Tu t'es fait un tatouage ? s'étonne-t-elle en le regardant de plus près. Je rêve ! Toi qui as toujours été contre. Tu aurais dû demander conseil à Julian avant d'aller n'importe où.

Je lève les yeux au plafond.

– C'est une jeune femme très talentueuse, qui tient son affaire près de mon travail, qui me l'a fait. Sa clientèle est exclusivement féminine. Et ne t'en fais pas, j'étais déjà passée dans sa boutique au préalable et j'ai fait ce tatouage en toute confiance.

– Si tu le dis… En tout cas, je le trouve élégant. L'écriture est fine. Ça rend vraiment bien.

Elle relâche ma main quand je me décide enfin à lui confier la plus grosse de mes préoccupations du moment.

– Amy… Nick a repris contact avec moi via Instagram.

– Ce n'est pas vrai ! Après tout ce temps, il refait surface ?

– J'ai pensé à peu près la même chose. Avec quelques injures en plus.

– Qu'est-ce qu'il te dit ?

– Il me demande de l'appeler.

– C'est vrai que vous devriez parler, tous les deux.

– Non ! m'emporté-je. Je n'ai rien à lui dire. J'ai construit ma vie sans lui et je ne veux plus qu'il en fasse partie.

– Je comprends ton opinion, mais que tu le veuilles ou non, Nick est et restera le père de Léon.

– Le géniteur, précisé-je. Il a fait un choix, celui de ne pas vouloir être père. Alors qu'il aille au diable, maintenant, avec ses remords !

– Pense à Léon. Il arrivera un moment où il posera des questions sur son père. Il est encore petit. Il serait plus facile d'inclure Nick dans sa vie aujourd'hui que d'ici quelques années.

– J'ai trop souffert pour accepter de l'appeler sur un simple message Instagram. C'est trop tard.

– Ne sois pas fermée comme ça, Erin. Tu as toutes les raisons de lui en vouloir, mais analyse la situation avec ta maturité d'aujourd'hui. Je suis sûre que tu prendras la bonne décision pour Léon, comme tu le fais toujours depuis qu'il est né.

– Tu veux me faire chialer, c'est ça ? dis-je pour ne pas lui montrer que ses mots me touchent plus qu'elle ne le pense.

Nous finissons nos verres en silence, puis Amy prend le temps de câliner son neveu un long moment avant de se lever pour enfiler un manteau.

– Bon, alors, c'est quand que tu prends tes quartiers chez Monsieur Muscles ? demandé-je.

– Arrête de l'appeler comme ça, je t'en prie… C'est prévu. Peut-être le mois prochain.

– Et ensuite, vous nous ferez plein de petits bébés bodybuildés !

– Erin…, rouspète-t-elle pour la forme. Je vais te laisser, le devoir m'appelle.

– Comme par hasard !

Je la serre fort dans mes bras avant de la laisser filer, un sourire plaqué sur le visage. Il est indéniable que Julian et Amy sont faits pour être ensemble, malgré les apparences. Heureusement que chacun a su voir au-delà de leurs différences.

De mon côté, j'en viens à me demander si Cupidon ne m'aurait pas oubliée… Ou s'il ne se foutrait pas tout simplement de ma gueule.

CHAPITRE 13

Complètement éreintée par ma journée de travail en ce samedi soir, c'est le sourire aux lèvres que je me pose sur mon canapé avec mon traditionnel mini apéro. Au menu : bière, olives vertes, cacahuètes et deux sandwichs coupés en triangles, histoire de soigner la présentation. Eh oui, on ne se refuse rien. Même en étant mère célibataire.

À ma pause déjeuner, je suis allée acheter un train électrique à Léon avec de l'argent que j'avais mis de côté. Nous allons donc pouvoir l'installer ensemble dans le salon. Le magasin de jouets avait une promotion qui ne se refusait pas. En imaginant mon fils jouer avec les petits wagons, je n'ai pas pu résister. Au diable mon banquier ! Le sourire de Léon n'a pas de prix.

Après avoir bu une gorgée de ma Corona, je jette un œil à la notice d'installation pour comprendre comment accrocher les rails entre eux. Sur le papier, ça ne me semble pas sorcier, mais je n'ai aucune idée de comment créer un circuit avec le tout.

– Le tchou-tchou, s'époumone mon conducteur de locomotive.

– Le train, le corrigé-je. Dis « train », chéri.

Je me suis toujours adressée à mon fils en lui parlant correctement. Ce n'est pas parce qu'il est petit que je dois le prendre pour un débile. Donc nous n'allons pas « dada », mais « nous promener ». Il ne fait pas « miam », il « mange », et j'en passe. Je l'invite à chaque fois à répéter les mots, et c'est bien connu que les enfants sont de véritables éponges à cet âge-là. Ils retiennent facilement ce qu'ils apprennent. Mais bon, pour ce soir, c'est râpé. Il est bien trop euphorique et continue son bruit de train.

Mon téléphone vibre sur le canapé, et Léon passe au « allô » en mettant le wagon qu'il avait à la main sur son oreille. Je souris à mon garçon et constate encore une fois à quel point il grandit trop vite.

De Amy :
Il ne manque que toi !
Même Trevor est là avec sa copine ;)

Ce petit mot est accompagné d'une photo de leur joyeuse bande au Jam's Rock : les trois Cooper, Vanessa, Stacy et, un peu en retrait, effectivement, Trevor et sa petite amie. C'est ma sœur qui tient l'objectif en mode selfie.

Je ne nie pas que, certains soirs, j'aimerais pouvoir sortir de façon spontanée, comme je le faisais avant dès que l'envie me prenait. Mais en reportant mon attention sur mon fils qui tente de clipser ses fameux rails, je me rends compte que je ne reviendrais en arrière pour rien au monde. Léon a apporté un rayon de soleil à mon quotidien, quelque chose qui lui manquait, sans que je le sache. Notre lien comble l'absence de toutes ces choses futiles qui rythmaient ma vie d'avant.

Malgré moi, mes yeux reviennent sur le cliché que m'a envoyé ma sœur, et notamment sur Calvin. Je prends le temps d'étudier les traits doux de son visage et d'observer ses yeux malicieux comme si je le découvrais pour la première fois. Je suis persuadée qu'il a conscience d'être beau à tomber, mais il n'en rajoute pas pour autant. C'est pour cette raison qu'il m'attire. Il ne se prend pas au sérieux, il voit la vie du bon côté. Depuis que nous avons commencé à fricoter, je me sens plus légère et moins stressée.

Un nouveau message fait vibrer mon téléphone, mais cette fois, il s'agit d'une notification Instagram.

@Nick_proplayer :
J'aurais aimé t'expliquer les choses
de vive voix, mais je comprends
que tu n'aies aucune envie
de me parler. Et tu en as tous
les droits. Je n'ai que
ce que je mérite…

Mon père a eu un accident
de voiture il y a deux mois.
Il est sorti des soins intensifs

il y a peu et il va pouvoir se remettre.
Mais j'ai réalisé, en ayant peur
de le perdre, à quel point je n'avais
pas été à la hauteur pour toi
et notre enfant. J'ignore tout de lui…
S'agit-il d'une fille ou d'un garçon ?
Comment l'as-tu appelé(e) ?
Te ressemble-t-il ou a-t-il pris de moi ?
J'aimerais me rattraper, s'il te plaît.
Crois-tu que tu pourrais me laisser
une chance ?

En découvrant ses mots, je pense d'abord à ses parents, qui ont toujours été d'une grande gentillesse envers moi. Je suis rassurée de savoir que son père va mieux. Cela m'amène ensuite à avoir de la peine pour Nick. Ils ont toujours été proches tous les deux et ont su préserver cette complicité malgré les années. Son moral doit être au plus bas. Malgré tout, ma réponse demeure négative. À l'heure qu'il est, je ne me sens pas capable de lui laisser une chance. Néanmoins, je peux tout de même faire un effort. Avant de changer d'avis, j'accepte sa demande d'abonnement à mon compte Instagram, lui laissant ainsi le loisir de découvrir Léon en photos à tous les âges. À peine quelques secondes plus tard, Nick m'envoie un simple « merci » par message.

Essayant de mettre de côté ce presque échange virtuel avec mon ex, je reprends ma tentative d'élaboration de chemin de fer, sans plus de succès que tout à l'heure.

– Désolée, mon grand, mais je crois que maman a un peu surestimé ses capacités sur ce coup-là. On l'amènera à papy demain pour qu'il le monte, OK ?

Je remets le tout dans la boîte à l'exception de la locomotive, que mon coquin de fils refuse de me rendre. Une fois dans sa chambre et alors que j'ai commencé à lui lire une histoire, Léon commence à montrer des signes de fatigue. Je referme alors notre livre du soir avant de venir embrasser son front avec tendresse. Sans le vouloir, l'image de son père apparaît devant mes rétines. J'ai toujours essayé de le nier, mais Léon est son portrait craché…

Agacée de ne pas réussir à avoir autre chose en tête que Nick, je décide d'envoyer un message à Calvin. Je suis sûre que la plupart des nanas du Jam's Rock doivent essayer d'attirer son attention dans le but de rentrer chez lui cette nuit.

De Erin :
N'oublie pas notre accord
d'exclusivité.

Sa réponse arrive sans tarder.

De Calvin :
Je te rappelle que tu t'étais engagée
à satisfaire mon appétit sexuel
et que je me sens
un peu délaissé
ce soir…

De Erin :
Pauvre chou, tu me ferais presque
de la peine !

De Calvin :
Laisse-moi venir chez toi.

De Erin :
Léon dort...

De Calvin :
On ne fera pas de bruit, promis !

Et puis, dans la seconde, il ajoute :

De Calvin :
Enfin... généralement, c'est toi qui as
du mal à ne pas crier.

Je peux te bâillonner
si nécessaire ;)

Ce type est incorrigible, et j'adore ça.

De Erin :
Tu connais mon adresse.

Je passe à la salle de bain en vitesse pour me recoiffer à la va-vite et me passer un coup de parfum. J'efface ainsi la maman débordée pour laisser place à la femme fatale. Une dizaine de minutes plus tard, j'aperçois depuis ma fenêtre les phares de son 4 × 4 illuminer l'entrée du parking de l'immeuble. J'actionne l'ouverture automatique de la porte afin de lui éviter de sonner et de réveiller Léon.

Un court instant plus tard, il passe le seuil sans un mot, mais avec un sourire ravageur aux lèvres. Il pose son index sur ma bouche pour me faire garder le silence avant d'approcher la sienne de mon oreille.

– Où est ta chambre ? murmure-t-il.

Je lui attrape la main en guise de réponse et l'entraîne dans mon cocon, où je nous enferme.

– Léon dort généralement jusqu'à trois heures du matin, lui indiqué-je.

– Cela nous laisse donc deux heures et trente minutes, se réjouit-il. Mais qu'allons-nous bien pouvoir faire de tout ce temps ?

Je souris à mon tour avant de l'embrasser délicatement. Pour une fois, nous nous déshabillons lentement tout en nous dévorant des yeux. Calvin caresse ma fine silhouette du bout des doigts tandis que mes mains glissent sur les muscles saillants de son abdomen. Je ne me retiens pas longtemps de les poser sur ses fesses, qui m'attirent irrémédiablement à chaque fois qu'il est avec moi.

Alors qu'il me dépose sur le lit, nos baisers sont étonnamment calmes et parviennent ainsi à apaiser mon rythme cardiaque. Rien ne presse. Nous savourons chaque frôlement de nos corps l'un contre l'autre, chaque rencontre entre nos lèvres, chacune des danses qu'effectuent nos langues. Lorsqu'il me pénètre avec douceur, tous les soucis accumulés dans mon esprit s'évaporent. Notre étreinte est douce et pleine d'intensité. Toute forme d'animosité a disparu entre nous. Il n'est plus question de blagues ou de tacles en tout genre, mais d'harmonie. Comme si nos corps avaient enfin compris comment faire pour être en parfaite symbiose. Alors que j'approche de la délivrance, mon souffle se fait plus rauque et pousse Calvin à poser sa paume contre ma bouche pour que mes gémissements ne réveillent pas Léon. L'orgasme qui déferle dans chaque partie de mon corps me fait perdre pied avec la réalité. Dans un dernier sursaut, je m'agrippe à Calvin pour que ce moment si spécial dure le plus longtemps possible.

CHAPITRE 14

Le lendemain matin, je me réveille avec un immense sourire plaqué sur le visage. Calvin est parti aux alentours de deux heures et demie du matin, me laissant ainsi la possibilité de dormir un petit moment avant que Léon se réveille. En ce beau dimanche ensoleillé, j'ai décidé de l'emmener une nouvelle fois au parc Balboa. Pas de zoo au programme aujourd'hui, mais une halte à l'aire de jeux. Mon petit bout est monté sur ressort depuis qu'il a ouvert les yeux et doit se dépenser en courant, en sautant et en s'amusant avec les autres enfants.

Arrivés sur place, je nous installe sur un petit coin d'herbe et déplie la couverture que j'ai l'habitude d'emmener. Léon se couche aussitôt dessus et fait mine de dormir.

– Non, non, petit filou ! rigolé-je en le chatouillant. Ce n'est pas du tout l'heure de la sieste.

Allongés tous les deux, je prends mon téléphone pour nous tirer le portrait et poste la photo sur Instagram avec pour légende « Mère & Fils – la base

#ParcBalboa #PictureOfTheDay ». J'avoue faire ainsi en sorte de glisser un message subliminal à l'attention de Nick, qui a désormais accès à mon compte. Aussitôt libéré de mes câlins, Léon part gambader et faire sa vie avec ses petits copains du jour. Je m'efforce de ne pas le coller. Je ne veux pas lui transmettre ma crainte qu'il se fasse mal toutes les cinq secondes. C'est en tombant qu'on apprend. Et puis, je l'ai bien à l'œil. Depuis que je suis mère, je ne peux plus regarder ces reportages sur les enlèvements d'enfants sans devenir parano. Et hors de question que j'entraîne Léon dans ma démence.

– Coucou, Erin ! fait une voix dans mon dos.

Je me retourne et sursaute en découvrant Nina courir vers moi pour m'enlacer. Je lui rends son étreinte et lui caresse la joue avant de lever les yeux vers son père qui arrive au loin, derrière elle.

J'avoue que j'espérais secrètement tomber sur eux aujourd'hui, quand bien même Nina était malade avant-hier. À croire que je n'arrive déjà plus à me passer de Calvin…

– Comment te sens-tu, ma belle ? demandé-je à sa fille. J'ai appris que tu n'étais pas très bien ces derniers temps.

– J'ai eu une *digextion*, mais maintenant, ça va mieux. J'ai fini de vomir.

– « Indigestion », articule Calvin en la rejoignant.

Nina essaye de répéter correctement, sans succès, ce qui nous fait tous rire. Puis elle repère Léon et part jouer avec lui.

– J’ai vu ta photo sur Instagram alors qu’on était au zoo. C’était une occasion en or pour moi d’échapper aux cris des toucans.

– Pas sûr que ce soit mieux ici avec tous les enfants.

– Au moins, je profite de la vue, me sourit-il en détaillant mes jambes dénudées dans ma combi-short.

– Baratineur ! lui lancé-je en cognant mon épaule contre la sienne.

– Tu crois que tu arriverais à te joindre à nous samedi prochain au Jam’s Rock ?

– Ton jeune frère est plus rapide que toi. Il m’a déjà invitée vendredi, quand je l’ai croisé à ta salle.

– Quel petit con, celui-là !

– Honnêtement, je ne sais pas si je pourrai, Calvin…

– Ce serait pourtant l’occasion d’échanger quelques mots… en plus du reste, argumente-t-il.

– Je croyais justement qu’il n’y avait que le reste qui t’intéressait.

Calvin lève un sourcil interrogateur qui me fait immédiatement regretter ce que je viens de dire.

– Si je peux me permettre, tu parles beaucoup quand on est tous les deux, lancé-je pour me rattraper.

– Mes murmures cochons ne comptent pas, Erin.

– Au temps pour moi, alors. Je verrai si je peux m’arranger avec ma mère pour qu’elle garde Léon, mais rien n’est sûr.

– Promets-moi, dans ce cas, de bientôt passer une nuit avec moi.

– Bientôt ? Nous nous sommes vus hier ! Ne devait-on pas s'en tenir à une fois de temps en temps quand notre agenda nous le permet ? le taquiné-je.

– C'est vrai, dit-il en détournant les yeux vers nos enfants.

– Non, mais je te charrie, Calvin ! Je trouve que c'est une bonne idée.

Quand il s'agit de son corps contre le mien, c'est toujours une bonne idée…

La voix de sa fille qui l'appelle au loin interrompt notre conversation. Nina s'impatiente, assise sur une balançoire, pour qu'il vienne la pousser.

– Si tu m'accordes une nuit entière, je pourrai te montrer toute l'étendue de mes talents, ajoute-t-il toutefois avant de filer.

Je serre les dents en remarquant que toutes les mamans aux alentours se retournent sur son passage. Mais en même temps, je ne peux pas les blâmer. Elles font comme moi, elles reluquent cette sublime paire de fesses qui appelle au péché.

Voyant à quoi s'apprête à jouer sa copine, Léon s'approche des balançoires avant que j'aie pu l'en empêcher. Heureusement, Calvin anticipe le coup et l'attrape dans ses bras pour l'écarter du danger. D'un bond, je me lève et vais les retrouver pour prendre mon fils dans les bras. Lui non plus n'aime pas être loin de sa maman trop longtemps. Depuis qu'il est né, notre lien est on ne peut plus soudé.

Nina commence à s'envoler dans les airs, sous les poussées puissantes de son père musclé, et je ne cache pas ma façon de le dévorer des yeux.

– Jusqu'au ciel, papa ! crie sa fille, les cheveux au vent.

Calvin écoute sa fille et l'envoie voler encore plus haut. Comme si cela ne suffisait pas, Monsieur se met à faire une pompe rapide entre chaque poussée de balançoire. Le rythme est intense, et il a juste le temps de se coucher qu'il faut déjà se relever pour réceptionner Nina. Lorsque la petite décide de s'arrêter, Calvin échange un regard avec moi, et je fais mine de ne pas être le moins du monde impressionnée.

La vie paraît simple avec lui, sans prise de tête. Il mène une existence paisible alors qu'il est papa et a des responsabilités professionnelles. Je le jalouse d'être aussi détendu là où moi, je panique de tout rater.

– Papa, j'ai mal au ventre de nouveau, se plaint Nina.

Je plaque une main devant ma bouche pour étouffer mon rire, tellement c'était prévisible.

– Je crois qu'on ferait mieux de rentrer, décide alors Calvin en voyant sa fille blanche comme un linge.

La petite ne proteste pas, signe évident qu'elle ne se sent pas bien.

– Tu me tiens au courant pour samedi, me glisse-t-il en la prenant dans ses bras comme s'il portait une princesse.

– Oui, oui. Ne t'inquiète pas.

Je fais un bisou à sa fille et me retiens de l'embrasser sur la bouche alors que j'en meurs d'envie. Son clin d'œil avant de disparaître me signale qu'il comprend très bien, voire peut-être qu'il partage cette idée. Je trouve difficile de se voir en gardant cette distance alors que nous sommes si proches sous la couette. Néanmoins, ce moment en sa présence a réussi à faire de cette journée une réussite.

Dès lors que nous nous retrouvons seuls avec Léon, je décide de lui donner son goûter sur la couverture. Il fait beau, nous sommes à l'ombre, et il serait dommage de ne pas profiter du parc encore quelques instants. Alors qu'il mange sa banane, je consulte mon profil Instagram et note que Nick a *liké* notre photo du jour et qu'il m'a même envoyé un message.

@Nick_proplayer :
Appelle-moi, s'il te plaît.

– Je crois qu'il est temps que maman arrête de faire l'autruche, dis-je à mon fils. Qu'est-ce que tu en penses ?

Il me sourit en mastiquant un morceau de son fruit. Je repense alors aux conseils d'Amy. Selon elle, je devrais au moins accorder à Nick la possibilité de s'exprimer sur son geste. Peut-être qu'elle n'a pas tort. Tôt ou tard, il va falloir que j'affronte cette situation. Surtout que Nick n'attendra pas bien sagement derrière l'écran de son smartphone éternellement. Si je ne lui accorde pas ce qu'il veut, j'ai peur qu'il débarque à l'improviste et me confronte quand j'y suis le moins préparé. Or, il faut que je reste maîtresse des événements si je ne veux pas perdre mon fils.

@ErinWlks :
Rendez-vous demain chez Copper Top
sur Washington Street à 9 h.

Et à ce moment-là, on avisera.

CHAPITRE 15

Bien entendu, cette nuit, j'ai dormi comme un chien. Mon idée de rendez-vous avec Nick a trotté dans ma tête jusqu'à ce que je finisse par fermer les yeux d'épuisement. Je sais pourtant que j'ai fait le bon choix. Je dois donner à Nick une chance de faire ses preuves auprès de son fils. Il est son père, et je ne pourrai pas lui interdire indéfiniment de le voir. Un jour, mon fils sera au courant de toute l'histoire, et ce sera à lui de choisir s'il pardonne à son père. En attendant, il mérite d'avoir ses deux parents à ses côtés pour grandir.

Après l'avoir déposé plus tôt que convenu chez ma mère, c'est le cœur lourd que je me rends au Copper Top. Je n'ai pas arrêté de penser à ma relation avec Nick sur le trajet. Notre rencontre, nos bons moments… notre rupture. Cela fait deux ans que nous ne nous sommes pas vus. Et je ne sais pas du tout comment me comporter. Si nous n'étions pas dans un lieu public, peut-être aurais-je osé lui mettre une claque. C'est une bonne entrée en matière, ça, non ?

Allez, Erin… Reste civilisée, écoute ce qu'il a à te dire et avise en fonction de la situation, comme tu sais si bien le faire habituellement.

Je le repère immédiatement à travers la vitre alors que j'arrive devant le café. Assis à une table pour deux, il tripote ses clés, comme il avait l'habitude de le faire à l'époque quand il était stressé.

– Un café allongé et un donut à la framboise, s'il vous plaît, commandé-je au comptoir.

Une fois mon plateau en main, je me dirige vers sa table et m'installe en face de lui. Il n'a pas beaucoup changé en deux ans. À en croire son teint hâlé, je suppose qu'il continue d'aller sur les plages de Californie pour faire du surf. Ses cheveux blonds sont coupés plus court qu'avant mais mettent en valeur la douceur de son visage, restée inchangée. Son tee-shirt noir à l'effigie de Batman m'indique toutefois que mon ex-petit ami assume parfaitement son look d'éternel gamin, resté bloqué à l'adolescence. Je serais mal placée de m'en moquer, étant donné que c'est l'une des choses qui m'a le plus séduite chez lui lors de notre rencontre. C'est son côté « je fais ce que je veux, et si ça ne vous plaît pas, allez voir ailleurs ». Il est ce qu'on appelle aujourd'hui un kidulte ou un adulescent. Finalement, c'est peut-être aussi à cause de ça qu'il n'a pas été capable de faire face à l'annonce de ma grossesse.

À chaque fois que je repense à ce moment, je ressens une douleur vive dans la poitrine. La même qu'il y a deux ans. Il faut croire que certaines blessures ne s'estompent pas avec le temps.

– Salut, lance-t-il pour rompre le silence.

– Salut.

Le regard baissé sur ma boisson chaude que je touille, encore et encore, je le laisse prendre l'initiative de la discussion.

– Tu as l'air d'aller bien.

– Toi aussi.

Bon. J'avoue que j'ai peut-être passé un peu plus de temps que d'habitude dans la salle de bain ce matin. J'avais envie qu'en me voyant, il me trouve jolie et que ça lui fasse regretter son choix.

– Écoute, Erin… Je me doute que tu n'as aucune envie de me parler et je le comprends. Je te demande juste de m'écouter, s'il te plaît.

– Tu as quarante-cinq minutes devant toi. Après, je devrai partir travailler.

– OK… Dans ce cas, je vais être honnête. C'est la moindre des choses après ce que je t'ai fait.

Pour l'instant, on est d'accord sur tout.

– J'ai vraiment été un moins que rien en te foutant à la porte de mon appartement parce que tu voulais garder ce bébé. Je ne me suis pas soucié de savoir comment tu allais. J'étais à fond dans mes tournois de *gaming*, ma chaîne YouTube était en plein essor… tout ce qui comptait à mes yeux, c'était que mon nombre d'abonnés augmente et que de plus en plus de monde participe à mes *live*.

Là, il s'enfonce.

– Et j'étais tellement obnubilé par ma popularité grandissante sur les réseaux que je n'ai pas vu le temps passer… jusqu'à l'accident il y a quelques mois.

– Tu n'as pas vu le temps passer ? En deux ans ?

Cette fois, c'est lui qui baisse les yeux.

– Comment va ton père ? demandé-je alors pour changer de sujet.

– On a eu très peur, mais il se remet, me rassure-t-il, reconnaissant. Ce que j'essaye de te dire, Erin, c'est que la peur de perdre l'homme qui me sert de modèle m'a rappelé que j'avais laissé tomber l'enfant pour qui je devais en incarner un.

Il laisse quelques secondes de silence passer, sûrement dans le but de rassembler son courage pour poursuivre.

– Pourquoi n'as-tu pas donné de signe de vie à ce moment-là ? le questionné-je, un peu perdue. Tu m'as dit que son accident remontait à plusieurs mois…

– Je ne sais pas… mais crois-moi quand je te dis que j'en ai honte.

Je pousse un franc soupir avant de croiser les bras sur ma poitrine.

– Tu sais, Nick, s'il y a bien une leçon que j'ai apprise de cette grossesse surprise, c'est que pour un enfant, tu dois être prêt à beaucoup de choses.

Comme ravaler ta fierté, sacrifier tout ce qui existait avant lui ou passer outre les préjugés des gens. Pourtant, crois-moi à ton tour quand je te dis que, comparé à l'amour inconditionnel que tu reçois de ce petit être, ce n'est vraiment rien.

– Je l'ai compris en voyant tes photos sur Instagram. Vous semblez si complices tous les deux. Comment l'as-tu appelé ?

– Léon. Et il a 18 mois.

– Parle-moi un peu de lui.

– Il est drôle, dis-je automatiquement, a toujours le sourire et est en parfaite santé. Bon, par contre, il ne dort absolument pas quand il le faudrait. Mais on y travaille.

– Je suis sûr que tu fais de ton mieux.

Pour la première fois depuis que je l'ai rejoint, je lui souris sincèrement.

– Il te ressemble, tu sais, lui avoué-je en haussant les épaules. La première fois que je m'en suis rendu compte, ça m'a laissé un goût amer. Et aujourd'hui, tu vois, c'est encore ce que je ressens quand je pense à toi. À cela, j'associe également de la rancœur et de la colère. Une colère monstre.

Il hoche la tête, l'air malheureux, sans pour autant chercher à me contredire.

– C'est ta sœur qui t'a aidée lorsque nous avons rompu ? suppose-t-il, connaissant Amy.

– Oui. Il était hors de question que j'appelle mes parents.

– C'est ce que je me suis dit aussi.

– Amy m'a accueillie chez elle le soir même. J'ai pas mal chamboulé sa vie, mais elle nous y a fait une place, à Léon et à moi.

– Ça n'a pas dû être facile tous les jours entre vous, se permet-il de plaisanter.

– C'est vrai… On a failli s'étriper deux-trois fois. Mais j'ai mon propre appartement depuis quelques semaines dans le quartier de Hillcrest, donc tout va mieux.

Un silence gênant s'installe alors que je m'occupe en mangeant mon donut, miette après miette.

– Je sais que je ne le mérite pas, dit Nick après un moment, mais je voudrais connaître mon fils et faire partie de sa vie.

J'avale le dernier morceau de mon beignet tout rond avant de faire les gros yeux.

– Alors ça, pour être gonflé, tu l'es ! m'énervé-je. C'est très facile de se pointer devant moi la bouche en cœur maintenant qu'il marche, a fait ses dents et qu'il ne porte pratiquement plus de couches ! Si tu savais comme j'ai galéré, moi, toute seule, pendant que tu jouais aux jeux vidéos ! Aujourd'hui, je me débrouille parfaitement, et ce n'est pas grâce à toi. Tu te réveilles beaucoup trop tard.

– Je t'en prie, Erin. Si tu ne le fais pas pour moi, fais-le pour lui.

Il pose une main sur la mienne par-dessus la table, et ma colère redescend d'un cran à la mention de Léon. Bien sûr que j'aimerais que mon fils connaisse son père, mais si c'est un *loser* accro à la Play, j'estime que ce n'est pas indispensable.

– J'ai réussi à créer un foyer solide autour de lui. Il est entouré de gens qui l'aiment et sur qui il pourra toujours compter. Je ne veux pas t'inclure dans ce cercle pour qu'ensuite tu le laisses tomber du jour au lendemain.

– Je te jure que ce n'est pas mon intention, Erin. Léon est mon fils, et même si j'ai conscience de débarquer trop tard, je veux être là pour lui et m'investir en tant que parent. Est-ce que tu veux bien y réfléchir, au moins ?

Je retire ma main de la sienne d'un mouvement brusque.

– Que les choses soient bien claires entre nous, Nick : je ne te pardonnerai jamais ce que tu m'as fait. Tu as été le pire des connards en me foutant à la porte de ton appart alors que je n'avais que 20 ans et que j'étais enceinte de ton enfant. Pendant deux ans, tu n'as pas daigné donner signe de vie, tu ne t'es même pas soucié de savoir si j'avais trouvé une solution de repli, si ma grossesse se passait bien, si notre bébé était en bonne santé, si je m'en sortais ! Tu as eu un paquet d'occasions pour revenir vers nous, mais tu as choisi de ne pas le faire. Maintenant, je n'ai besoin de personne. Encore moins d'un pauvre geek sur qui on ne peut pas compter. Alors je te garantis que si tu déçois aussi notre fils, aujourd'hui ou demain, je te le ferai regretter. Pour le restant de tes jours. Si j'accepte de te laisser entrer dans sa vie, c'est uniquement parce que j'aime Léon plus que tout au monde et que, malgré ce que tu as fait, nos problèmes d'adultes ne le concernent pas.

Je prends une grande inspiration pour me calmer et avale d'une traite la fin de mon café tandis qu'un sourire étrange illumine le visage de l'homme en face de moi.

– Waouh ! Erin… Tu es une vraie mère poule. Exactement ce que laissaient entendre tes photos. Je suis bluffé et admiratif. Cela me fait culpabiliser davantage de ne pas avoir su rebondir comme toi. Tu as raison sur tout. Je dois revoir mes priorités. J'aurais dû le faire il y a longtemps déjà. Je ne pourrai malheureusement jamais rattraper le temps que j'ai perdu, mais je vais tout faire pour Léon à partir de maintenant. Je veux le voir, lui apprendre à dire « papa », l'emmener se promener, lui faire découvrir…

– Je ne te promets rien, le coupé-je avant qu'il ne s'emballe davantage.

Je lui lance un dernier regard entendu avant de rassembler mes affaires et de le saluer maladroitement.

Il faut que je sorte de cet endroit au plus vite.

Une fois dans le métro, je me coupe du reste du monde en mettant mon casque sur mes oreilles et en lançant ma playlist « Beyoncé ». *Run the world* va m'insuffler toute la force nécessaire pour affronter le reste de cette journée.

En arrivant chez Bloomingdale's plus remontée que jamais, je me fais la promesse de prendre une décision ce soir. Quitte à changer la vie de Léon à tout jamais.

CHAPITRE 16

Les deux dernières semaines ont passé sans que je m'en aperçoive. Les tensions au magasin sont pourtant de plus en plus palpables. Je ne suis pas dans les clous, au niveau des ventes, comparé à mes collègues. Et Mme Freeman commence à perdre patience. En même temps, difficile de conseiller des femmes sur un panel de vêtements que vous trouvez tous fades. Si mes factures n'étaient pas si astronomiques, j'aurais déjà rendu mon tablier depuis belle lurette.

Avec Calvin, nous avons seulement réussi à grappiller quelques heures par-ci par-là pour nous voir entre nos emplois du temps. Ces quelques instants volés sont toujours mémorables. Bien qu'il me l'ait demandé plusieurs fois, je ne me suis pas rendue au Jam's Rock pour deux raisons : la première, parce que je sens bien que ce n'est pas le moment de demander un service à ma mère pour garder Léon, et la deuxième, parce que mon banquier m'a clairement fait comprendre qu'il m'avait à l'œil.

Je le soupçonne d'être capable de bloquer ma carte s'il venait à découvrir des dépenses dans un bar.

Le passage chez Maddie à ma pause-déjeuner fait toujours partie des meilleurs moments de la journée. Je n'ai pas arrêté d'aller papoter avec elle ces derniers temps, puisqu'elle m'accueillait systématiquement à bras ouverts dans sa petite boutique. Lui parler de mes tracas quotidiens m'a fait du bien.

– Salut, Erin ! me sourit-elle justement lorsque je passe la voir ce midi.

– Je ne te dérange pas au moins ?

– Au contraire, tu me sors de ma compta, et ça va me faire un bien fou de m'éloigner de tous ces chiffres. Ça va, toi ?

– Mouais… je fais aller.

– À cause du boulot ou du mec dont on ne doit pas prononcer le nom ?

– Le boulot, je commence à me faire une raison. C'est plutôt le père de Léon, le problème.

– Tu ne lui as toujours pas donné de nouvelles ?

– Non…

– Je comprends. Il faut que tu te laisses le temps de savoir ce qui est le mieux pour ton garçon. Si tu penses que, malgré votre passé commun, son père est un homme bien qui peut lui apporter quelque chose de positif dans la vie, alors il va falloir le rappeler.

– Je sais que ce serait égoïste de ma part de ne pas lui accorder mon pardon alors qu'il le mérite, si on met de côté ce qu'il a fait.

– Peut-être. Mais cela serait compréhensible. C'est une terrible épreuve de se retrouver seule pour affronter une grossesse. Mais on fait tous des erreurs, ma belle. Sinon, la vie serait trop simple. Dis-toi que ce serait justement l'occasion de ne plus être seule et de pouvoir partager tes responsabilités avec quelqu'un.

Elle n'a pas tort. Nick ne me harcèle pas encore, mais il m'a envoyé des messages très régulièrement ces quinze derniers jours pour savoir si j'avais pris ma décision. Et puis, malgré ses erreurs, je ne suis pas en droit de lui interdire de voir son fils. Et j'en suis bien consciente.

– Pense aux bons côtés ! ajoute-t-elle en me souriant. Et notamment à toutes les soirées et tous les week-ends de liberté que tu vas avoir quand ton enfant sera chez lui.

Je ris à sa remarque, et mes pensées s'orientent vers Léon. Il n'y a que son bonheur que je dois prendre en compte dans ma décision. Pour mon fils, je suis prête à tous les sacrifices.

– Bon, assez parlé de moi ! détourné-je le sujet. Et toi, alors ?

– Moi, quoi ?

– Je ne t'ai jamais demandé depuis combien de temps tu avais ton salon de tatouage.

– Tout juste un an. Je suis esthéticienne à la base, c'est pour ça que je propose aussi des poses de faux cils. Je ne voulais pas créer un énième institut de beauté comme il en existe partout ailleurs. C'est pour ça que j'ai décidé d'associer à mes compétences ma passion pour les tatouages et les piercings. Voilà le résultat, s'exclame-t-elle en ouvrant les bras et en souriant.

– Quant à ton idée de réserver cet endroit aux femmes... je trouve ça ingénieux.

– Pour être honnête, ma clientèle a un petit côté snobinard. Vois-tu, ces femmes-là préféreront mille fois mettre les pieds dans mon salon plutôt que dans celui d'un baroudeur qui reçoit tout le motor club du coin.

– Je vois, rigolé-je. Et sinon, y a-t-il un petit veinard qui partage ta vie ?

– Pas vraiment, non... Et je ne cherche pas à me caser. Pour tout te dire, je ne suis pas le genre de fille à rechercher le grand amour. Je suis très bien toute seule, alors pourquoi m'emmerder avec un homme ?

– Je comprends ce que tu veux dire, mais il y a certains avantages à en avoir un... si tu vois où je veux en venir.

– Le sexe ? Laisse-moi rire, s'il te plaît. La majorité des hommes ne pensent qu'à eux. Une fois leur petite affaire terminée, ils se barrent, ou pire, s'endorment. Alors, non merci !

– Tu es tombée sur des champions, dis-moi !

– M'en parle pas ! fait-elle avec une grimace. En parlant de champion, toujours en symbiose avec le tien ?

– Plus que jamais ! Même si j'ai un peu de mal à ne pas me poser de questions.

– C'est-à-dire ?

– Je me monte probablement le bourrichon pour rien, mais je trouve qu'il travaille parfois à des heures étonnantes. J'ai peur qu'il ne respecte pas notre accord d'exclusivité.

– C'est ça d'être son propre patron, Erin !

– Finir tard ou commencer tôt, je comprends. Mais en plein milieu de la nuit…

– Il est peut-être insomniaque, ton mec.

– Hum… Bref, de toute manière, ce n'est pas comme s'il avait des comptes à me rendre.

Maddie jette un œil à sa montre et déclare d'un ton solennel :

– Allez, ma grande, il est malheureusement l'heure de retourner travailler pour toi, et pour moi, d'accueillir mon prochain rendez-vous.

– À vos ordres !

Je file tout en méditant sur notre conversation. Avant d'entrer chez Bloomingdale's à nouveau, je pianote sur mon téléphone afin d'envoyer un message à Nick. Il est temps que j'arrête de peser le pour et le contre. Cette fois, c'est bon. Je lui propose de venir chez moi pour rencontrer son fils. Ce faisant, je remarque également que ma sœur m'a envoyé un message un peu plus tôt.

De Amy :
Rendez-vous à 18 h à Venice Beach.

Endroit habituel.

Bisous.

Qui est-ce qui a failli oublier la soirée plage organisée par Amy il y a des semaines ? Eh bien oui, c'est bibi. Elle s'est pourtant cassé la tête pour trouver une fin de journée où nous serions tous disponibles. J'en aurais entendu parler pendant des mois si j'avais zappé ! Heureusement que ma sœur me connaît et qu'elle me le rappelle l'air de rien avec ce message.

Comme je terminais tôt aujourd'hui, j'ai eu le temps d'aller faire quelques courses afin de nous préparer des sandwichs et une salade pour notre pique-nique du soir. Chargée comme si je partais pour deux semaines de vacances, je rejoins la joyeuse bande à Venice Beach.

L'air est doux ici et a rendu la température du sable plus agréable pour nos pieds. Au loin, les drapeaux américains de la base militaire adjacente pendent lâchement au sommet de leur poteau.

– Allez, Léon, avance, s'il te plaît, tenté-je d'encourager mon fils alors que je le tire par la main.

Sa marche est lente, et mes bras commencent à montrer des signes de fatigue. Après quelques minutes heureusement, ma sœur me repère et me fait de grands signes de la main. Comme par hasard, elle et ses amis ne se trouvent pas loin d'un emplacement où des barres de traction et des poids à soulever sont installés.

Il ne faut que quelques secondes à l'aîné des Cooper pour se lever et venir à ma rencontre afin de m'aider à porter mes affaires.

– Salut, bonhomme, dit-il à mon fils en lui passant la main sur le haut de la tête.

Il prend deux de mes sacs alors que je le reluque sans m'en cacher. Ma libido s'enflamme de le voir torse nu avec son short de bain lui tombant bas sur les hanches. En détaillant ses muscles saillants et parfaitement dessinés, je me fais la réflexion que j'aurais pu trouver pire comme amant.

– On ne reste là que la soirée, rit-il. Qu'est-ce que tu as apporté avec toi ?

– Ce garçon est petit mais nécessite d'avoir beaucoup d'affaires, expliqué-je.

– Je vois ça.

Vanessa et Stacy sont déjà dans l'eau, tandis que Julian et Amy profitent des derniers rayons de soleil pour faire bronzette, collés-serrés. Je note pour la première fois à quel point le mec de ma sœur est recouvert d'encre. J'ai presque du mal à déterminer s'il a un endroit sans motif.

Un peu plus loin, Harry est en pleine conversation avec une jolie Asiatique. Elle le dévore des yeux tout en effleurant l'un de ses tatouages colorés, comme si de rien n'était. Après avoir salué les filles de loin, j'installe mes serviettes de plage et déshabille Léon. Je lui badigeonne le visage de crème solaire, juste au cas où, alors même que je sais pertinemment qu'il déteste ça. Il le fait d'ailleurs remarquer à toutes les personnes présentes à trois kilomètres à la ronde.

Il s'occupe ensuite tout seul de sortir du grand sac ses jeux de sable. Je retire alors mes sandalettes plates et ma robe à fleurs. J'assume depuis peu de porter à nouveau mon maillot deux-pièces grâce aux conseils de Vanessa en matière de musculation abdominale. Tandis que je verse une noix de crème dans le creux de ma main et l'applique sur mes jambes, je remarque Calvin qui m'observe avec ses yeux gourmands.

– Tiens, lui balancé-je le tube, au lieu de rester planter là à me regarder, rends-toi utile et mets-en-moi dans le dos !

– Comment refuser quand c'est demandé si gentiment ? ironise-t-il en s'attelant déjà à la tâche.

Grâce à ma petite poitrine, le haut de mon maillot de bain est un simple bandeau. Calvin en profite allègrement pour laisser courir ses doigts sur ma nuque et mes épaules.

– C'est un supplice de te voir si peu vêtue et de ne rien pouvoir faire, me souffle-t-il à l'oreille en toute discrétion.

– Bon, les filles ! s'enthousiasme Harry, accompagné de sa conquête. On était en train de se dire qu'on aimerait bien faire une petite partie de beach volley. Ça vous tente ?

Sans surprise, tout le monde se lève avec bonne humeur, et les équipes sont vite constituées.

– Qu'est-ce que remporte l'équipe gagnante ? demandé-je en souriant malicieusement. Il nous faut un enjeu.

– J'suis d'accord avec elle, me soutient la fiancée du jour de Harry, qui devient par la même occasion ma nouvelle amie.

Un blanc accueille toutefois cette idée alors que les frères Cooper échangent un regard chargé de tension.

– Bah alors, Julian ! l'interpelle Amy d'un ton joueur. D'ordre général, tu n'es pas le dernier à parier !

Je frappe sa paume de la mienne dans un geste complice.

– J'aime uniquement les paris où je peux te faire perdre, chérie. Là, tu es dans mon équipe, rigole-t-il en s'emparant du ballon, c'est moins drôle.

Je jette un coup d'œil à Calvin qui regarde le sable comme s'il essayait d'en compter les grains.

– Je croyais que c'était vous les compétiteurs, lancé-je aux Cooper. J'ai dû me tromper.

– Laisse tomber, Erin ! On fait ça à la cool, tranche Harry d'une voix douce.

Aussitôt, Julian et lui prennent place de chaque côté du filet, rapidement suivis par leur binôme. Alors qu'ils disputent la première partie, je sens bien qu'il y a un malaise.

– Tu es si mauvais que ça pour avoir peur de perdre ? nargué-je mon *sexfriend* pour le provoquer.

Un rire lui échappe, mais il choisit de ne rien ajouter.

Alors que la nuit tombe, nous partageons tous ensemble ce que chacun a apporté. Amy a fait le plein de chips et de biscuits apéritifs, tandis que Julian a concocté une immense salade de fruits. « Pour compenser », a-t-il dit à l'intention de ma sœur. Léon s'est endormi juste après manger. Il était si mignon que j'en ai tiré une magnifique photo qui vient compléter ma collection Instagram.

Profitant que nous soyons un peu en retrait de la bande, je décide de laisser libre cours à ma curiosité en posant à Calvin les questions que je garde pour moi depuis un moment. Autant mettre à profit cette soirée pour en apprendre plus sur lui.

– Comment ça se fait que tu sois si souvent à ta salle de sport ?

Ses grands yeux verts s'écarquillent légèrement. Il paraît un peu surpris.

– Julian n'a pas l'air autant présent que toi à la sienne, si j'en crois ma sœur, me justifié-je.

– Je n'ai pas d'employé à l'accueil, m'informe-t-il un peu sèchement.

– OK, soit… Mais je ne suis pas sûre de comprendre ce qui requiert ton attention là-bas si tard dans la nuit… ou si tôt le matin.

– Comme je te le disais, je n'ai personne pour s'occuper de la partie administrative. J'ai beaucoup de paperasse à gérer.

– Waouh ! Pour y passer plusieurs nuits par semaine, c'est que tu as dû accumuler des années de retard ! m'exclamé-je en riant.

– Baisse d'un ton, tu veux ! m'ordonne-t-il en chuchotant.

Devant mon air ahuri, il justifie son emportement.

– C'est juste que je ne veux pas que mes frères soient au courant. S'ils apprennent que je bosse certaines nuits à cause d'une surcharge de travail, ils vont vouloir m'aider, et je ne veux pas les emmerder avec ça.

Je jette un œil au reste du groupe qui ne semble pas avoir remarqué quoi que ce soit. Le soulagement sur le visage de Calvin est alors évident. Et quelque part, je le comprends. Je cache moi-même mes problèmes d'argent à Amy pour ne pas l'inquiéter.

– Tu n'es même pas encore allée te baigner, Erin, m'interpelle justement cette dernière. Vas-y, je surveille Léon.

– Merci, sœurette.

Je n'attends pas plus longtemps pour aller me tremper les pieds. Je me penche en avant pour me passer de l'eau sur la nuque quand je sens deux gros bras m'attraper par la taille et me soulever. Je finis la tête sous l'eau en moins d'une seconde. Une fois remontée à la surface, Calvin colle son torse contre mon dos et passe ses mains sur mon ventre.

– Tu es un vrai gamin ! Tu le sais, ça ?

– C'est ce qui fait mon charme, argumente-t-il en nous éloignant du rivage. Désolé d'avoir été un peu abrupt avant.

– Laisse tomber, lui dis-je en grimpant sur son dos de telle sorte qu'il puisse m'entraîner à la nage où bon lui semble. Tu n'as pas de compte à me rendre.

– Harry et Julian ont assez à faire avec leur propre salle. C'est tout.

Je hoche la tête, comprenant que le sujet est clos.

Une fois que nous sommes assez loin de la plage tous les deux pour que je n'aie plus pied, Calvin se tourne face à moi. Il m'oblige ainsi à entourer ses hanches avec mes jambes et à passer mes bras autour de son cou.

– Est-ce que tu as pu t'arranger pour ce samedi soir ? me demande-t-il en rivant ses yeux aux miens.

– C'est un peu compliqué.

– Mais tu essayes ?

– Oui, promis.

Il sourit, satisfait, avant de venir poser ses lèvres sur ma nuque.

– J'ai envie de toi, susurre-t-il en remontant jusqu'à mes lèvres.

– Désolée, mais faire ça avec un public, ça me refroidit complètement.

– Ah bon ? Je crois pourtant pouvoir affirmer que ça t'avait plutôt excitée la dernière fois dans la voiture.

– Ça n'a rien à voir ! Je savais qu'on ne pouvait pas nous voir à travers les vitres teintées.

– Qu'est-ce que tu proposes alors ?

– Rien, insisté-je alors qu'il passe ses mains sous mon maillot pour caresser mes fesses. À moins que… cela puisse te contenter dans l'immédiat.

Je glisse une main dans son bermuda et fais coulisser son membre dans ma paume en lui souriant fièrement. Mon pouce caresse son extrémité à chaque passage.

– Tu m'as tellement excité jusque-là que je ne risque pas de tenir longtemps.

Voyant Harry au loin se jeter à l'eau avec sa nouvelle conquête, j'accélère le mouvement en resserrant ma prise.

– On va avoir de la compagnie, lui précisé-je alors que je distingue la délivrance sur son visage.

Je l'embrasse langoureusement pour retenir son gémissement tandis que son frère arrive peu à peu à notre hauteur.

– Désolé de vous déranger, mais Léon est réveillé et réclame sa maman.

Je remercie rapidement Harry et me détache des bras de Calvin pour revenir sur la plage en seulement quelques brasses. Mon fils se précipite dans mes bras, et je peux lire le soulagement dans son regard.

Quelques minutes plus tard, Calvin vient me servir un verre de vin blanc tout en me gratifiant de son traditionnel clin d'œil, avant de retourner s'asseoir auprès de Julian. Il semble tenir à ce que je sois de la partie au Jam's Rock, et ce serait mentir que de dire que ça ne me ferait pas plaisir de me joindre à eux. J'ai l'impression que lui et moi lions quelque chose de plus intime qu'auparavant. Nous avons commencé à nous côtoyer en public alors que nous étions censés nous voir uniquement dans un but bien précis. Je ne sais pas trop quoi en penser.

Peut-être ai-je encore peur de me laisser aller et de me faire avoir. Malgré tout, je ne peux nier que sa compagnie m'est agréable.

Et plus que ça encore…

CHAPITRE 17

Le coup de sonnette que j'ai tant redouté cette semaine retentit dans l'appartement. Comme à son habitude, Léon s'excite et se précipite vers la porte. Je lui ai expliqué pendant notre repas que nous aurions de la visite ce soir, et cela l'a rendu tout fou. J'agis comme si c'était mon fils qui était stressé alors qu'il ne fait aucun doute que c'est en réalité moi qui le suis. J'appréhende la venue de Nick comme la peste. Bizarrement, j'ai peur du jugement qu'il pourrait porter sur l'éducation que j'ai donnée à Léon, quand bien même il n'en a aucun droit. J'ai conscience que c'est ridicule, mais ce manque de confiance en moi refait surface lorsque je me sens vulnérable et que je ne suis pas certaine de prendre les bonnes décisions.

– Va m'attendre dans le salon, Léon. Et si tu es sage, je te lirai non pas une mais deux histoires ce soir.

Mon petit bonhomme s'exécute aussitôt et s'installe sur le tapis tandis que je souffle un grand coup puis ouvre la porte.

– Salut, me sourit Nick, légèrement mal à l'aise.

– Entre, je t'en prie.

Une fois le seuil franchi, il reste tout penaud dans l'entrée, les mains dans les poches. Son tee-shirt à l'effigie de *Star Wars* me fait sourire. Pour compléter ce look de geek surfeur bloqué à l'âge de 16 ans, mon ex-petit ami arbore également un short en toile délavée et une paire de tongs. Alors que je m'apprête à rejoindre le salon, j'aperçois son regard tourné en direction de Léon. Ce dernier s'amuse à vider son coffre à jouets afin de retrouver les rails du petit train que nous n'avons toujours pas réussi à assembler.

– Je te sers un truc à boire ? Un soda ?

– Oui, je veux bien.

Je me rends dans la cuisine et, le voyant toujours planté dans le couloir, je lui lance :

– Tu peux y aller, Nick. Je t'y autorise.

Il avance d'un pas lent jusqu'à Léon avant de s'asseoir sur le bord du fauteuil. Il se frotte les mains sur les genoux et ne quitte pas des yeux le petit bout à qui il a refusé une place dans sa vie deux années plus tôt. Je les rejoins quelques secondes plus tard avec la boisson de Nick ainsi qu'un thé pour moi.

– Merci, Erin, finit-il par dire tout bas. J'ai conscience que cela doit être difficile pour toi d'accepter de me recevoir ici et d'envisager de m'intégrer dans la vie de Léon. J'ai beaucoup repensé à ce que tu m'as dit au café l'autre jour et j'ai enfin eu le courage de parler de lui à mes parents. Ma mère était évidemment très fâchée. Elle ne me parle plus, pour l'instant… Je crois qu'elle a honte de mon comportement. Et je la comprends. Je ne rattraperai jamais ces dix-huit mois perdus, mais je te demande juste de ne pas me priver de Léon davantage. Si tu m'accordes cette place de père, je me montrerai à la hauteur.

– J'avoue que j'aimerais te faire souffrir comme tu m'as fait souffrir, Nick. Et je sais bien qu'en t'empêchant de voir ton fils, je pourrais y parvenir facilement.

Il boit une rasade de la boisson que je lui ai servie en fronçant les sourcils.

– Mais tu vois… l'amour que je porte à Léon est encore plus fort que mon envie de me venger. Et il est hors de question qu'il se retrouve coincé entre nous deux.

– Merci, Erin, dit-il, sincèrement soulagé. Je ferai tout ce que je peux pour me racheter auprès de toi et de notre fils.

– J'espère bien. En revanche, je ne veux pas chambouler Léon du jour au lendemain. On va devoir y aller crescendo.

– Je ferai comme tu le sens.

– Je pense que l'idéal pour lui serait que nous passions d'abord du temps ensemble, avant d'imaginer de vous laisser rien que tous les deux.

– Une sorte de temps d'adaptation.

– C'est ça.

– Ça me convient.

Je hoche la tête pour lui signifier que j'approuve son choix et décide de changer de sujet.

– Qu'est-ce que tu fais dans la vie, maintenant ? Tu es toujours sur tes jeux vidéos ou…

– Plus ou moins. Ma chaîne YouTube est toujours active, mais je ne fais plus qu'un *live* par semaine. En réalité, j'ai un boulot stable maintenant. J'ai été recruté par une start-up qui me rémunère pour tester des jeux vidéos avant leur mise sur le marché.

– T'es sérieux ? Tu es payé pour jouer à la console ?

– Je dois évaluer les points faibles et les points forts d'un univers, son graphisme, son design… Et je dois déterminer ce qui pourrait encore être amélioré. C'est un job en or, j'avoue.

– Ça, tu peux le dire ! m'exclamé-je, un peu jalouse qu'il s'éclate dans son travail.

– Cela me permettra surtout de m'adapter sans aucune difficulté à ton emploi du temps pour être là pour Léon, ajoute-t-il aussitôt. Et toi, que fais-tu ?

– Je suis vendeuse en prêt-à-porter chez Bloomingdale's.

– Ce n'est pas vraiment ton rayon, cette mode-là, si ?

– Le style bonne pour aller à l'église, tu veux dire ?

Il sourit à ma blague puis jette un œil à Léon qui essaye de clipser deux rails du train ensemble.

– Je peux ? m'interroge-t-il finalement en m'indiquant notre fils.

Je lui souris pour l'inviter à tenter le coup, après avoir passé des heures en échec devant ce foutu jouet. Nick s'installe alors par terre près de Léon et verse tous les rails sur le sol. Il prend soin de lire la notice puis entreprend de créer le circuit avec calme tandis que notre petit garçon met le train à son oreille et se met à babiller à l'attention d'un interlocuteur inexistant.

Au bout d'une heure, tout est en place. Nick donne le boîtier de la télécommande à Léon qui sourit de toutes ses dents. Je crois qu'ils sont tout aussi heureux l'un que l'autre.

– Regarde, bonhomme. Tu appuies là, sur le bouton, bien fort.

Notre fils obéit, et le train se met en route en imitant le bruit des locomotives.

– Bravo ! m'exclamé-je en applaudissant.

Le sourire de Léon est si grand que je vois le fond de sa gorge. Toutefois, lorsque les wagons s'arrêtent subitement, il fronce les sourcils et me jette un regard désemparé.

– Encore ? lui demande Nick.

– *Core*, répète-t-il en secouant les bras. *Core ! Core !*

Après plusieurs tours de train, Léon se frotte les yeux, signe qu'il est temps pour lui d'aller se coucher.

– Tu dis au revoir à notre invité ? lui demandé-je en prenant sa main dans la mienne pour qu'il salue Nick.

– Salut, bonhomme, répond mon ex en répétant le même geste. Bonne nuit.

Je file en direction de la chambre de mon fils, allume sa veilleuse et lui fais un gros bisou.

– Fais de beaux rêves, mon lapin.

Quand je ressors, je remarque que Nick attend déjà dans l'entrée.

– Je ne vais pas te déranger plus longtemps, m'indique-t-il en faisant tinter son trousseau de clés. Merci pour ce soir. Infiniment.

– Je le fais pour Léon.

– J'ai bien compris, m'assure-t-il. On s'appelle pour organiser quelque chose tous les trois ?

– On fait ça.

– À bientôt, alors, dit-il tandis que je lui ouvre la porte.

– À bientôt.

Seul l'avenir me dira si j'ai pris la bonne décision. Je préfère regretter d'avoir essayé plutôt que Léon me reproche un jour de ne pas avoir laissé une chance à son père.

CHAPITRE 18

Le mois qui vient de s'écouler est passé à une vitesse affolante. Entre des journées interminables dans un univers qui n'est pas le mien, des pauses déjeuner passées à l'arrière du 4 × 4 de Calvin et mes soirées à la maison avec Nick, je n'ai pas vu le temps passer. Ce qui ne devait être qu'un rendez-vous hebdomadaire s'est rapidement transformé en séance père-fils quotidienne. Ou presque. Il n'y a pas eu un soir où mon ex nous a fait faux bond. Léon et lui ont monté des châteaux avec les cubes de construction, terminé des puzzles et même fait la course dans le couloir qui mène aux chambres. À chaque fois que Léon gagnait, il venait le crier dans la cuisine alors que je nous préparais à manger.

Cette situation est des plus bizarres, mais ni Nick ni moi ne l'évoquons. Être ensemble tous les trois à dîner et rire des pitreries de notre fils n'a rien de naturel, mais pour Léon, nous faisons un effort.

– Tu peux déposer les courses directement dans la cuisine, s'il te plaît, indiqué-je à Nick.

– Ça marche !

À présent, nous rentrons d'un grand parc de jeux situé près du parc Balboa. Passer du temps avec Nick fait remonter beaucoup de choses à la surface, de nos débuts à toutes ces soirées passées à la plage pour profiter du coucher de soleil. Je me rappelle chacune des raisons qui ont fait que je suis tombée amoureuse de lui. Mais à chaque fois que je pose les yeux sur mon petit garçon, je me remémore cette fameuse soirée où il a choisi son indépendance et sa vie de *gamer* à celle de Léon, et cela me remet immédiatement les idées en place.

Lorsque Nick a poussé Léon sur une balançoire tout à l'heure, j'ai tout de suite pensé à Calvin. Nous avons du mal à nous voir ces derniers temps, chacun étant trop occupé par ses obligations professionnelles et familiales. Lorsque nous nous retrouvons, ce n'est que pour une petite demi-heure de-ci, de-là. Pourtant, je dois avouer qu'il est souvent dans mes pensées et que nos échanges de messages ne me suffisent plus. J'aimerais que nous puissions passer une soirée tous les deux de temps en temps. Mais je ne pense pas que notre arrangement inclue ce genre de moment. Ou qu'il m'autorise à lui avouer que j'aimerais bien un peu plus de sa part.

Sur le chemin du retour, Nick est arrivé *in extremis* à la supérette pour que je fasse quelques courses pour ce week-end. Il a tenu à les régler malgré mon refus catégorique, me disant clairement qu'il faudrait tôt ou tard qu'on définisse des règles pour faire évoluer notre mode de fonctionnement. En pensant à mon compte bancaire, je l'ai fermée et l'ai laissé faire.

Nick tient à lier une complicité avec son fils, et je n'y suis pas insensible. Je n'imaginais pas que les voir ensemble me toucherait à ce point. Même si je vois bien qu'il garde une certaine réserve vis-à-vis de Léon. Nick n'a pas encore essayé de lui donner la main ou de lui faire un câlin. Il lui ébouriffe simplement les cheveux le soir avant de partir.

– Viens là, toi, dis-je à Léon en le soulevant du sol pour le porter. On va au bain.

Ce voyou se débat comme un lion, peu ravi à l'idée de faire trempette. Je mets ça sur le compte de la fatigue et me presse de finir, moi aussi éreintée par notre journée de jeux. Nick, quant à lui, nous observe depuis l'encadrement de la porte, le sourire aux lèvres.

– Ah ! mais c'est hyper pratique, en fait, me lance-t-il. Tu prends ta douche avec lui tellement il y a de l'eau de partout.

Il est vrai que mon tee-shirt est totalement trempé puisque Monsieur Léon s'est montré récalcitrant. Mon portable se met à sonner depuis le salon, et Nick a la gentillesse d'aller me le chercher pendant que j'emmitoufle mon petit garçon dans son peignoir.

« Calvin » est écrit sur l'écran.

– Ça te dérange d'emmener Léon dans sa chambre le temps que je réponde ?

– Viens là, bonhomme, dit Nick en tapant dans ses mains pour attirer l'attention de notre fils.

Ce dernier a un grand sourire aux lèvres tandis qu'il attrape le bras de son papa et le suit à l'extérieur de la pièce.

– Allô ?

– Hey, salut ! J'ai cru que tu allais me laisser mettre un message gênant sur ton répondeur.

– J'ai hésité. Mais vu que tu m'avais ramenée chez moi l'autre jour après notre tête-à-tête dans ta voiture, tu méritais que je te réponde.

– Ma galanterie me perdra ! ironise-t-il.

Après un court silence, il reprend :

– Je t'appelais pour savoir si tu avais pu te libérer ce soir.

À chaque fois que nous nous sommes vus, Calvin m'a demandé de me joindre à eux le samedi au Jam's Rock. J'aimerais beaucoup… Mais je n'ai pas réussi à demander à ma mère de garder Léon. Je me sens mal parce qu'elle l'a déjà toute la semaine et que je ne voudrais pas qu'elle pense que j'abuse.

– Écoute, Calvin, c'est compliqué pour moi avec Léon, soupiré-je.

– Je comprends tout à fait, ne t'en fais pas. C'est juste que ça serait sympa de passer une soirée ensemble.

Je souris à ces mots, maintenant déprimée à l'idée de ne pas pouvoir rejoindre mon beau brun.

– Je suis bien d'accord.
– Une prochaine fois ?
– Dans quinze jours, tu n'auras pas Nina, c'est ça ?
– Oui, c'est ça.
– Ok, alors je m'organise d'ici là pour venir.
– Ça marche.
– À bientôt, j'espère.
– À bientôt, Erin.

Je raccroche immédiatement avant de rajouter une bêtise. J'oscille entre l'euphorie qu'il m'ait appelée et la déception de ne pas pouvoir le voir.

Dans un élan de lucidité, je me rappelle avoir laissé Léon et Nick se débrouiller seuls. Je file alors dans la chambre d'à côté mais ne trouve que le peignoir de mon fils et une serviette abandonnée sur le sol. Le bruit de la télé attire mon attention dans le salon. Je m'arrête sur le seuil de la porte y menant, l'esprit plus léger. Nick a séché Léon et lui a passé un pyjama. Ils sont tous les deux assis sur le canapé et regardent des dessins animés. Mon ex a son coude posé sur le haut du dossier, et mon petit garçon s'est collé contre son flanc, un biberon dans les mains. Ils sont tout simplement attendrissants.

– Oh ! Erin, fait Nick en m'apercevant, j'espère que ça ne te dérange pas, j'ai dû un peu fouiller dans tes placards pour le biberon. J'ai bien vu qu'il était crevé et j'ai eu peur qu'il s'endorme sans rien manger.

Je lui fais signe de la main que c'est sans importance. À vrai dire, ce geste me prouve avant tout qu'il a su préparer à Léon le biberon du soir sans mon aide. On dirait qu'il m'a vraiment bien observée ces derniers jours, lorsqu'il était à l'appartement.

Prenant place à côté d'eux dans un fauteuil, je jette un regard à mon bébé, les yeux lourds de fatigue, et lui retire sa boisson pour la poser sur la table. D'ici quelques secondes, il dormira à poings fermés, j'en suis sûre.

– Je ne veux pas me mêler de ce qui ne me regarde pas, mais tes murs sont fins comme une feuille de papier, murmure Nick. Si tu as quelque chose à faire, je peux rester avec Léon.

– Non, ne t'en fais pas. Ce sont juste des amis qui sortent tous les samedis ensemble et qui m'avaient proposé de me joindre à eux. Ils savent que c'est compliqué pour moi.

– Tu as confiance en moi pour m'occuper de Léon ?

– Ce n'est pas le problème ! m'énervé-je en anticipant ce qu'il va dire.

– J'étais là tous les soirs ce mois-ci. Léon me connaît et en plus il dort maintenant. Tu m'as dit toi-même qu'il ne se réveille que vers quatre heures du matin. Ça te laisse le temps d'aller t'amuser sans qu'il se rende compte de ton absence. Et au pire, je suis là s'il venait exceptionnellement à se réveiller.

Notre désaccord est plutôt comique puisque nous chuchotons par-dessus Léon. J'entends bien ce que me propose Nick et j'ai du mal à trouver un contre-argument. Je suis persuadée qu'il saura faire face s'il devait y avoir un quelconque problème. Et je connais mon fils : après une après-midi au parc, une douche et un biberon, le voilà parti pour dormir comme une marmotte.

– Depuis quand n'es-tu pas sortie ? Un mois, deux ? Je te dois bien une soirée, depuis le temps. Et puis, on ne va pas continuer tous les soirs comme ça. Il faudra bien qu'à un moment, tu acceptes de me le laisser tout seul. Vois cette soirée comme une sorte de test.

Bon, OK, sa dernière réplique vient de me convaincre. Il a raison sur toute la ligne. Léon finira bien par passer du temps avec son père sans moi. Autant démarrer par une soirée baby-sitting à domicile. Et puis, je meurs d'envie d'aller rejoindre ma sœur et les frères Cooper. Un en particulier.

Après avoir couché mon petit garçon dans son lit avec la plus grande délicatesse, je me suis ruée sous la douche pour effacer momentanément la maman que je suis. Retour à la Erin que Calvin a l'habitude de côtoyer. Un peu gênée à l'idée que Nick me verrait dans ma tenue de soirée, je ne me suis pas tellement lâchée. Bizarrement, je ne veux pas qu'il devine que je rejoins un homme, même si cela ne le regarde pas. Néanmoins, vu son regard figé lorsque je refais apparition pour prendre mon sac à main, je comprends que mes efforts étaient vains. Ma robe bustier dénude avec générosité mes épaules et mon dos. Son ton vert militaire fait également ressortir mon bronzage naturel. Armée de mes talons aiguilles préférés, je transfère mes affaires indispensables dans ma petite pochette de nuit et fais comme si je ne remarquais pas les yeux de Nick me dévorer.

– Je veux que tu m'appelles au moindre petit bruit qu'il pourrait faire. Est-ce que c'est clair ? insisté-je pour la centième fois.

– Oui, lâche-t-il, fatigué de se répéter.

Un message sur mon téléphone m'indique qu'Amy est en bas de l'immeuble et m'attend.

– Bon… J'y vais, annoncé-je.

– Oui, Erin. Mais pour cela, rappelle-toi qu'il faut que tu sortes de l'appartement.

Je lui souris, gênée, avant de filer dans la cage d'escalier. Plus vite j'aurai rejoint ma sœur et moins j'aurai la tentation de remonter en courant retrouver mon fils.

CHAPITRE 19

Amy, comme à son habitude, a su mettre en valeur ses atouts à l'aide d'une robe fourreau couleur prune qui lui colle à la peau. Quand je vois ses courbes de rêve, je suis jalouse d'avoir hérité d'un corps de brindille sur lequel il n'y a rien à admirer. Je m'extasie sur sa tenue tandis que nous roulons en direction du bar dansant dans sa petite citadine.

– Je suis contente que tu viennes avec nous, s'exclame ma sœur.

– J'espère que je vais réussir à m'amuser parce que je stresse d'avoir laissé Léon à Nick.

– C'est son père, Erin. Tu sais que tu peux lui faire confiance pour s'occuper correctement de lui. Et en plus, ce petit bout dort et ne se réveillera que lorsque tu seras rentrée et crevée.

– Ça, c'est quasi sûr !

– Voilà ! Alors, profite de ta soirée.

Une fois sur place, Amy sait exactement où se trouve la table des Cooper. Il faut dire qu'ils ont l'habitude de s'y retrouver, maintenant. Autour de nous, la musique pulse, et les corps se pressent les uns aux autres en dansant.

– En voilà une surprise qui fait plaisir ! s'exclame Harry en me voyant arriver.

Il se lève d'un bond et délaisse la blonde à ses côtés pour me saluer, ce qui semble la contrarier profondément.

– Je crois que tu viens de perdre des points auprès de la demoiselle, lui chuchoté-je à l'oreille alors qu'il me prend dans ses bras.

– Ce n'est pas grave. Elle n'est là que pour attirer l'attention de sa copine qui danse sur la piste.

– Tu es vraiment un enfoiré ! m'exclamé-je en riant. Un jour, une fille te brisera le cœur, c'est certain.

– Tu ne crois pas que cela a déjà été fait, belle Erin ? me questionne-t-il avant de retourner s'asseoir près de sa copine.

J'en viens presque à me demander s'il ne se cache pas un homme blessé derrière ce coureur de jupons. Ce serait un syndrome familial…

Je salue tour à tour chaque membre de la bande.

– C'est bien que tu aies réussi à venir, me glisse Julian. Depuis que tu as déménagé, tu manques beaucoup à ta sœur.

– Je ne m'inquiète pas pour elle, dis-je, espiègle. Je sais qu'elle s'est trouvé un remplaçant bien plus musclé et tatoué que je ne l'ai jamais été.

Il rit dans sa barbe et me libère de son emprise pour que je puisse m'asseoir avec eux. À peine quelques secondes plus tard, Amy et lui s'embrassent à la vue de tous comme s'ils ne s'étaient pas vus depuis un mois.

– Viens là, murmure alors Calvin à mon oreille avant de tapoter la place à côté de lui sur le canapé en velours.

Je ne me fais pas prier.

– Je veux que tu gardes ces chaussures qui te font des jambes d'enfer, tout à l'heure.

Son souffle chaud dans mon cou me déclenche des frissons. La bande d'amis près de nous fait comme si de rien n'était et passe commande auprès du serveur, y compris pour nous deux. Alors que Trevor et Amy relancent une conversation à propos du boulot, je jette un œil discret à mon téléphone, mais rien : pas d'appel ni de message. Je pourrais contacter moi-même Nick mais je refuse d'être une maman harceleuse qui envoie des textos toutes les cinq minutes. *Dix, c'est plus raisonnable ?* Je commence presque à regretter d'être venue et culpabilise de m'amuser. Une mère raisonnable ne laisserait pas son enfant à la maison pour sortir en boîte, pas vrai ?

Putain, il faut vraiment que j'arrête de prêter attention au qu'en-dira-t-on.

– Tu t'inquiètes à cause de Léon ? devine Calvin. Ce n'est pas ta mère qui le garde, ce soir ?

– Non. Enfin, si, oui, balbutié-je. Bien sûr que c'est ma mère qui le garde.

Et un mensonge, un.

– Qu'est-ce qui te préoccupe, dans ce cas ? Tu n'es pas avec nous, là.

– C'est juste que les clients sportifs et les bureaucrates… ça n'est pas trop ma tasse de thé, éludé-je pour donner le change.

Je n'ai aucune envie d'évoquer Nick avec lui ce soir. Et puis, après tout, nous ne sommes pas dans ce genre de relation où chacun se confie à l'autre pour essayer de construire quelque chose de sérieux.

À la seconde où nos verres arrivent, j'avale en trois goulées mon cocktail rhum-lait de coco sous les yeux curieux de Calvin.

– Moi aussi, je suis pressé qu'on se tire d'ici.

– Hein, quoi ? demandé-je, perdue. Mais on vient à peine de commencer la soirée.

– Je vois bien que tu n'es pas à l'aise. Allez, viens.

Je le scrute en fronçant les sourcils. Je ne comprends pas ce qu'il cherche à faire exactement.

– Pour une fois que tu sors, ce n'est pas pour te faire chier. Donc ramasse tes affaires, et on décolle, Erin.

Je pince les lèvres mais finis par hocher la tête. Il a raison. Je reste là, à m'inquiéter pour Léon, alors qu'il dort bien sagement. Nick a déconné il y a plusieurs années, mais je sais pertinemment qu'il est à la hauteur. Il faut que je profite de ma soirée, à moins de le regretter amèrement demain.

Calvin se lève le premier et me tend la main.

– On s'en va, annonce-t-il au groupe. Amy, je m'occupe de ramener ta sœur chez elle.

– Fais attention à toi, Cooper. Elle va te manger tout cru.

– Oh ! mais j'espère bien ! lui balance-t-il avec un clin d'œil.

Je ris à gorge déployée, désinhibée par mon cocktail, et sors du bar main dans la main avec Calvin. Sans savoir réellement pourquoi, j'essaye de m'éloigner de lui avant que nous arrivions à son véhicule, mais il m'en empêche en resserrant ses doigts autour des miens. Ce geste fait cogner mon cœur un peu plus fort dans ma poitrine, et je n'aime pas trop ça. Mes émotions pourraient rapidement rendre floue la frontière qui nous sépare d'un vrai couple.

– Où va-t-on ? lui demandé-je alors qu'il déverrouille les portières de sa voiture.

– Chez moi.

Jusqu'à présent, nous n'avons toujours été qu'à mon appartement, dans sa salle de sport ou à l'arrière de sa voiture. Je pensais qu'il évitait soigneusement de m'emmener chez lui. C'est donc le sourire aux lèvres que je m'apprête à découvrir son antre.

Calvin vit à North Park, un joli quartier résidentiel carrément mieux coté que là où je vis. Je le devine à la vue de l'herbe parfaitement tondue dans le jardin de chacun des pavillons du coin.

– Tu ne m'avais pas dit que tu vivais à Wisteria Lane[12] ! me moqué-je gentiment alors qu'il se gare devant une belle maison.

– Surprise ! Et comme dans la série, je peux t'assurer que tous les voisins se mêlent des histoires des autres. Tiens, par exemple, je te parie que la vieille dame qui habite juste en face est postée derrière son rideau pour voir avec qui je rentre. Elle ira sans doute raconter ça demain matin à qui veut bien l'entendre.

– Autant donner à Mme McCluskey[13] de quoi rendre son histoire croustillante, dans ce cas.

Je tire Calvin vers moi en collant mon dos contre la carrosserie de son 4 × 4, et mes lèvres retrouvent enfin les siennes. Je le sens sourire contre ma bouche. Mes mains partent ensuite à l'assaut de ses fesses rebondies, et notre baiser s'intensifie. Lorsque mon rythme cardiaque s'accélère, je délaisse son postérieur pour ouvrir quelques boutons de son pantalon et saisir son membre dans ma paume.

– Bordel, Erin ! À ce rythme, c'est la police qu'elle va appeler, la voisine, pour troubles à l'ordre public.

Je lève les bras en l'air, faisant mine d'être innocente.

---

12. Nom d'une rue de la ville fictive de Fairview où se déroulait le tournage de la série *Desperate Housewives*.

13. Personnage fictif de *Desperate Housewives*.

– Je n'ai rien contre une paire de menottes, cela dit, ajouté-je pour l'allumer d'autant plus.

– Bien, je tâcherai de m'en souvenir, rétorque-t-il en ouvrant la porte de chez lui.

L'entrée donne directement sur son salon, mais j'aperçois la cuisine un peu plus en retrait. La décoration minimaliste se réduit à quelques photos de Nina et lui à travers les années. On peut lire tout l'amour qu'ils se portent à travers leurs regards. À part un canapé et une table basse, aucun autre meuble ne vient combler le grand espace disponible dans la pièce.

Alors que je me baisse pour retirer mes escarpins, je sens ma tête tourner. C'est ça, ma grande, de boire sans rien manger. Félicitations !

– Holà ! C'est mon intérieur qui te fait tourner de l'œil ? blague-t-il en attrapant mon bras.

– Non, c'est juste que j'ai bu mon verre un peu trop vite au bar.

– Viens, on va grignoter quelque chose.

Je le suis dans la cuisine et suis surprise de constater qu'elle est très bien équipée. Mon ventre grogne d'impatience à l'idée que j'ingère enfin un aliment, quel qu'il soit.

– Tu crois que des chips suffiront ? rigole Calvin en ouvrant une boîte de Pringles.

– Ça ira, ne t'en fais pas, lui assuré-je en en piquant une. C'est juste que tout s'est décidé à la dernière minute pour ce soir et que je n'ai pas pris le temps de dîner.

– Si je t'ai pour moi toute la nuit, il faut que tu sois en forme. Des œufs au bacon, ça conviendra à Madame ?

Je hoche la tête en me hissant sur le plan de travail pour m'y asseoir et le regarder faire. Je note à ses gestes assurés qu'il a l'habitude de cuisiner et je trouve ça carrément sexy. Calvin sort les ingrédients dont il a besoin et allume le feu. Rapidement, une délicieuse odeur de viande grillée se répand dans la pièce. Mon amant bat ensuite deux œufs dans un bol, concentré sur ce qu'il fait, tandis que je l'observe en bavant sûrement un peu.

– Tu n'es pas branché déco ?

– Pourquoi penses-tu cela ?

– Tu as une immense pièce qui est presque vide. Tu pourrais pourtant facilement y mettre une grande table pour huit personnes.

– J'ai emménagé il n'y a pas si longtemps que ça. Je meuble au fur et à mesure.

– Tu habitais où avant ?

– J'ai squatté quelque temps chez Harry avant de trouver cette maison. Je voulais absolument revenir dans ce quartier.

– « Revenir » ? Pourquoi en être parti ?

– C'est une longue histoire.

– Tu me la raconteras un jour ? le questionné-je alors que je le sens se refermer.

– Probablement pas, répond-il en toute honnêteté.

Il verse le liquide jaune dans la poêle et reporte son attention sur moi. Naturellement, il s'approche d'un pas et se crée un espace entre mes jambes. Ses mains se posent sur mes cuisses légèrement dénudées par ma robe courte, et nos lèvres viennent se trouver. Ce qui est sûr, c'est qu'il sait comment changer de sujet !

Notre baiser est langoureux et calme, ce qui me laisse la possibilité de glisser mes doigts entre ses mèches brunes et de lui gratter délicatement le cuir chevelu. Pour une fois, nous ne sommes pas pris par le temps. Enfin, jusqu'à ce qu'une odeur de brûlée mette fin à notre étreinte.

– Merde ! jure Calvin en retirant de suite la poêle du feu.

Il s'empresse de verser son contenu dans l'assiette qu'il avait préparée.

– On n'est pas passé loin de la catastrophe culinaire, chef Cooper, lui balancé-je en inspectant mon repas.

– C'est qu'elle va faire la cliente difficile, en plus ! rit-il en me tendant des couverts. Viens, on sera plus à l'aise au salon.

À genoux sur l'un des fauteuils, je mange aux côtés de Calvin, mon portable non loin de là, histoire de ne pas louper un message de Nick. À ma première bouchée, je n'arrive pas à contenir le gémissement de satisfaction qui m'échappe.

– J'espère t'entendre faire le même bruit tout à l'heure.

Je ris tandis que son regard s'attarde sur ma silhouette. Il semble apprécier le spectacle.

– Ta salle de sport est un repère pour boxeurs ? lancé-je subitement, histoire de briser le silence.

– En grande partie, oui. Les gars font appel à moi avant un grand match pour les préparer physiquement. Et… il m'arrive d'organiser des petits tournois à la salle pour les jeunes du coin.

– Tu sais, je t'ai entendu parler à ce gosse dans ton bureau, l'autre jour, et je t'ai trouvé particulièrement dur.

– C'est en lui pointant du doigt ses faiblesses que tu tires le meilleur de quelqu'un, répond-il en haussant les épaules.

Entendre ces paroles m'affecte plus qu'il ne le faudrait. Probablement à cause des souvenirs que j'ai de la manière dont m'a éduquée ma mère. Je connais la douleur que cela peut engendrer.

– Je ne suis pas d'accord avec cette théorie, Calvin. Je crois plutôt que c'est en montrant à quelqu'un là où il est bon que tu lui donnes suffisamment confiance pour obtenir le meilleur de lui-même.

– Pourquoi j'ai l'impression qu'on ne parle plus de boxe ? analyse-t-il à juste titre.

Embarrassée qu'il lise en moi avec autant de facilité, je replonge mon nez dans mon assiette pourtant déjà vide.

– Viens ici, m'ordonne-t-il avec douceur.

Je m'installe à califourchon sur lui et pose mes mains sur ses épaules musclées. Je tente de calmer mon cœur qui s'emballe alors que nous nous dévisageons. Je ne dois pas oublier qu'entre nous, c'est juste physique.

– Peu importe de quoi nous parlons, insisté-je. Je pense qu'on ne devrait jamais rabaisser une personne en lui énumérant la liste de toutes ses faiblesses. Je trouve cela encore pire de la comparer à quelqu'un d'autre en lui expliquant à quel point elle ne lui arrive pas à la cheville.

– Qui t'a fait ça, Erin ? demande-t-il en prenant mes mains dans les siennes.

– Ma mère, lui confessé-je d'une petite voix. Chaque jour, j'avais droit à une petite remarque. Amy fait mieux si, Amy fait mieux ça. Amy ne fait pas si, Amy ne fait pas ça. À force, tu finis par le croire et te penser incapable de réussir quoi que ce soit. En te comportant ainsi et en ayant ce discours, Calvin, tu vas convaincre ce gamin qu'il est nul et qu'il ne parviendra jamais à battre son adversaire.

Il décolle son dos du dossier du canapé et prend mon visage en coupe entre ses mains.

– Ça n'a rien à voir. Je suis son coach, je ne suis pas là pour le materner ou le caresser dans le sens du poil. Je dois faire ressortir le combattant qui est en lui, faire naître une étincelle de colère au plus profond de son être afin qu'il ait la rage de démolir le type en face de lui sur le ring. Ce que tu m'expliques avec ta mère et Amy n'a rien à voir. Tu me parles d'éducation là où je te parle de sport et de dépassement de soi. Loin de moi l'idée de juger ta mère, mais c'est pourtant le cœur du problème. Elle a instauré une rivalité entre ta sœur et toi. Et dans toutes les compétitions, il y a un gagnant et un perdant.

– On ne devrait jamais avoir l'impression de perdre aux yeux de ses parents, dis-je, la gorge serrée.

– Je suis d'accord, souffle-t-il avant de m'embrasser. Mais rien ne t'oblige à donner de l'importance au jugement de quelqu'un qui n'est pas capable de voir la belle personne que tu es.

Mine de rien, ses paroles apaisent la douleur ancrée en moi depuis que je suis enfant et parviennent à émouvoir la femme que je suis devenue. Cette discussion est bien trop sérieuse pour deux personnes qui ne sont censées se voir que pour du sexe. Et ce constat me fait flipper. Sommes-nous seulement en train d'explorer notre attirance sexuelle ? Ou sommes-nous en train d'apprendre à nous connaître ? Pourrait-il y avoir quelque chose de plus entre nous ? Suis-je prête à me remettre en couple et à prendre le risque de tout perdre à nouveau ? L'amour m'a toujours terriblement déçue, et le coup de grâce porté par Nick a été celui de trop.

Après tout, peut-être que Calvin se montre prévenant uniquement parce que je suis la sœur d'Amy et que lorsqu'il passera à autre chose, il sera toujours contraint de me voir à quelques occasions. Si c'est comme ça, alors je dois redonner la bonne direction à cette soirée avant de finir complètement sous le charme de Calvin Cooper et de me brûler les ailes.

Il faut que nous gardions une distance sur ce qui se passe dans nos vies mutuelles pour ne pas nous encombrer de sentiments. Nous avons défini de façon claire ce que nous sommes l'un pour l'autre. Et nous devons respecter ce choix sous peine de perdre notre alchimie.

Mon regard lubrique s'accroche au sien. Calvin perçoit mon changement d'attitude, et l'air se charge d'électricité. Voilà… Il s'agit juste d'une attirance physique, rien de plus.

– Le temps est venu que je te mange tout cru, annoncé-je en me mordant la lèvre de façon niaise.

Je me penche un peu en avant et laisse glisser ma poitrine contre son torse alors que je descends du fauteuil pour me mettre à genoux par terre. Je déboucle ensuite sa ceinture et fais sauter d'un coup sec le bouton de son jean. Mes mains tirent un peu dessus pour le faire descendre tandis que Calvin m'aide en soulevant son bassin. Ses pupilles s'assombrissent par anticipation alors qu'il s'affale un peu plus dans son canapé. Sans me presser, je lui ôte son bas en caressant du bout des doigts ses mollets, puis ses cuisses jusqu'à son membre tendu. Mon amant ne dit rien, mais sa respiration forte trahit son impatience. Sans le quitter des yeux, je m'approche doucement et viens goûter le début de son plaisir déjà visible. Calvin inspire brusquement en rejetant la tête en arrière quand ma langue se met à tourner autour de son gland. Le supplice s'éternise durant quelques minutes.

– Prends-moi dans ta bouche, bébé, me supplie-t-il dans un souffle.

Je n'attendais que ça. Mes lèvres se referment sur son membre, et je l'engloutis aussi loin que possible. J'adore avoir ce pouvoir sur un homme. Lui faire tout oublier et l'étourdir de plaisir. Lentement, ma tête monte et descend sur son entrejambe. J'essaye à chaque fois de le prendre plus loin, ce qui semble le faire disjoncter.

Ses mains ne tiennent plus en place et viennent se poser sur mon crâne. Il rassemble mes cheveux entre ses doigts pour me dégager la nuque et devient ainsi maître des opérations. Il gémit tandis qu'il prend son plaisir en appuyant davantage mon visage contre son aine. Ses mouvements se répètent, et, quand il redresse ma tête, ses yeux expriment clairement le degré de désir brut que je lui inspire. Je suis déjà excitée comme jamais alors qu'il ne m'a encore rien fait. Le simple fait de le voir dans cet état fait mouiller ma petite culotte d'avance.

Soudain, je me redresse à sa hauteur, et sa bouche percute la mienne. Notre baiser est à l'image de ce qu'il vient de se passer. À classer dans une catégorie réservée à un public averti. Pendant que nos langues mènent une bataille sans merci, Calvin parvient tant bien que mal à ôter ma robe. Je le sens chercher à tâtons quelque chose par terre jusqu'à ce qu'il extirpe un préservatif de la poche de son jean laissé là.

– Grimpe sur moi, me chuchote-t-il à l'oreille en enfilant la protection.

Mes mains en appui sur ses cuisses, je me soulève et pose mes genoux de part et d'autre de son corps musclé. Je tire son tee-shirt vers le haut pour mieux profiter de ses atouts tandis que son pouce vient caresser mes lèvres encore gonflées. Lorsque je m'installe sur son érection, Calvin pose une main dans le bas de mon dos et me rapproche de lui. J'entame une action de balancier, déjà sonnée par le plaisir qui prend possession de mes terminaisons nerveuses.

Calvin, quant à lui, tire sur ma chevelure pour me faire pencher la tête en arrière. Il vient picorer mon cou et mon décolleté avec avidité avant que ses lèvres aspirent mes tétons. Je pousse des plaintes de plaisir, incapable de me retenir, alors qu'il semble galvanisé. Dans un simple geste, Calvin m'emprisonne de ses bras en me collant contre son torse. Ainsi bloquée, le visage dans son cou, je ne peux plus bouger mon bassin. C'est donc lui qui reprend le contrôle en allant et venant en moi comme si sa vie en dépendait. Je lui mords l'épaule lorsque l'orgasme me balaie tel un coup de foudre un soir d'orage.

Malgré mon cri, Calvin ne me laisse aucun répit et continue ses coups de reins jusqu'à ce qu'il s'immobilise à son tour en jouissant. Il reste ainsi quelques minutes tandis que nos mains parcourent chacun la peau de l'autre pour l'apaiser de cet afflux sanguin. Je suis frissonnante.

D'un geste fluide, il se débarrasse du préservatif puis nous allonge sur le canapé, assez spacieux pour que nous soyons face à face sans être trop serrés. Sans un mot, il attrape ensuite un plaid, l'installe sur mon corps et m'invite à me coller contre lui.

– Juste une seconde, soufflé-je en tendant le bras vers la table pour attraper mon téléphone.

Je me blottis contre lui et passe une jambe par-dessus les siennes avant de déverrouiller l'écran d'accueil. Aucun message ne m'attend. Je suis rassurée de pouvoir profiter encore un peu de mon amant. Je caresse alors de façon paresseuse ses pectoraux puis glisse jusqu'à ses abdominaux. Mes yeux se ferment tandis que je calque ma respiration sur celle de Calvin. Je m'accorde un peu de tendresse avant de rentrer chez moi retrouver ma petite vie tranquille.

CHAPITRE 20

Lundi matin, chose exceptionnelle : je ne travaille pas. Une histoire de changement d'horaires avec Kelly, ou je ne sais pas trop quoi. Je n'avais pas envie de l'écouter le jour où elle m'en a parlé. Je ne commence donc qu'à quatorze heures. J'ai tout de même déposé Léon chez ma mère. Je me suis bien gardée de lui révéler que j'avais la matinée de repos sinon j'aurais eu droit à une leçon de morale. La connaissant, elle m'aurait engueulée de ne pas l'avoir laissé dormir plus longtemps. Sait-elle seulement qu'il me réveille tous les jours à quatre heures tapantes ? Le pire, dans tout ça, c'est que si j'avais accordé davantage de temps de repos à Léon ce matin, elle aurait quand même trouvé le moyen de me dire qu'il est mauvais de changer le rythme d'un enfant, j'en suis sûre.

Au lieu de laisser à ma mère le plaisir de rouspéter, j'ai passé la matinée à nettoyer l'appartement de fond en comble. J'ai déplacé le canapé et les commodes pour passer la serpillière en dessous, briqué les fenêtres, fait resplendir la salle de bain et mis la cuisine en ordre. Par la suite, j'ai pris soin de changer nos draps et d'aérer les chambres durant toute la durée du ménage. Cela m'a fait un bien fou de tout astiquer.

Après une douche express, je file dans la cuisine pour grignoter quelque chose mais remarque qu'il n'est même pas encore onze heures. C'est impressionnant de voir la vitesse à laquelle on avance sans enfant dans les pieds. Sur un coup de tête, je décide de profiter du temps qu'il me reste pour aller traîner chez Maddie. Ça fait un petit bout de temps que je ne suis pas passée la voir. Pour l'occasion, je choisis de porter ma robe-chemise à carreaux blancs et noirs qui se ferme au cou par un nœud papillon. Ça fait un bail que je ne l'ai plus mise, car elle me donne un look très rétro qui ne convient pas pour Bloomingdale's. Dans un petit sac de sport, j'emporte avec moi un pantalon noir des plus simples avec un haut blanc intemporel. Je me changerai avant d'aller travailler.

– Salut, la miss, m'accueille Maddie, tout sourire. J'adore ta robe, elle est magnifique.

– Merci, ça me fait plaisir. Ce sont mes véritables vêtements, pour une fois.

– Ce look te va bien mieux. T'habiller autrement est du gâchis. Je vais pouvoir t'envoyer par mail l'adresse du site où j'ai trouvé mes fameuses baskets !

Je lui souris franchement avant de m'installer dans l'un de ses fauteuils.

– Ça va, toi ?

– La routine, rien de palpitant à raconter.

– Tu me dis toujours ça, mais je suis certaine que tu me caches des choses, lui lancé-je en haussant un sourcil. Tu es bien trop secrète, comme nana.

– N'importe quoi ! Je suis simplement une fille sage.

– À d'autres ! Un jour, je percerai ton secret.

– Si cela te fait plaisir… En attendant, raconte-moi comment tu t'en sors entre ton ex et ton *sexfriend*, rit-elle.

– Je suis sortie samedi soir avec mon athlète. J'ai eu du mal à ne pas culpabiliser d'avoir laissé mon fils à son père pour la première fois.

– « Du mal à ne pas culpabiliser » ? Non, mais Erin, tu t'entends ? Ce bébé, il l'a fait avec toi. Il est donc normal qu'il le garde. Quand c'est toi qui t'occupes de ton fils, tu ne trouves pas ça déplacé qu'il sorte pour se dénicher une nana !

– Pas faux, dis-je d'une petite voix.

– Bon alors ! Chacun a droit aux mêmes libertés. Et ça compte aussi pour les couples non séparés.

– Je sais que tu as raison, c'est moi qui ai un problème. Je vais y travailler…

– Et sinon, ça se passe bien, cette adaptation ?

Je hausse les épaules en respirant fort, ne sachant pas comment qualifier la relation que nous avons, Nick, Léon et moi.

– Je t'avouerais que c'est spécial. Mon ex a passé presque toutes ses soirées chez moi depuis plus d'un mois. Il est top avec Léon, et je vois bien qu'il l'aime beaucoup. Son instinct paternel est indéniable. Là-dessus, je n'ai rien à redire. Malgré tout, cela reste dur pour moi de le voir quotidiennement. Il m'a beaucoup fait souffrir, et je ne voudrais pas qu'il pense qu'on pourra recoller les morceaux simplement en passant de bons moments tous ensemble.

Maddie me regarde d'un air compatissant.

– Attends, tu as dit qu'il avait gardé ton fils samedi ? demande-t-elle en haussant un sourcil.

– Oui, pourquoi ?

– Ne me dis pas qu'il est resté dans ton appartement alors que tu n'étais pas là ?

– Euh… Il y a une règle qui l'interdit ?

– Erin ! C'est ton intimité, ton nid douillet. Il faut que tu préserves ça. La règle d'or est on ne peut plus simple : lorsque c'est son tour de garde, c'est chez lui. Point. À la rigueur, il peut attendre dans l'entrée si le petit n'est pas prêt, mais pas question de lui offrir la bière et les cacahuètes. À moins que tu veuilles te remettre avec lui. Auquel cas, c'est différent.

– Non ! Absolument pas. Nick, c'est de l'histoire ancienne. Terminé !

– Tu te rends compte qu'il a peut-être fouillé dans tes petites culottes pour essayer de déterminer si tu voyais quelqu'un ?

– Oh ! ben ça, je crois qu'il l'a déjà compris, dis-je en rigolant. Je revois encore sa tête lorsque je suis rentrée à trois heures du matin, les cheveux en vrac et une odeur de sexe collée à la peau.

La tatoueuse pousse un cri.

– Tu rougis ! s'exclame-t-elle, euphorique. Raconte-moi tout avec ton dieu du sexe.

Je lève les yeux au plafond. Par où commencer ?

– Ce type est juste sexy comme pas possible. Je ne sais pas ce qu'il fait exactement, mais quand on est ensemble, je n'ai plus de barrières. Il y a comme un feu qui crépite entre nous. Et à chaque fois qu'on se retrouve seuls, ça fait des étincelles. J'ai déjà connu des bons coups, mais lui, c'est au-dessus de ça ! C'est bestial et ça me plaît, je suis obligée de l'admettre. Rien qu'entendre le son de sa voix au téléphone me fait de l'effet. Cela me rappelle les cochonneries qu'il me souffle à l'oreille quand on fait l'amour. Tu trouves ça dingue ?

Je ne lui laisse pas le temps de répondre et poursuis, insatiable sur le sujet.

– Il est papa d'une petite fille de 5 ans qu'il aime par-dessus tout et dont il s'occupe à merveille. Il a déjà vu Léon deux fois et il est très à l'aise avec lui.

Maddie pince les lèvres pour ne pas rire. Et je prends alors conscience de ce que je viens de dire. Cela devient ridicule. Calvin n'est qu'une parenthèse torride dans mon quotidien compliqué. Si je ne veux pas foirer notre duo et tomber de haut, il va me falloir enterrer ce ramassis de pseudo-sentiments urgemment.

– Je comprends mieux pourquoi tu es certaine que c'est terminé avec ton ex, lance-t-elle en croisant les bras sur sa poitrine. Tu es complètement sous le charme de ce type. En même temps, ça se comprend. Un mec qui parvient à t'emmener au septième ciel à chaque fois que vous faites l'amour, c'est rare. Dur de rester insensible. Quoique mon opinion n'ait pas vraiment de valeur sur ce sujet-là…

Son attention s'arrache à moi quelques secondes avant qu'elle se reprenne.

– Ton ex a quitté ton appart dès que tu es rentrée, n'est-ce pas ?

– Euh… Il était plus de trois heures, me justifié-je. Donc je l'ai laissé squatter mon canapé et finir sa nuit.

– Argh ! Tu vas m'arrêter ça tout de suite ! Tu vas droit dans le mur.

– Il était déjà parti lorsque je me suis réveillée vers six heures pour Léon, qui a, contre toute attente, très bien dormi.

– C'est pire ! analyse-t-elle, dépitée. Cela signifie qu'il s'est senti trop mal à l'aise pour rester suite à ton retour d'après-sexe… Il éprouve encore des sentiments pour toi.

– Peut-être… Mais il peut se mettre ses sentiments là où je pense.

Cette annonce déclenche l'hilarité de mon amie qui me tend sa main pour que nous échangions un *high five*.

Je prends mon poste à Bloomingdale's avec quelques minutes d'avance. Lorsque je referme la porte métallique de mon casier après y avoir fourré mon sac, je tente également d'y laisser mes préoccupations. Maddie a probablement raison, après tout. Et il est vrai que je ne me sentais pas très à l'aise une fois rentrée de chez Calvin sachant que Nick dormait sur le canapé. Si je veux trouver un équilibre à notre relation forcée sans laisser entendre à mon ex que nous allons nous remettre en couple, il faut que j'accepte que mon fils et lui passent davantage de temps ensemble. Sans moi. En définitive, je dois couper le cordon.

– Vous faites dans la fantaisie vestimentaire aujourd'hui ? balance sèchement ma patronne dans mon dos.

Je baisse les yeux et constate avec effroi que j'ai oublié de me changer avant de venir.

– Bonjour, madame Freeman. Je suis confuse, je ne travaillais pas ce matin et j'en ai profité pour me balader en ville. Mais j'ai apporté de quoi me changer pour cet après-midi.

Je m'empresse de retourner à l'arrière de la boutique et passe ma tenue de nana coincée en espérant ne pas avoir de souci.

L'après-midi qui suit est d'un ennui mortel. Il faut dire que, bien généralement, la fréquentation du magasin n'est pas importante en début de semaine. J'en profite alors pour passer un coup de chiffon sur les étagères vitrées où reposent les sacs à main, ainsi que sur les bustes de présentation, avant de nettoyer consciencieusement les miroirs des cabines d'essayage. Quand tout ce tintouin est terminé, je récupère mon *bullet journal* au fond de mon sac à main et file derrière la caisse. Cela fait une éternité que je ne m'en suis plus servi. J'y ai juste glissé pêle-mêle les pages de magazines de mode ayant retenu mon attention ces dernières semaines.

À présent me vient l'envie de découper le pourtour des mannequins figés sur le papier glacé. Je prends le temps de les scotcher avec soin puis parcours les pages de mon carnet une à une. On dirait une adolescente qui garde pour elle les clichés de sa pop star favorite. Je sais que cela n'a pas beaucoup de sens de conserver sur papier ce que je trouve joli, mais il y a bien des gens qui collectionnent des œuvres d'art, des timbres, ou pire encore, des capsules de bouteilles de bière.

Une heure avant la fermeture, Mme Freeman me convoque dans son bureau. Une pièce qui ressemble davantage à une remise où l'on stocke tout un tas de bricoles, si on me demande mon avis… Je stresse à l'idée de ce qu'elle pourrait me dire. Évidemment, j'ai commis quelques impairs ces derniers mois, mais j'ai également beaucoup appris. Je me suis améliorée et j'ai même été de bon conseil, parfois. Si elle me vire, je suis foutue.

– Allons droit au but et ne perdons pas de temps, si vous le voulez bien, Erin.

– Je vous écoute, dis-je, la gorge serrée.

– Vous et moi savons que vous n'êtes pas faite pour travailler ici.

– Je fais pourtant de mon mieux.

– Et c'est bien là le cœur du problème, contre-attaque-t-elle en me regardant droit dans les yeux. Vous n'avez pas le goût nécessaire pour remplir votre rôle de vendeuse au sein de mon magasin.

Je prends sa réplique en pleine face sans pour autant me laisser décontenancer.

– J'apprends chaque jour, comme en témoignent mes ventes. Vous ne pouvez pas nier qu'elles ont augmenté ces derniers temps.

– Soit. Mais vos collègues font le double de vos chiffres. Voire le triple pour Kelly. Je ne peux pas m'offrir le luxe de patienter jusqu'à ce que vous deveniez opérationnelle.

Je soupire mais suis incapable de répondre à cela.

– Le problème réside dans le fait que les clientes ne peuvent pas s'identifier à vous, reprend-elle. Même en enfilant des vêtements de chez nous, vous paraissez endimanchée. C'est flagrant à quel point vous n'êtes pas à l'aise en portant un chemisier raffiné sur une jupe crayon. Vous n'avez pas votre place chez Bloomingdale's.

Le licenciement me pend au nez, maintenant, c'est certain. Je n'arrive pas à croire que j'ai pu faire autant d'erreurs. Je sais pourtant que Léon dépend de moi.

– J'ai été particulièrement étonnée par votre look urbain et un peu… vagabond, lorsque nous

nous sommes croisées en dehors du travail, il y a quelques mois de cela.

Elle est sérieuse, là ? Elle vient de me traiter de clocharde ?

– Porter un jean déchiré est à la mode, la corrigé-je, un brin vexée. Une mode que vous ne suivez ou n'aimez peut-être pas, mais qui fait tout de même fureur chez les ados et les jeunes adultes.

Mme Freeman se colle contre le dossier de sa chaise et croise les bras sur sa poitrine.

– Ce que vous dites est fort intéressant. Mais je n'ai pas besoin d'une gamine au look gothique dans ma boutique. Jouons cartes sur table, Erin. Vous avez parfaitement conscience que vous m'avez bernée lors de votre entretien d'embauche.

– J'ai fait beaucoup d'efforts pour m'intégrer à l'équipe et satisfaire les clientes. Mon style vestimentaire ne devrait pas être mêlé à cela. Ça n'a rien à voir.

– Vous êtes arrivée plusieurs fois en retard et ne vous entendez avec aucune de vos collègues, déclare-t-elle d'un air dédaigneux.

– Laissez-moi encore un mois pour faire mes preuves, quémandé-je tout de même.

– Je suis désolée, Erin, mais j'aurais dû agir avant. J'ai déjà trop laissé traîner, et mon chiffre global s'en ressent.

Cette fois, c'est la goutte de trop.

– Il n'y a donc que ça qui compte pour vous ? m'emporté-je. Votre putain de chiffre d'affaires !

Vous êtes en train de licencier une femme que vous savez mère célibataire et vous osez vous plaindre qu'il va vous manquer une centaine de dollars au bout du compte !

– C'est la dure loi des affaires. Il n'y a pas de place pour les sentiments.

– J'hallucine ! Vous arrivez à vous regarder dans le miroir tous les matins ? À dormir sur vos deux oreilles ?

– Vous êtes une jeune femme brillante, dit-elle en se levant. Vous rebondirez, j'en suis sûre.

Là, tout de suite, c'est ma main sur sa joue avec beaucoup d'élan que j'ai envie de faire rebondir.

– Et si jamais vous avez besoin d'une recommandation pour un autre poste, vous pourrez compter sur moi. Voyez cela comme un dédommagement pour vous avoir congédiée du jour au lendemain.

Je sors de cette pièce sans même lui serrer la main. Si je reste près de cette bonne femme plus longtemps, je risque de dire ou faire quelque chose de très regrettable. Une fois devant mon casier, je rassemble mes affaires en prenant soin de ne rien oublier puis quitte cet endroit de malheur. Je ne prends même pas le soin d'avoir un dernier mot à l'égard de mes collègues. Aucune d'entre elles n'a tenté de m'aider depuis mon embauche. Qu'est-ce qu'on peut être mesquines, entre nanas !

Alors que le métro me ramène dans mon quartier, je réalise petit à petit la situation dans laquelle je viens de me fourrer. Il va me falloir accepter le premier job que je trouve sans faire la difficile. J'ai la responsabilité d'un loyer et de toutes les factures qui en découlent.

Fatiguée, je me prends la tête entre les mains et inspire un bon coup. C'est arrivé bien plus vite que ce que je pensais. Et évidemment, dans ces moments-là, il n'y a qu'une seule personne capable de me réconforter.

De Erin :
Peu importe ce que tu fais
ou as prévu de faire,
annule tout et rapplique chez moi !

Puis, réalisant la violence de mes propos, je rajoute :

De Erin :
STP <3

De Amy :
Tu as beaucoup de chance
que j'aie envie de voir mon neveu.

Autrement, je ne serais
JAMAIS venue !

Pour me faire pardonner, je fais livrer à l'appartement des pizzas, comme au bon vieux temps. Elles ne viennent pas de la *Trattoria Trecolori*, le restaurant italien proche de chez elle, mais il s'agit tout de même de Prosciutto. Vu le gouffre financier dans lequel je vais bientôt être, je ne suis pas à vingt dollars près. Autant en profiter tant que ma carte bancaire est acceptée.

J'ai prévenu Nick par message qu'il ne pouvait pas passer ce soir car j'étais occupée. Il n'a pas cherché à en savoir plus mais m'a fait promettre qu'il pourrait voir Léon demain. J'étais à deux doigts de lui répondre qu'il n'a rien eu à faire de son enfant pendant dix-huit mois et qu'il ne fallait pas faire un drame pour une simple soirée, mais l'arrivée de ma sœur m'en a empêché.

Je l'accueille en portant Léon devant moi de telle sorte qu'elle ne voit pas mon visage.

– C'est ça, cache-toi ! me lance-t-elle, furibarde. Ton message m'a rappelé mes premiers échanges avec Julian à la salle.

– Oui, mais j'ai commandé des pizzas, clamé-je en agitant la petite main de mon fils.

– Si tu me prends par les sentiments…

Sa réponse m'arrache un sourire. Je me décale pour la laisser entrer dans le salon, mais avant même d'avoir pu poser ses chaussures, Amy attrape Léon et lui fait faire l'avion.

– Mais c'est que tu grossis, toi ! lui dit-elle en le chatouillant. Allez, fais un bisou à tata.

Mon fils s'exécute en déposant sa bouche baveuse sur la joue de ma sœur. Voyant qu'ils s'amusent tous les deux, je file à la cuisine chercher notre dîner.

– Allez, à table avant que ça refroidisse !

Nous nous installons au salon, Léon sur nos talons. Il est habitué à jouer en notre compagnie quand nous papotons.

– Bon, alors, que se passe-t-il, Erin ? Pourquoi cette réunion d'urgence ?

Elle s'installe sur mon sofa et lève les yeux vers moi pour la première fois depuis son arrivée.

– Que s'est-il passé ?

– J'ai été virée, annoncé-je sans préambule.

– Eh merde ! Pourquoi ?

– Mme Freeman a décidé qu'elle avait été suffisamment patiente avec moi et que je ne lui rapportais pas assez.

– Quelle connasse, celle-là ! Elle sait pourtant que tu élèves seule ton fils. Elle aurait pu te laisser le temps de te retourner.

– Elle m'a dit, et je cite : « C'est la dure loi des affaires. Il n'y a pas de place pour les sentiments. »

– Je suis vraiment désolée, dit ma sœur en posant sa main sur mon bras. Mais tu savais que ça finirait par arriver. Est-ce que tu as fait le tour des boutiques aux alentours ? Tu as présenté ta candidature ailleurs comme je te l'avais conseillé ?

À part rendre visite à Maddie ou profiter de Calvin à ma pause déjeuner, je n'ai pas fait grand-chose ces dernières semaines, il faut l'avouer.

– J'en déduis que non.

– Qu'est-ce que je vais faire ? me lamenté-je. Quand mon banquier va s'apercevoir que mon salaire ne tombe plus, il va paniquer ! Déjà qu'il me harcèle tous les quinze du mois…

– Pour l'instant, la seule qui panique, c'est toi. Tu as su te faire embaucher chez Bloomingdale's, donc je suis sûre que tu sauras te trouver un autre job. On va étudier ton CV ensemble et on va y rajouter ton expérience là-bas. Ce sera déjà ça de gagné.

– Cette peste de Freeman m'a dit que je pouvais compter sur elle si j'avais besoin d'une recommandation.

– Parfait ! On va la faire crouler sous les appels, tente-t-elle de se montrer positive.

– Si je ne trouve pas autre chose très rapidement, je peux dire adieu à mon appartement.

– Arrête de te dévaloriser ! Ça va faire deux ans que tu as pris ta vie en main et que tu t'en sors comme une championne. Il n'y a pas de raison que tout s'affaisse maintenant.

– Mouais, dis-je, pas totalement convaincue.

– Crois en toi, s'il te plaît, Erin. Bats-toi. Donne tout ce que tu as. Et quoi qu'il arrive, tu sais que tu peux compter sur moi. OK ?

Je hoche la tête avant de la prendre dans mes bras. Ma sœur trouve toujours les mots justes. Elle me manque tellement depuis que nous n'habitons plus ensemble.

– Merci d'être venue me rassurer, Amy.

– Je t'en prie, sœurette.

Attiré par notre effusion d'amour, Léon nous rejoint en grimpant sur le canapé et en se trouvant une place de choix entre nous deux.

Les deux personnes que j'aime le plus au monde sont là, avec moi. Et si je ne veux pas les décevoir elles aussi, je vais devoir trouver une solution. Et vite.

CHAPITRE 21

Le réveil est difficile ce matin. Amy et moi avons modifié ma candidature spontanée jusqu'à pas d'heure hier soir pour qu'elle puisse convenir à n'importe quel secteur. Nous avons même fait des jeux de rôle pour simuler mes possibles futurs entretiens. En d'autres termes, nous avons ri plus qu'autre chose, et cela m'a permis d'oublier pour un temps la situation merdique dans laquelle je me suis mise.

Néanmoins, à peine avais-je posé ma tête sur l'oreiller que Léon se mettait à pleurer. Quand bien même il mange comme un glouton le soir, ce petit garçon a des fringales nocturnes incontrôlables. Comme d'habitude, il a donc fini dans mon lit, ce qui m'a fait réaliser que ce genre de moments viendra à me manquer lorsqu'il sera chez son père. Chose qui va arriver, que je le veuille ou non.

Mon portable vibre sur la table de la cuisine alors que je me prépare un petit-déjeuner.

De Calvin :
J'ai appris pour ton travail.
Je suis désolé.

Si tu as envie de te changer les idées,
on peut se faire un restau ce soir.

Je te laisse choisir l'endroit.

Tiens donc, j'ignorais que notre accord pouvait inclure ce style de sortie. Mais cela ne m'empêche pas d'être subitement excitée comme une puce à l'idée de passer du temps en sa compagnie. Ça sera l'occasion de laisser Léon à son père. Nick me dit très souvent qu'il aimerait lui faire visiter son appartement pour que notre petit bonhomme y prenne ses repères.

De Erin :
Salut, Nick, tu pourras avoir Léon
rien que pour toi ce soir.

Je sais également qu'il aimerait l'emmener chez ses parents, tous les deux impatients de rencontrer notre fils. Il y a quelques jours de cela, sa mère m'a téléphoné pour s'excuser au nom de Nick et me dire que si elle avait su pour Léon, elle n'aurait pas hésité une seule seconde à nous aider. Elle a voulu me proposer de l'argent, mais j'ai refusé catégoriquement. Son appel m'a tout de même beaucoup touchée. J'ai été ravie d'apprendre que mon ex-petit ami s'était pris la pire soufflante de sa vie suite à l'annonce de sa connerie.

De Nick :
On pourra sortir de ton appart ?

Je lève les yeux au ciel. On dirait que je les retiens en otage.

De Erin :
OUI !

De Nick :
Génial ! Merci.

Je souris malgré moi et profite de ce bref instant de paix pour envoyer ma réponse à Calvin.

De Erin :
Avec plaisir !

Rendez-vous à 19 h au restaurant
du casino.

Je sursaute et manque de faire tomber mon téléphone lorsque Léon se rappelle à moi en renversant avec fracas son coffre à jouets sur le sol du salon. Je file le rejoindre en posant les poings sur mes hanches.

– Mais qu'est-ce que tu fais, petit coquin ?

Il rigole de sa bêtise mais se met tout de même à m'aider lorsqu'il me voit ranger.

– Tu as intérêt à être sage aujourd'hui, mon cœur. Tu vas aller chez mamie et papy pendant que maman s'occupera de choses d'adultes. Et puis le soir, tu iras chez papa.

Mon plan de la matinée ? Parcourir le centre-ville et entrer dans chaque boutique se trouvant sur mon chemin afin d'y poser ma candidature. Je ne peux absolument pas me permettre de rester sans emploi.

– D'ailleurs, Léon… Pas un mot à mamie sur ce que tu as entendu hier quand tata Amy était là. OK, filou ?

Je lui fais plein de bisous dans le cou pour le faire rire aux éclats puis l'emmène au bain afin de le préparer. Une fois Monsieur prêt, je l'installe sur mon lit le temps de choisir mes vêtements correctement. Je refuse de me déguiser en quelqu'un d'autre. C'est donc tout naturellement que j'opte pour un tee-shirt blanc large que je passe dans un jean boyfriend noir dénué de toute déchirure. Je porte également mes baskets All Star ainsi qu'un collier ras-de-cou imitation cuir. Après un ultime coup d'œil dans le miroir, j'estime que ça fera l'affaire.

– Aujourd'hui, Léon, ta maman va tout faire pour arranger la situation. Et c'est une promesse !

Nous parcourons à pied la petite distance qui nous sépare de chez mes parents et apercevons rapidement ma mère dans le jardin, s'échinant à retirer les mauvaises herbes.

– Coucou, mon chéri, accueille-t-elle Léon en l'embrassant. Et, euh… C'est quoi, ce look, Erin ? Ta patronne ne va pas apprécier, c'est certain.

– Bonjour à toi aussi, maman, soufflé-je. J'ai prévu une tenue de rechange dans mon sac, ne t'inquiète pas.

– Oh ! mais tu fais ce que tu veux ! Pour ce que mon avis vaut, de toute façon…

Je dépose un baiser sur le front de mon fils et m'en vais avant d'avoir l'occasion de me disputer une énième fois avec elle. Voilà une motivation supplémentaire de me trouver un travail. Il est hors de question que Léon et moi allions vivre chez elle. Je n'y survivrai pas.

Je commence mon démarchage dès lors que je sors du métro, un sourire aux lèvres et ma pochette de candidature en main. Certains commerçants sont directs et me font très rapidement savoir qu'ils ne cherchent personne actuellement. D'autres, à l'inverse, me disent qu'ils me rappelleront peut-être au moment des soldes. Tellement désespérée de bien faire, je me suis même présentée à la boutique où Calvin se fournit en poudres magiques. Sans succès.

Après avoir tourné dans le quartier pendant des heures, c'est sans surprise que je m'octroie une pause chez mon amie Maddie.

– Coucou, toi, lui lancé-je, tout sourire. Je ne te dérange pas ?

– Jamais, me rassure-t-elle. Je suis contente de te voir. J'ai une demi-heure devant moi à cause d'une annulation. Tu vas donc pouvoir me dire pourquoi tu ne travailles pas ce matin.

– Ma patronne m'a virée.

– Merde !

Tu l'as dit…

– C'est pour ça que je me balade dans le coin depuis ce matin. Je me présente un peu partout dans l'espoir de trouver un nouveau poste.

Maddie me lance un regard énigmatique avant d'attraper une des feuilles que je tiens dans les mains. Il s'agit de la lettre de motivation que j'ai distribuée toute la matinée.

– Je ne suis pas sûre que cela soit judicieux que tu te retrouves dans la même situation professionnelle qu'avant. Tu n'étais pas à ta place chez Bloomingdale's, alors pourquoi vouloir rester dans la même branche ?

– Je n'ai aucun diplôme, et c'est la seule réelle expérience que j'ai.

– OK, mais toi, qu'est-ce que tu aimes ? Si tu mets tes besoins de côté et te concentres sur ce qui te fait vibrer, vers quelle voie t'orienterais-tu le plus naturellement aujourd'hui ?

– Je ne me suis jamais posé ce genre de questions. Avant Léon, je vivais au jour le jour sans me soucier du lendemain. Depuis sa naissance, j'affronte du mieux que je peux la vie en faisant de mon mieux chaque jour.

– Et c'est très bien, Erin. J'essaye juste de trouver le chemin vers lequel t'orienter. Sur quoi pourrais-tu t'appuyer pour t'épanouir professionnellement ? Une passion, peut-être ! Tu vois, mon amour pour le dessin et les tatouages, j'en ai fait mon métier.

Ses mots me font immédiatement penser à mon *bullet journal*. Je le sors de mon sac à main et le tends à Maddie, sans réfléchir. Alors qu'elle tourne une à une les pages du cahier que je griffonne depuis des années, je prends conscience que tout cela est ridicule.

– Laisse tomber. Ce n'est rien de plus que des bouts de papier.

– Tu plaisantes, j'espère ! s'exclame-t-elle en ne le quittant pas des yeux. C'est carrément un catalogue sur toutes les tendances un peu excentriques du moment. Je trouve ça génial.

– Ravie de l'apprendre. Mais à part démontrer que je suis une pro du scrapbooking, je ne vois pas en quoi ce truc peut me servir.

– Erin, m'apostrophe-t-elle d'un ton autoritaire, cesse un peu de te descendre. Avec ce journal, tu prouves que tu as du goût et que tu sais déterminer ce qui plaît aux femmes qui apprécient cette mode un peu décalée. Ta patronne t'a licenciée parce que tu ne lui rapportais pas assez, c'est bien ça ?

– Entre autres, oui…

– Et si j'ai bien écouté ce que tu me racontes depuis des semaines, cette peau de vache, c'est Mme Freeman.

– Tu la connais ? m'étonné-je.

– Pas personnellement, non. Mais elle possède un certain nombre de locaux en centre-ville. Quand tu cherches une boutique à louer à San Diego, tu as forcément affaire à elle, m'explique-t-elle.

Je hoche la tête, ne sachant toujours pas où elle veut en venir.

– Je pense pouvoir t'aider, Erin. Même si cela signifie que tu apporteras à cette harpie de Freeman un joli pactole par la même occasion.

– Et comment comptes-tu t'y prendre ?

– Je vais t'aider à élaborer un business-plan.

– Un quoi ? m'exclamé-je.

Maddie va chercher son ordinateur portable sur la console de l'entrée et revient s'installer près de moi. Elle tape à une vitesse impressionnante sur les touches de son clavier.

– On va imaginer que tu veux ouvrir une boutique dans laquelle tu mettrais en vente tous ces bouts de papier, comme tu dis.

– Maddie, soupiré-je, c'est adorable. Vraiment. Mais ne perds pas ton temps inutilement. Pour ouvrir un commerce et le tenir, il faut de l'argent. Je n'en ai pas. Et tu peux me croire, ce n'est pas ma banque qui va faire un geste pour m'aider.

– Cela tombe bien puisque ta banque, on s'en fout ! On connaît toutes les deux une autre personne qui a de l'argent… Ton ancienne patronne ! Prouve-lui qu'elle a eu tort de te licencier et que tu es susceptible de pouvoir élargir sa clientèle.

– Tu m'en crois sincèrement capable ?

– Mais bien évidemment ! Allez, tope-la ! m'encourage-t-elle en me présentant sa paume ouverte.

Un *high five* plus tard, c'est remontée à bloc que j'écoute mon amie me détailler son plan et la façon de l'élaborer.

– Voilà, annonce-t-elle au bout d'une quinzaine de minutes. Je t'ai conçu un business-plan classique pour que tu puisses évaluer la solvabilité de ton projet.

– C'est beaucoup trop de chiffres dans beaucoup trop de cases pour que j'y comprenne quelque chose, me lamenté-je.

– À gauche, tu dois indiquer toutes les dépenses fixes qu'il faudra régler chaque mois. À droite, ce sont les fonds dont tu as besoin. Chaque domaine a sa propre case : travaux, publicité, stock de départ et ainsi de suite.

– Je crois que tu surestimes mes capacités avec ton business-machin, là.

– Mais non, c'est facile ! On va le démarrer ensemble pour que tu comprennes le fonctionnement.

Et durant dix minutes encore, Maddie poursuit sa formation express. Elle complète les cases avec des estimations et me montre où dénicher la majorité des informations dont je vais avoir besoin.

– Je suis impressionnée, avoué-je une fois le tableau à moitié rempli.

– Mon père est un homme d'affaires redoutable et il a toujours pensé que je prendrais sa suite.

– Tu le remercieras pour moi.

– Pour ça, il faudrait que nous soyons encore en contact.

– Oh ! mince… C'est l'idée de ton salon qui ne lui a pas plu ?

– Pas exactement, non, rit-elle, le regard fuyant. Disons simplement que nos différends ont commencé bien avant cela.

– Laisse-moi deviner… Ton premier tatouage ou piercing ?

– Le premier visible, pour être plus précise.

Voyant que Maddie préfère en rester là, je change de sujet et l'assomme à nouveau de questions avant que son prochain client n'arrive. Elle m'explique alors que je vais devoir faire une étude de marché en préparant un questionnaire et en arrêtant les gens dans la rue en leur demandant deux minutes de leur temps.

C'est convaincue par l'idée loufoque de Maddie que je quitte sa boutique, le sourire aux lèvres. Elle m'a donné un nouveau but à atteindre, et je suis bien décidée à tout mettre en œuvre pour y parvenir.

CHAPITRE 22

Comme tous les jeudis soir, le centre-ville de San Diego est très animé, particulièrement sur Bay Boulevard où brille de mille feux le Seven Mile Casino. Depuis l'extérieur du bâtiment, on aperçoit de nombreux habitués de la roulette se précipiter à l'entrée, probablement dans l'espoir de repartir d'ici au petit matin les poches pleines et l'esprit plus léger.

De mon côté, j'attends impatiemment que le loup montre le bout de sa queue en faisant le pied de grue devant l'impressionnante bâtisse. Je commencerais presque à me demander si Calvin ne s'est pas trompé d'endroit. Après tout, la ville de San Diego possède deux casinos, mais le Lucky Lady est trop misérable pour ne serait-ce qu'envisager d'aller là-bas.

– C'est pour moi que tu t'es faite belle comme ça ? me glisse justement sa voix à l'oreille, me faisant sursauter.

– Absolument pas ! dis-je en me retournant. Je sais qu'il y a un serveur plutôt pas mal qui travaille ici, alors j'ai mis toutes les chances de mon côté.

Il lève les yeux au ciel alors que je souris comme une gamine. Je suis ravie que mon crop top lui plaise. Je l'ai assorti à un jean noir huilé qui met en valeur mes jambes fines. Pour la touche un peu chic, j'ai également passé une veste rouge d'une grande marque, que j'ai trouvée lors d'un Black Friday. De son côté, mon amant porte une chemise en lin blanche sur un pantalon en toile dans les tons camel. Il est terriblement attirant.

Afin de me rapprocher de lui, Calvin entoure ma taille de ses bras et m'invite à glisser mes mains derrière sa nuque. Aussitôt enlacés, il se jette sur mes lèvres et me donne un baiser passionné. Même si je sens qu'il essaye de se maîtriser et d'être tendre, il ne peut pas s'empêcher d'insuffler quelque chose d'érotique à cet échange. On dirait vraiment que ce mec a un pouvoir aphrodisiaque sur mon corps.

– Si tu ne t'arrêtes pas de m'embrasser, on n'arrivera jamais à entrer, murmuré-je contre sa bouche.

– Hum… Je ne suis plus très sûr de vouloir dîner ici. Tu ne voudrais pas plutôt manger indien ? Je connais un petit restaurant pas trop loin qui fait un délicieux poulet tandoori.

– Je ne suis pas très fan de curry, avoué-je en faisant la grimace.

– Dans ce cas, tu choisiras autre chose.

– Je sais pas… Il paraît que le chef du casino fait un saumon à se damner.

– Laisse tomber, Erin. On n'aura jamais une table sans avoir réservé.

– Heureusement que je l'ai fait, alors, annoncé-je en souriant. Allez, viens, entrons avant qu'il ne donne notre table à quelqu'un d'autre.

Je ne sais pas pourquoi il traîne autant des pieds. On m'a pourtant toujours vanté les mérites de ce restaurant. J'espère qu'il n'est pas trop poli pour passer sous silence le fait qu'il y a déjà mangé et que la nourriture là-bas est infecte…

Alors qu'il me précède, Calvin se décale sur le côté pour me laisser pénétrer en premier à l'intérieur du casino. Un geste galant qui lui confère aussitôt un point de plus dans mon estime.

– Bonsoir, salué-je le monsieur de l'accueil. J'ai réservé au nom de Cooper.

Le jeune homme vérifie sur son calepin tandis que mon amant me pince la hanche en souriant à son tour. Quelques secondes plus tard, une barmaid nous conduit à notre table, proche des grandes fenêtres qui donnent sur la rue. L'endroit est branché et donc très plébiscité. Je suppose que la majorité des personnes ici sont des joueurs invétérés. C'est sûr que si je pouvais gagner le jackpot, ça réglerait pas mal de mes soucis. Pour le moment, disons que j'ai suffisamment la tête sur les épaules pour ne pas tomber dans ce vice.

Alors que nous regardons nos menus, je crois remarquer un homme en costume chic saluer Calvin d'un bref signe de tête depuis l'autre bout de la salle. Imperturbable, mon cavalier ne réagit pas et focalise son attention sur moi.

– Bonsoir, madame. Bonsoir, monsieur, nous apostrophe un serveur. Je suis Elijah, et c'est moi qui m'occuperai de vous ce soir. Puis-je vous proposer un apéritif pour commencer ?

Ce dernier doit avoir à peine 20 ans, et pourtant, il prononce ces mots comme s'il avait travaillé ici toute sa vie. L'immense sourire qu'il me fait en attendant ma réponse est communicatif.

– Nous allons prendre deux coupes de champagne, l'interpelle Calvin. Et si je peux me permettre, cette jeune femme est chasse gardée. Il n'y a donc aucune chance qu'elle finisse avec vous.

Je pose la main sur ma bouche pour m'empêcher d'éclater de rire. Notre jeune serveur ne sait plus où se mettre.

– Veuillez m'excuser, monsieur, je ne voulais pas paraître impoli. Je vous apporte vos coupes tout de suite.

Il déguerpit en une fraction de seconde tandis que Calvin fait craquer ses doigts un à un, ce qui me fait glousser pour de bon cette fois.

– Je vais finir par croire que ton histoire de serveur, tout à l'heure, n'était pas une blague.

– Ne t'en fais pas, le rassuré-je, il n'est pas mon genre du tout.

Calvin parcourt la salle des yeux, les sourcils froncés. Il semble nerveux.

– C'est quoi, ton type d'homme, alors ?

Je me dandine sur ma chaise pour croiser les jambes et poser mon menton sur mes mains.

– Je les préfère plus musclés… et un peu plus vieux, dis-je en prenant un air aguicheur. Ce qui me fait d'ailleurs penser que je ne sais même pas quel âge tu as.

Il éclate de rire en secouant la tête, et le son que cela crée fait battre mon cœur un peu plus vite.

– Je n'ai qu'un an de plus que Julian.

– Ah ! parce que j'ai une tête à connaître l'âge du mec de ma sœur ?

– Vingt-huit, précise-t-il avec un clin d'œil. Et toi ?

– Vingt-deux.

– Ah oui ? Je te pensais un peu plus âgée. Je pense que c'est parce que tu es maman.

– Léon est la plus belle surprise qui me soit arrivée, même si j'ai flippé à mort quand je l'ai appris. J'étais encore une enfant dans ma tête à ce moment-là.

– Je m'en doute. Je n'avais que 23 ans lorsque la mère de Nina a su qu'elle était enceinte. Je suis bien placé pour savoir ce que ça fait.

– Vous êtes séparés depuis longtemps avec la mère de ta fille ?

Je sais que notre accord ne nous autorise pas vraiment à nous investir émotionnellement dans cette liaison, mais c'est plus fort que moi. Je suis curieuse.

– Quelques années, se contente-t-il de répondre.

Je n'insiste pas plus parce que je ne veux pas le forcer à me dire quoi que ce soit.

– Et toi, avec le père de Léon ?

– Oh ! tu sais… C'est l'histoire sordide mais banale d'un mec qui ne fait pas face à ses responsabilités et qui laisse sa nana sur le carreau dès qu'il apprend qu'elle attend un enfant…

Calvin baisse les yeux sur la nappe quelques instants. Et c'est à ce moment que le serveur choisit de revenir avec notre champagne. Il ne m'adresse pas le moindre regard en nous servant, ce qui fait automatiquement rire l'énergumène en face de moi.

Il semble se détendre petit à petit.

– Alors… On le fête, ce licenciement ? plaisanté-je en lui tendant ma flûte.

– On fête surtout la fin de la fausse Erin et la résurrection de celle que tu es réellement.

Waouh ! Comment rester insensible à ce genre de discours ?

Nous trinquons en nous regardant droit dans les yeux, et je maudis mon cœur d'accélérer une fois de plus ses battements. Ce dernier ne semble pas comprendre que pour Calvin, il n'est et ne sera sans doute jamais question de sentiments entre nous. Et ce quand bien même son regard pétillant et ses petites attentions ont tendance à me faire croire le contraire ces derniers temps…

Après avoir commandé nos plats, mon partenaire s'intéresse à ce qu'il s'est passé avec Mme Freeman et me pose tout un tas de questions au sujet de mes aspirations professionnelles. Je me surprends ainsi à lui parler de Maddie et de son idée folle : celle que je monte un plan d'affaires pour convaincre mon ancienne patronne de nous associer et de créer une boutique rétro. Quand notre serveur dépose nos plats sur la table, Calvin m'encourage dans ce projet.

– Si tu laisses tes peurs te dominer, tu n'avanceras jamais.

– Tu dis ça aussi à tes jeunes boxers ? le taquiné-je.

– Oui, c'est vrai, sourit-il. Tu sais, Erin, je crois assez au destin. Pour moi, ce qu'il t'est arrivé est un signe. À toi ensuite de bien l'interpréter…

– C'est facile à dire.

– OK, soit. Je conçois que tu aies peur, mais je pense que tu t'en mordras les doigts si tu cherches un job similaire au précédent.

– Peut-être… Enfin, oui, tu as sûrement raison.

– J'ai toujours raison, me balance cet arrogant.

L'atmosphère est plus légère entre nous lorsque nous entamons nos plats. Je ne sais pas pour lui, mais moi, je me régale en seulement deux bouchées.

– Ce saumon valait réellement la peine que tu me traînes ici, si j'en crois ton expression.

– Oh ! que oui, lui confirmé-je, la bouche pleine.

– J'aime beaucoup les femmes qui ont de l'appétit.

– Ça tombe bien, je suis une Wilkinson. Au cas où tu l'aurais oublié.

– C'est vrai ! rit-il. La dernière fois que j'étais chez Julian, j'ai eu la chance de boire une bière et non pas un Powerade grâce à Amy. Quand elle m'a ensuite sorti des chips, j'étais le plus heureux des hommes.

Je lui souris lorsque notre jeune serveur refait son apparition pour débarrasser la table et nous proposer la carte des desserts.

– Sans façon, décide Calvin pour nous. Amenez-moi plutôt l'addition, s'il vous plaît.

Il prend ma main dans la sienne par-dessus la table.

– Je connais un bar pas loin. On va boire un dernier verre ?

– Tu crois qu'ils proposent des glaces sur leur carte ? Je me serais bien laissé tenter par un banana split…

– Non, désolé. En revanche, il y a une bien meilleure ambiance qu'ici.

Il m'octroie son habituel clin d'œil avant de se lever pour rejoindre le comptoir et payer, alors même qu'il vient d'envoyer Elijah chercher la note.

Lorsque nous nous retrouvons dans le grand hall d'entrée du casino, je vois son regard dériver vers la salle de jeux.

– Et si on allait tenter notre chance aux machines à sous ? lui proposé-je, tout excitée.

Calvin reporte son attention sur moi et glisse les mains dans ses poches.

– Je ne crois pas que tu aies envie de finir ruinée, déclare-t-il en se rendant d'un pas pressé vers la sortie.

– Allez… juste une pièce chacun. Pour voir si la chance nous sourit, insisté-je en joignant mes paumes l'une contre l'autre dans une prière.

Il revient vers moi et prend ma main dans la sienne pour nous diriger vers l'extérieur. Décidément…

– Ta meilleure chance, c'est de ne jamais jouer, Erin.

Je ris à gorge déployée en pensant qu'il me vanne lorsque je remarque le rictus contrarié qui anime ses traits. Je décide de passer outre son comportement et pose ma tête sur son épaule pour l'apaiser tandis que nous remontons la rue, bras dessus, bras dessous.

Le bar dans lequel m'amène Calvin est plein à craquer, mais il avait bien raison : l'ambiance y est folle. Les enceintes diffusent une musique country entraînante sur laquelle de nombreuses personnes se déchaînent. À quelques pas du comptoir, Calvin hèle le barman d'un signe de la main.

– Deux cocktails maison pour nous, s'il te plaît ! crie-t-il pour se faire entendre.

Nous nous faisons servir en un rien de temps, et je remarque que Calvin n'a pas à débourser un sou. Une fois nos verres en main, nous parvenons à trouver un bout de table et quelques centimètres d'un banc inoccupé dans un angle de la salle. Mais quand la masse imposante de Calvin est installée, il m'est difficile de trouver une place. Ce dernier défait les deux premiers boutons de sa chemise et en retrousse les manches, dévoilant ses avant-bras musclés. Ça ne devrait pas être permis d'être aussi sexy !

– Fais pas ton effarouchée, dit-il en tapotant sa cuisse.

Je secoue la tête et m'assois sur ses jambes en me mettant de profil afin de pouvoir plus facilement discuter. Ses mains traînent comme par hasard sur mes fesses tandis que je prends place.

– Bas les pattes, Cooper !

Pour se faire pardonner, il glisse ces dernières autour de ma taille et vient m'embrasser avec douceur. Je suis ravie de l'avoir retrouvé, ce soir. Cette soirée est jusqu'à présent une pure parenthèse de bonheur. Malgré notre accord, j'apprécie énormément d'apprendre à connaître Calvin en dehors de ses exploits corporels. Surtout que, pour une fois, nous ne sommes pas pressés par le temps et nous en profitons au maximum.

– Alors comme ça, tu es un habitué des lieux ? lui demandé-je en caressant son avant-bras du bout des doigts.

– Le patron du bar est le père d'un jeune que je coache. Et le gamin est sacrément doué. Il a participé à des combats très importants cette année. Bien sûr, tout cela nécessite un certain équipement. Or, Mike élève seul son fils depuis que sa mère est morte il y a cinq ans. Autant te dire qu'ils ne roulent pas sur l'or. J'ai voulu les dépanner avec des affaires que j'avais et, depuis, je peux venir me soûler ici gratuitement.

– Ce qu'il oublie de préciser, c'est que les affaires prêtées étaient en réalité neuves, achetées pour l'occasion, m'indique celui que je devine être Mike en passant près de notre table.

Les deux hommes se percutent le poing l'un contre l'autre pour se saluer. Puis le patron attrape ma main pour y déposer un baiser.

– Je suis ravi de voir enfin Calvin en bonne compagnie, me glisse-t-il discrètement à l'oreille.

Vite rappelé par les cris de clients au comptoir, il nous abandonne, non sans adresser un dernier sourire à mon amant.

– Dis-moi, Calvin, tu le payes combien pour faire croire à tes conquêtes que nous sommes toutes la première que tu amènes ici ?

– Si tu savais… Une fortune !

Nous rions tous les deux en trinquant, mais alors que j'avale une première gorgée de mon cocktail, Calvin me fixe sans bouger. Il me détaille du regard comme si j'étais la plus complexe des énigmes.

– Toutes les semaines, Mike change le cocktail maison en fonction de son humeur, lance-t-il soudain. La seule chose à laquelle il ne touche pas, c'est la quantité d'alcool qu'il met dedans.

– C'est excellent ! m'exclamé-je entre deux gorgées. Et je parie qu'il y a du rhum et de l'ananas.

– Tu noteras que, cette fois-ci, je me suis assuré que tu avais mangé avant de boire.

– C'est très attentionné de ta part.

Calvin profite que mon haut soit court pour venir caresser mon dos dénudé. Quand je ferme les yeux, j'oublie où nous sommes et profite encore une fois de cette bulle hors du temps que lui seul est capable de m'offrir.

Entre deux baisers, nous frottons le bout de notre nez l'un contre l'autre, un sourire collé aux lèvres. Dans ses bras, je ne suis plus maman, ex-petite amie bafouée ou vendeuse. Je suis juste moi, Erin, sans artifices ni faux-semblants. Je ne joue pas à être quelqu'un d'autre. Bien au contraire. Tandis que, même auprès d'Amy, parfois, je joue à celle qui est forte, avec Calvin, je ne triche pas.

Brusquement, un gong retentit dans le bar et me fait sursauter sur les genoux de mon amant. Des cris fusent de toutes parts. Une table rouge et noire est amenée par trois serveurs au milieu de la piste, et je dois me tordre le cou pour tenter de comprendre ce qu'il se passe.

– Tu arrives à voir, toi ? demandé-je à Calvin.

– Ils mettent en place un concours de bras de fer.

– C'est génial ! Tu vas participer, j'espère ?

– Certainement pas.

– Tu vas tous les exterminer !

– Justement. Aucun intérêt que je me mêle à la compétition. Ça serait déloyal.

Eh bien… Ce type a un ego surdimensionné qui m'attire autant qu'il m'agace.

– Moi, je pense que tu as peur de te faire aplatir, le nargué-je.

– Dans ce cas, tu as tort. Je ne joue simplement pas au plus fort, Erin, se contente-t-il de me répondre alors que les premiers participants démarrent une partie.

Les bras de fer s'enchaînent à la pelle, et nous les observons tous attentivement depuis notre table. Il semblerait qu'un mec plutôt baraqué mette ses adversaires en difficulté tour après tour. Des « bouh » et des sifflements se font entendre à chaque défaite.

Je suis persuadée que Calvin peut le battre.

– Allez, fais-le ! l'encouragé-je en sautillant sur place.

– Non, Erin.

– Pour moi, le supplié-je.

– J'ai passé l'âge de faire des trucs débiles pour appâter une jolie fille, me balance-t-il froidement, le visage fermé.

Celle-là, je ne l'ai pas vu arriver. Et ça fait mal. Pire encore, ça me fait redescendre d'un seul coup de mon petit nuage rose et parvient à plomber l'ambiance. Dur de faire comme si de rien n'était en restant assise sur ses genoux, après ça. Je décide donc de me lever et d'aller observer le dernier duel de plus près.

Les deux hommes en lice pour le titre de vainqueur se toisent, concentrés. Ils calent leur coude à l'emplacement prévu et tiennent avec leur main libre la poignée installée sur la table pour bloquer leur bras. Chacun grimace tandis que l'effort devient de plus en plus difficile. Au bout d'un peu plus d'une minute de suspense, le colosse reste invaincu et est déclaré champion de la soirée. Pour fêter cela, une bouteille de champagne offerte par la maison est apportée à sa table.

Voyant qu'il n'a pas bougé de sa place, je fais signe à Calvin de me rejoindre sur la piste de danse improvisée. Monsieur ne veut rien savoir. Il boude, les bras croisés sur le torse. J'hallucine. On dirait parfois que ce type à l'âge mental de mon fils !

Bien déterminée à passer une bonne fin de soirée, je glisse mes pouces dans les passants de la ceinture de mon jean slim et entame des pas chorégraphiés. Pied gauche devant, pied droit derrière, pointe en arrière et talon en avant. Puis je tourne sur moi-même en ondulant des hanches et en mimant un lancer de lasso dans les airs. J'entends Calvin éclater de rire par-dessus la musique à l'autre bout de la pièce. On dirait bien qu'il ne m'a pas quittée des yeux une seule seconde malgré son boudin. J'aime qu'il me déshabille du regard avec une telle intensité. Jamais un homme ne m'avait fait me sentir aussi désirable auparavant.

Notre connexion visuelle est brusquement rompue par l'apparition d'un corps qui se colle contre le mien. Je me décale sur le côté afin d'être tranquille pour danser, mais le type revient immédiatement vers moi. Ses mains se posent sur ma taille pour nous rapprocher, et j'ai à peine le temps de l'engueuler que Calvin intervient. Tout se passe très vite. Tellement que je n'ai pas le temps d'apercevoir mon amant cogner de son poing le visage du danseur, qui s'écroule au sol. Son nez semble tordu, et sa bouche saigne comme s'il venait de se faire arracher les dents. Cette vision me donne un haut-le-cœur.

La seconde qui suit, Mike, le patron, rapplique pour tenter de calmer la situation. Il propose une bière aux quelques clients qui s'apprêtaient à participer à la bagarre et aide le blessé à se relever.

Étonnamment, ce dernier explose de rire avant de retourner à sa place sans un regard pour Calvin. Ce genre de scène arrive-t-il souvent, ici ?

– Une chose est sûre, Cooper, tu as le sang chaud dans toutes les situations, lancé-je, encore sous le choc.

Son regard froid et la tension dans ses épaules m'indiquent qu'il n'est pas bien.

– Hé ! dis-je alors en attrapant son menton dans ma main. Ça va ?

Il hoche brièvement la tête avant de remettre une mèche de mes cheveux derrière mon oreille. Geste qui me fait remarquer avec effroi que son poignet a doublé de volume.

– Calvin, tu es blessé !

Il grimace alors que je le tâte comme si je pouvais déceler s'il était cassé.

– Finis ton verre, m'ordonne-t-il soudain. On y va.

Surprise par son ton et son comportement changeant, je m'écarte de lui en secouant la tête.

– Je n'en veux plus. Tu n'as qu'à le boire, toi.

Je me lève ensuite et me dirige d'un pas rapide vers la sortie, bien décidée à quitter cette atmosphère pesante.

– Je te ramène, dit-il en me rattrapant par le bras.

– Pas question. Tu as bu, répliqué-je.

– Toi aussi !

– Je vais prendre un Uber.

– Je viens avec toi.

Et, voyant que je m'apprête à répliquer, il ajoute d'un ton sans appel :

– Ce n'est pas négociable.

Vu l'heure tardive et mon état d'énervement, je capitule. Je n'ai pas envie de me faire enquiquiner par des imbéciles dans le métro ce soir en plus du reste.

Durant le trajet, pas un mot n'est échangé entre nous. Calvin s'est installé le plus loin possible de moi sur la banquette arrière, et j'avoue avoir orienté mon corps vers la fenêtre de sorte à ne pas le regarder. Je n'arrive pas à comprendre à quel moment il a vrillé. Tout se passait bien entre nous, on vivait un bon moment… Et il a fallu qu'il gâche tout. Peut-être que je n'aurais pas dû insister autant pour qu'il fasse ce combat de bras de fer, c'est vrai. Mais une personne sensée ne s'énerverait pas autant pour un détail pareil. Il n'avait pas non plus à frapper l'homme qui voulait danser avec moi simplement parce qu'il ne s'agissait pas de lui. On n'est pas dans un ring de boxe, ici. Et je ne suis certainement pas un punching-ball sur lequel il peut passer ses nerfs quand bon lui semble.

Une fois le taxi arrivé en bas de chez moi, je me précipite hors du véhicule et me dirige vers l'entrée de mon immeuble, sachant pertinemment que Calvin est sur mes talons. Je suis tentée de rentrer chez moi sans rien dire, mais je refuse qu'il s'en sorte aussi facilement.

– Je n'ai pas compris ton brusque changement d'humeur dans le bar, lâché-je, acerbe, en me retournant face à lui. Je ne te demandais pas de tuer quelqu'un, juste de rigoler autour d'un bras de fer. Et je trouve ça vraiment naze d'avoir cogné ce mec alors que ce n'était qu'un pauvre soûlard qui a probablement déjà oublié votre altercation à l'heure qu'il est. Je pouvais gérer ça toute seule.

– Tu sais ce que je trouve naze, moi, Erin ? C'est de faire un putain de caprice pour me voir jouer au plus costaud et de m'engueuler ensuite pour avoir cogné un gars que tu avais pourtant bien allumé !

Choquée par ses paroles, j'ai un mouvement de recul qui me plaque contre la porte.

– C'est ce que tu penses ? Que j'suis allée chercher ce mec sur la piste pour le chauffer ?

Il hausse les épaules tout en secouant la tête.

– Va te faire foutre, Cooper ! lui craché-je au visage avant de taper mon code en vitesse et de claquer la porte derrière moi.

Aussitôt à l'abri, je me précipite dans les escaliers sans prendre le soin d'enlever mes escarpins. Au point où j'en suis, je me fiche de réveiller les voisins. Que cela alimente les commérages de tout le quartier, s'il le faut !

Je pénètre dans mon appartement les jambes flageolantes et le cœur lourd. Aussitôt, je m'effondre en larmes sur le canapé, incapable de retenir plus longtemps mes émotions.

Je ne devrais pas être dans un état pareil. Je ne comprends pas pourquoi je le suis. Il ne s'agissait que d'une soirée comme ça, sans importance. Nous ne sommes qu'amants. Ni amis, ni amoureux. Et une chose est sûre, ses sautes d'humeur inexpliquées ne faisaient certainement pas partie de notre deal « plan cul » !

CHAPITRE 23

J'ai passé une nuit merdique.

Impossible pour moi de fermer l'œil alors que ma soirée avec Calvin passait en boucle dans mon esprit. Je n'arrive pas à me le sortir de la tête. Le seul point positif que j'ai pu tirer de tout cela est le rangement intensif que j'ai effectué avant le lever du jour. Cela m'aura au moins permis d'évacuer ma colère.

Aux environs de sept heures, la sonnette de mon appartement retentit et m'indique que Nick et Léon sont de retour. Mon petit homme devait dormir ici cette nuit mais il s'est endormi chez son père après une journée entière à jouer avec lui. Mon état était tel, quand je suis rentrée, que j'ai accepté que Nick ne me le ramène que ce matin. Il me tarde tellement de revoir mon fils. Je sais qu'un câlin de sa part parviendra à me faire oublier ce qu'il s'est passé avec Calvin.

– Coucou, mon amour, l'accueillé-je, les bras grands ouverts pour qu'il s'y précipite à peine la porte d'entrée franchie.

Ses bras potelés s'enroulent autour de mon cou en un rien de temps, et aussitôt, son parfum naturel m'apaise.

– Mais c'est que tu as un nouveau tee-shirt ! m'exclamé-je. C'est Mario Bross, c'est ça ?

– *Maio*, gazouille-t-il en le touchant avec son index.

Je le repose par terre et fais signe à Nick d'entrer.

– Tu veux boire un café ?

– Avec plaisir, me sourit-il sincèrement.

Léon profite que nous allions dans la cuisine pour filer retrouver ses jouets dans le salon.

– Je le trouve adorable avec son haut. C'est très gentil de lui avoir acheté.

– J'ai tout de suite pensé à lui quand je l'ai vu en boutique.

– Et je parie que tu t'es acheté le même, lui dis-je en souriant à mon tour.

– Ce n'est pas impossible.

– Ça a été hier ? Tout s'est bien passé ?

– C'était parfait. Je n'ai pas encore eu l'occasion de te le dire, mais tu as vraiment assuré avec lui. Léon est un petit garçon extraordinaire, et c'est grâce à toi.

Ses mots me touchent en plein cœur. S'il y a bien une seule chose que je veux réussir dans la vie, c'est mon rôle de maman.

– Mes parents l'ont adoré, reprend Nick tandis que je lui prépare sa boisson chaude. Et d'ailleurs, ma mère se porte volontaire pour le garder quand tu veux.

Je lui dis de la remercier pour moi avant de nous diriger dans le salon pour que l'on soit plus à l'aise.

– Erin, reprend-il, plus sérieux, j'ai pas mal réfléchi hier et j'en suis venu à une conclusion.

– Je t'écoute.

– On ne va pas pouvoir continuer comme ça. Nous avons chacun notre vie, et je vois très bien que je te dérange en restant dans tes pattes tous les soirs.

– Qu'est-ce que tu veux faire ? lui demandé-je.

– J'aimerais que nous définissions des règles autour de la garde de Léon. J'ai envie de le voir plus souvent en tête à tête, que nous ayons davantage de moments père-fils. Mais surtout, j'ai besoin de me sentir libre quand je suis avec lui. Et pour ça, il faut que tu me fasses confiance.

– Je pense aussi que tu devrais passer plus de temps seul à seul avec Léon. Et pas forcément ici. En plus de cela, ça me soulagerait de pouvoir compter sur quelqu'un d'autre que ma mère pour le garder certains jours de la semaine.

Je garde pour moi mes problèmes professionnels. Nick n'a pas à savoir que je me suis fait licencier et que je suis en train de monter un projet. Par ailleurs, sans Léon à la maison, il est vrai que j'avancerai plus vite.

– Je suis heureux que tu sois d'accord avec moi, Erin. Comment aimerais-tu qu'on s'organise ?

– On pourrait peut-être essayer dans un premier temps de se partager la semaine. Léon resterait chez moi du lundi au mercredi soir puis irait chez toi jusqu'au vendredi.

– Cela te va qu'il reste chez moi ?

– Du moment que tu t'occupes de l'aspect matériel pour l'accueillir, oui. Et pour les week-ends, je ne sais pas trop quoi faire. J'ai déjà du mal à m'imaginer sans lui pendant deux jours, alors enchaîner sur le samedi et le dimanche…

– Je comprends très bien, Erin. Je propose que l'on fasse comme tu as dit et que l'on avise en fonction de comment ça se passe avec Léon.

Je lâche un soupir trop longtemps retenu en moi avant de lui sourire.

– Merci, Nick. Tout ce que je souhaite, c'est qu'on donne la priorité à Léon.

– Je te promets de tout faire pour qu'il s'épanouisse. S'il ne se sent pas à l'aise chez moi, alors je viendrai le redéposer ici le soir. On ira à son rythme.

– Tu vas faire un papa formidable.

Et je le dis en toute sincérité. Nick a été un petit ami exécrable, mais je sais qu'il sera à la hauteur pour Léon. Ses derniers mots viennent de me le prouver.

– Euh… Par contre, Erin… il va sûrement falloir que tu viennes m'aider à faire les bons achats niveau lit, poussette et tout le tralala. Je t'avoue que je suis un peu dépassé à ce niveau-là.

Je me marre en l'imaginant au beau milieu d'un magasin de puériculture, cerné par toutes les vendeuses. Quelques minutes plus tard, Léon se dirige vers son père avec un rail du train dans la main.

– Encore ? lui demande Nick. Ça ne te dérange pas, Erin ? Je vais en avoir pour une bonne vingtaine de minutes à tout assembler.

– Pas de problème. Je vais en profiter pour prendre une douche.

Je les laisse là tous les deux avec un sentiment d'allégresse.

Oui, j'ai fait le bon choix. On ne prive pas son fils d'un papa aimant.

***

Après le départ de Nick, je suis sortie faire les courses avec Léon, histoire de profiter de ma carte bleue avant que mon banquier me coupe les vivres. J'ai pris quelques réserves pour tout ce qui concerne les besoins de mon fils. Mieux vaut être prévoyante. Je ne sais pas encore si ma tentative d'association avec mon ancienne patronne va fonctionner ou si, au contraire, elle va faire un flop. Ce serait la cerise sur le gâteau, après ce qu'il s'est passé hier. En même temps, je commençais à trouver bizarre que les astres s'alignent pour moi. Il faut bien que ça foire quelque part.

Grâce au retour de mon fils et à la discussion que j'ai pu avoir avec son père, je ne suis plus aussi triste qu'hier vis-à-vis de Calvin. Néanmoins, je reste en colère. Il a foutu en l'air notre soirée alors que tout se passait pour le mieux. Je n'avais d'ailleurs plus pleuré comme ça pour un homme depuis Nick. Je déteste Calvin pour ça. Et surtout, je ne comprends pas pourquoi son comportement m'affecte autant.

Désireuse de me changer les idées, je me prépare un thé et enfile un débardeur ainsi qu'un short en coton pour être plus à l'aise à la maison. Ma tasse fumante à la main, je me pose à la fenêtre du salon et profite de la magnifique vue qui donne sur le parking. Heureusement qu'une voisine passionnée de jardinage s'occupe de planter des fleurs au pied du bâtiment pour égayer un peu tout ça. Il me faut plusieurs fois cligner des yeux avant de réaliser que c'est bien Calvin qui marche justement vers l'entrée de mon petit immeuble, un bouquet à la main. Alors là ! Il peut toujours courir pour que je lui ouvre ! S'il pense que le coup des roses va fonctionner avec moi, il se fout le doigt dans l'œil ! Pour ne pas dire ailleurs.

En attendant qu'il sonne, je reste sur le qui-vive. Tous les sentiments contradictoires que j'ai éprouvés hier refont surface. Je suis persuadée de m'énerver s'il tente de se rattraper. Cependant, de longues minutes s'écoulent sans qu'il ne se manifeste à ma porte. Intriguée, j'entrouvre alors celle-ci de quelques centimètres et perçois la voix criarde de ma fameuse voisine du rez-de-chaussée.

– Je ne sais pas qui est la jeune femme à qui vous allez offrir ces fleurs, mais elle a beaucoup de chance qu'un homme aussi charmant que vous lui fasse une telle surprise, s'extasie-t-elle.

Pfff. Cela m'aurait étonnée. Aucune femme, même âgée de 70 balais, ne résiste à Calvin Cooper.

– Merci encore infiniment de m'avoir ouvert, dit justement ce dernier. Vous êtes tout à fait charmante.

Ben bien sûr, il lui fait du rentre-dedans, maintenant ! Ce type ne peut pas s'empêcher d'en faire des tonnes. Je referme discrètement la porte lorsque j'entends ses pas remonter dans l'escalier. Et comme une idiote, je n'ai pas jugé bon d'aller me changer avant qu'il arrive. Est-ce que porter des motifs licorne est un tue-l'amour ?

Deux coups secs sont frappés contre le bois et résonnent dans mon dos, puisque je suis collée dessus.

– Je sais que tu es là, Erin. Je t'ai vu m'espionner.

Je lève les yeux au plafond et soupire, déçue de m'être fait repérer.

– Ouvre-moi, insiste-t-il.

– Et le mot magique ?

– S'il te plaît.

– S'il te plaît quoi ?

– Ouvre-moi, s'il te plaît, dit-il en riant. Tu ne m'auras pas à l'usure.

– Ah oui, tu crois ça ? demandé-je en haussant la voix. Tu veux vraiment tester lequel de nous deux tiendra le plus longtemps ?

– Je préférerais qu'on essaye de vérifier cela dans un autre domaine, si tu vois ce que je veux dire.

– Dans tes rêves, car ce n'est plus près d'arriver !

Je passe une main dans mes cheveux pour les discipliner et appuie sur la poignée pour laisser apparaître Calvin, ou plutôt le bouquet de roses rouges qui lui cache le visage.

Je lui prends des mains et m'apprête à refermer aussi sec quand il cale son pied dans l'entrebâillement de la porte et attrape mon avant-bras pour m'en empêcher. Nos regards se croisent, et mon satané cœur s'emballe.

– Laisse-moi entrer, s'il te plaît, dit-il d'une voix grave. Je te dois des explications.

Son air sincère a raison de mon obstination. Disons aussi que je suis curieuse de savoir ce qui peut justifier le désastre de notre soirée.

– Ne fais pas de bruit. Léon fait une sieste.

Il mime qu'il sera silencieux du bout des doigts avant de me suivre jusqu'au salon. Je m'attends à ce qu'il se confonde en excuses, mais au lieu de cela, Calvin demeure silencieux.

– Crache le morceau, Cooper ! lui forcé-je alors la main.

Il prend une profonde inspiration avant de souffler, le regard rivé sur ses chaussures.

– À l’université, j’étais un espoir de la boxe. Un petit champion promis à un bel avenir dans la discipline.

À en croire l’expression sur son visage, ces souvenirs le font particulièrement souffrir.

– J’avais un dernier match à ne pas foirer pour m’assurer d’intégrer la meilleure équipe qui soit et passer pro.

Une fois de plus, il marque une pause dans son histoire, comme si celle-ci connaissait une fin tragique qu’il redoute de me raconter.

– La veille, alors que je m’entraînais tard à la salle, des gars qui passaient par là m’ont chauffé en me disant que jamais je ne pourrais battre l’un de leur pote. C’était un mec qui traînait dans le quartier et que j’avais déjà croisé, mais qui n’était pas licencié. Mon ego surdimensionné a pris ça comme un défi et a voulu en découdre aussi sec.

Il lève les yeux vers moi puis lance :

– Et devine quoi ? J’ai perdu.

– Mais cela a dû t’arriver plusieurs fois de perdre, Calvin. Personne n’est invincible.

– Non, tu ne comprends pas. Je n’ai pas simplement perdu le match, Erin.

N’y tenant plus, je prends sa main entre les miennes afin de lui assurer que je suis là et que je l’écoute sans jugement. Sa douleur est telle que je mets de côté ma colère afin de le laisser me raconter ce qui l’a tant marqué par le passé.

– Je me suis fait une fracture ouverte au poignet ce soir-là. Le médecin a été sans appel : ma carrière s'arrêtait là.

– Tu as mal ? l'interrogé-je en baissant les yeux sur sa blessure enrubannée d'un strap.

– Ne t'inquiète pas. Ça m'apprendra à vouloir jouer au héros.

Je ne sais pas quoi lui dire. D'un côté, je suis triste qu'il ait vécu la plus grande déception de sa vie lors de ce combat. Mais d'un autre, je ne peux m'empêcher de me dire que s'il n'avait pas autant de fierté, ce ne serait jamais arrivé.

– C'est pour ça que tu ne voulais pas participer au bras de fer ? Parce que ton poignet est foutu ? Tu aurais dû me le dire, j'aurais tout à fait compris.

Il sourit un peu avant de retirer sa main des miennes.

– C'est en partie pourquoi j'ai refusé, oui. Mais j'avais également honte de paraître faible à tes yeux, alors que tu es toujours si forte.

Je fronce les sourcils, mais il m'empêche de répondre en enchaînant :

– Je suis désolé pour les mots blessants que j'ai pu te dire hier. Je ne les pensais pas.

– C'était quand même très violent, lui avoué-je.

– Je sais. J'ai déconné.

– Et puis, je ne suis pas aussi forte que tu le crois. Je fais du mieux que je peux, c'est tout.

Calvin pose sa main sur ma joue afin que je puisse le regarder dans les yeux.

– À seulement 20 ans, tu as su te relever après avoir été abandonnée par le père de ton enfant. Tu subviens à ses besoins tous les jours sans vivre aux crochets de quelqu'un. Léon est un petit garçon adorable. Et toi, tu es une belle personne, tout simplement. Est-ce que je dois continuer ou est-ce que tu as compris ce que j'essaye de te dire ?

Touchée par ses mots, je ferme les yeux et le laisse m'embrasser du bout des lèvres. Je suis incapable de lui en vouloir plus longtemps.

– OK, Calvin Cooper, murmuré-je alors, tu es tout pardonné.

Satisfait, il me prend dans ses bras et me serre contre lui.

– Mais il faut qu'on se mette d'accord, lui dis-je toutefois. La prochaine fois que les choses dérapent, tu me le dis. Tu m'expliques ce qui ne va pas, et on trouvera la solution ensemble plutôt que de se crier dessus.

– Compte sur moi, accepte-t-il avant de m'embrasser à nouveau.

Je profite de cette étreinte autant que je le peux tout en mettant de côté la petite voix qui me dit que nous sommes en train de briser nos propres règles. J'estime que Calvin est assez grand pour me dire s'il trouve que nous allons trop loin dans notre relation.

– Je ne vais pas t'embêter plus longtemps, me prévient-il en reculant légèrement. J'ai un coaching dans moins de deux heures avec un jeune qui en veut. Il ne faudrait pas que je sois à la traîne.

– Mais regardez-moi ce papy ! m'exclamé-je en riant.

En une fraction de seconde, je me retrouve allongée sur mon canapé, Calvin me dominant de toute sa hauteur.

– Je peux rester un peu encore, si tu veux.

Sa voix rauque et ses yeux gourmands me rendent toute chose. Je passe alors mes mains sous son tee-shirt et soulève mon bassin pour rencontrer le sien. Quand mon dos retrouve l'assise du fauteuil, Calvin retombe sur moi et mime des mouvements langoureux avec son corps. C'en est trop pour moi. D'une main, je lui enlève son haut avant de me jeter sur ses lèvres. Tout en m'embrassant, Calvin descend mon short sur ma taille et joue de sa langue. Lorsque nous nous arrêtons pour reprendre notre souffle, nos yeux sont braqués sur ceux de l'autre. J'ai l'impression que l'on se met au défi de s'avouer que notre complicité est en train de se transformer en quelque chose d'autre. Alors que je m'apprête à poser mes lèvres sur son cou, Calvin glisse sa main dans ma lingerie et m'arrache un gémissement. Ses doigts taquinent mon intimité et me font me cambrer contre lui.

– Putain ! Ça, c'était hyper excitant, s'exclame-t-il juste avant de m'embrasser de façon vorace.

En quelques secondes, mes sous-vêtements se retrouvent à terre. J'ai manqué à Calvin aujourd'hui, et il me le fait très bien comprendre. Nos dents s'entrechoquent dans des baisers toujours plus passionnés. Et une fois désireuse de passer à l'acte, je tire sur son short pour m'en débarrasser.

– Tu as des capotes chez toi ? me demande-t-il en se redressant sur les coudes.

Je pivote la tête de droite à gauche en riant.

– OK. Je vais être obligé de m'y prendre autrement, analyse-t-il en se recouchant sur moi.

Son nez glisse dans mon cou, et ses lèvres traînent sur ma peau à mesure qu'il descend vers mon intimité.

– On peut savoir ce que tu comptes faire ? lui demandé-je en tentant de masquer mon excitation.

Sa langue malmène un téton, puis l'autre, avant qu'il ne reprenne sa route plus au sud et souffle sur mes lèvres intimes.

– Aujourd'hui, c'est à mon tour de te manger toute crue, dit-il en haussant les sourcils.

Oh ! bordel ! J'aime tellement qu'un homme s'occupe de cet endroit avec sa langue. Ça fait bien longtemps que je n'ai plus eu droit à cette délicate attention. Et bien entendu, Calvin est un as en la matière. Tantôt doux, tantôt plus insistant.

Quand il balance ma jambe par-dessus son épaule pour mieux me lécher, un premier spasme me secoue. Lorsque sa main vient se mêler à la partie, c'est un tsunami qui me renverse et m'emporte dans les limbes du plaisir. Je resserre les cuisses et tente de repousser son visage toujours niché en mon centre, mais il résiste et continue.

– Laisse-toi faire, bébé, murmure-t-il contre ma peau d'une voix à peine audible.

Afin de me stabiliser, je passe mes mains dans les cheveux de Calvin et les serre entre mes doigts. Je suis toute tremblante à ce stade de l'opération, et il en a conscience. Sa langue reprend du service sur mon sexe gonflé et ne lui laisse aucun répit. Je n'ai jamais été enivrée à ce point. C'est trop, et en même temps, pas assez. Sans contrôle sur mon corps, mes hanches ondulent d'elles-mêmes sur la bouche affolante de cet homme qui repousse toutes les frontières du plaisir que je pensais connaître.

Au fur et à mesure, l'intensité grimpe en flèche, et j'appuie un peu plus fort le visage de Calvin entre mes jambes. Je perçois, à travers mes paupières semi-ouvertes, qu'il caresse de sa main son membre au même rythme. Et puis, soudain, je perds totalement pied lorsqu'il se met à aspirer mon petit bout de chair et que ses doigts s'enfoncent dans mon antre.

Cet orgasme est trop bouleversant pour que je puisse me contenir sans crier. Je ne suis plus qu'une poupée de chiffon, vidée de toute force.

Satisfait, Calvin remonte hâtivement le long de mon corps et jouit sur mon ventre en poussant lui aussi quelques râles de plaisir.

– Tu m'as complètement sonnée, lui soufflé-je.

– L'arbitre peut-il me proclamer vainqueur ? demande-t-il en me mordillant l'épaule.

– Calvin Cooper remporte ce match par K.-O. Sans hésitation.

Il sourit contre ma peau tandis que je lui caresse le dos paresseusement.

– Je vais filer, me glisse-t-il à l'oreille.

Il attrape son tee-shirt et l'enfile.

– On essaye de se voir cette semaine ?

– Avec plaisir, lui dis-je en souriant.

Il dépose un bisou léger sur mes lèvres et s'en va discrètement. Après quoi, je regarde le mur du salon face à moi et me demande comment tout ceci va bien pouvoir se finir.

CHAPITRE 24

Cette semaine va avoir raison de moi. Entre mes doutes sur ma capacité à élaborer ce business-plan et tout le travail que je fournis pour y arriver, je suis lessivée. Les deux après-midi passées au centre-ville à interroger les passants m'ont vidée de toute mon énergie. Sans parler de l'aspect comptable qui me file la migraine. Bien heureusement, Maddie est un ange gardien et me vient en aide à chaque fois que j'ai une question.

Vu ma situation financière, je n'ai pas d'autre choix que d'abattre cette tâche au plus vite. Quand bien même les risques sont élevés. En effet, si jamais Mme Freeman ne se montrait pas intéressée, alors j'aurais perdu tout ce temps inutilement au lieu de trouver un autre emploi.

Pour couronner tout ça, Calvin a été pas mal occupé avec l'organisation de rencontres amicales à venir à sa salle de sport. Nous n'avons donc pas réussi à nous voir, mais nous nous sommes toutefois envoyé des messages tous les jours.

Quelques-uns étaient érotiques à souhait, mais la plupart étaient simplement adorables. Des « bonne nuit » le soir, des « bonne journée » le matin, et mon petit préféré : « Samedi me paraît loin. » Et samedi, c'est aujourd'hui. Nous avions prévu de passer une nuit tous les deux sans enfants, mais tôt ce matin, mon petit garçon a commencé à avoir de la fièvre, et je dois bien avouer que je ne me sens pas au top de ma forme également. Je suis nauséeuse et faible. Le peu d'énergie que je possède encore, je l'utilise pour m'occuper de mon pauvre petit bout. Il ne mange rien et recrache le peu d'eau que je lui donne.

En maman avertie, je sais que nous devons nous mettre à la diète pour la journée et que nous serons sûrement malades tout le week-end. Je préviens donc Nick par message que son fils ne passera pas la journée chez lui.

De Erin :
Léon est malade et m'a déjà refilé
ses microbes.

Il est inutile de te contaminer aussi,
alors je vais le garder ici
pour cette fois.

Il répond dans les deux minutes qui suivent.

De Nick :
On reporte au week-end prochain,
pas de problème.

Fais-lui des bisous guérisseurs
de ma part.

– Ton papa te fait des gros bisous, dis-je à Léon, allongé sur moi en mode kangourou.

Nous nous sommes installés dans le salon pour le petit-déjeuner et n'avons pas bougé de notre place depuis.

Lorsque mon petit homme s'endort, je n'ai pas le cœur à le mettre au lit. Son teint blanc me fait de la peine, et je suis presque sûre d'avoir le même. Triste mais résignée, j'envoie alors un message à Calvin pour lui dire que nos projets tombent à l'eau.

De Erin :
Les bactéries se sont invitées
à l'appartement.

Résultat des courses : Léon
et moi sommes malades.

Je le garde à la maison aujourd'hui
et ce soir.

De toute façon, je n'aurais pas été
de très bonne compagnie,
vu mon état.

Je t'appelle quand j'irai mieux.
J'espère que tu ne m'en voudras
pas trop.

Bisous.

Éreintée par la nuit passée et ce début de matinée, je décide que je mérite également une petite sieste. Tout doucement, en tenant Léon contre moi, je m'allonge sur le canapé, nous recouvre d'un plaid, puis sombre dans un sommeil que j'espère réparateur.

Dérangée par un bruit répétitif, je reprends doucement conscience et comprends que quelqu'un frappe à ma porte. Je ne sais pas quelle heure il est ni combien de temps je me suis assoupie. Léon est encore endormi lorsque je vais ouvrir avec des envies de meurtre.

Je sursaute en apercevant Calvin sur le seuil. Je dois probablement avoir les cheveux dans tous les sens, une haleine de chacal et du vomi sur mon merveilleux tee-shirt à l'effigie de ma marque de lessive reçu gratuitement pour l'achat de deux bouteilles.

– Qu'est-ce que tu fais là ? bredouillé-je en me frottant le visage.

Il brandit un petit sac en plastique devant mes yeux.

– Bouillon de volaille aux vermicelles ! Je vais vous requinquer, Léon et toi.

Il me passe devant et se rend dans ma cuisine comme si cela lui était naturel. Encore un peu dans le brouillard mais ravie par son geste, je referme la porte et le rejoins dans la cuisine. Il semble à l'aise lorsqu'il remplit une casserole d'eau avant de la poser sur le feu. Grâce à l'horloge digitale du four, je note que j'ai pu dormir au moins deux heures avant son arrivée.

– Va te recoucher, tu es pâle à faire peur, dit-il en touchant mon front du bout des doigts. Et tu as sûrement de la température aussi.

Sentant mes jambes faiblir, je ne proteste pas et retourne auprès de mon garçon. À peine ai-je reposé ma tête que je sombre à nouveau.

C'est la voix de mon fils qui me sort de mes songes, cette fois-ci. Je pivote sur le canapé pour jeter un œil sur la cuisine et remarque Calvin donner de la soupe à ce dernier. Il joue à l'avion avec la cuillère remplie de bouillon qu'il parvient systématiquement à mettre dans la bouche de Léon. Mon petit garçon rit aux éclats à chaque atterrissage, faisant dégouliner une partie de ce qu'il avale sur son menton.

– *Core*, crie-t-il.

Je souris malgré moi, attendrie par la scène qui se déroule sous mes yeux. Je n'en reviens pas que Calvin ait fait le choix de venir s'occuper de nous deux de son plein gré, au beau milieu de la journée.

– Maman est là, annonce Calvin à Léon en me voyant les rejoindre.

J'embrasse mon fils et goûte par la même occasion le peu de soupe qui lui reste encore sur la joue.

– Tu aurais dû me réveiller, indiqué-je à mon garde-malade en m'asseyant sur la chaise à côté de lui.

Je pose ma tête sur son épaule, car la pièce tangue autour de moi.

– Je vais te servir. Il faut que tu manges aussi.

Il se lève et prend un bol dans le placard.

– Tu peux y aller, tu sais, lui dis-je pourtant. Je suis sûre que j'irai mieux dans cinq minutes, quand j'aurai émergé.

– Si je suis là, c'est que cela ne me dérange pas. Donc, je reste. Sauf si tu préfères que je m'en aille, bien sûr.

Un peu chamboulée par toutes ses petites attentions, je n'ajoute rien d'autre qu'un sourire et décide d'accepter la soupe qu'il me sert afin de me réchauffer.

– Maintenant, place à la douche, conseille Calvin, une fois notre repas englouti. Enfin, pour vous deux, je veux dire. Léon et toi.

– J'avais compris, lui assuré-je en riant.

Je retire mon fils de sa chaise haute et le cale sur ma hanche tandis que notre médecin improvisé débarrasse la table.

– Allez m'ôter tous ces microbes de votre corps ! ajoute-t-il en me pinçant le bras parce que je me moque de lui.

J'emporte mon petit homme sous le jet avec moi, nous savonne et nous rince rapidement. Je ne veux pas trop l'agiter, histoire de limiter les chances qu'il vomisse de nouveau. Une fois propre, je le mets au chaud dans son peignoir tandis que j'enroule mes cheveux et mon corps dans deux serviettes éponge. Je sors de la salle de bain et me dirige ensuite directement vers la chambre de mon fils où je lui mets une couche et un body.

– Je n'ai jamais saisi comment on distinguait le devant et le dos de ces machins-là, me surprend Calvin en passant ses bras autour de ma taille.

Il pose sa tête sur mon épaule et tire la langue à Léon pour le faire rire. Troublée par les émotions qui m'assaillent, je fais mine de me concentrer sur les boutons du pyjama que je passe à mon fils. Calvin est un père dévoué, mais il n'est pas celui de Léon. Alors, qu'il vienne prendre soin de lui – et de moi par la même occasion – me touche au plus profond de mon cœur.

– Donne-moi ce voyou, m'ordonne-t-il gentiment en le prenant dans ses bras. Tu vas pouvoir t'habiller tranquillement comme ça. Et en attendant, on va parler entre hommes dans le salon.

Docile, Léon ne dit rien et se laisse faire. Avant de quitter la pièce, Calvin m'embrasse sur la joue et me délivre son habituel clin d'œil. Conquise par cette facette de sa personnalité, je fonce dans ma chambre pour passer des vêtements dans lesquels je serai à l'aise.

Une fois de retour au salon, Léon est couché d'un côté du canapé, et Calvin assis de l'autre. Je prends place entre les deux, une main sur la cuisse de mon garçon et le visage dans le creux de l'épaule de l'homme qui me fait perdre tous mes repères. Ce dernier passe son bras autour de moi pour que je sois mieux installée. J'attrape alors la télécommande de la télévision et lance une série au hasard sur Netflix.

– Je partirai quand vous serez endormis, me chuchote Calvin à l'oreille.

Je lève mon visage vers le sien et pose une main sur sa joue.

– Merci d'être venu t'occuper de nous.

Je l'embrasse avec tendresse et me retiens de lui confier que jamais encore un homme n'avait pris soin de mon fils et de moi d'une telle façon.

CHAPITRE 25

C'est maintenant que se joue mon avenir professionnel. La semaine passée, j'ai appelé Mme Freeman afin d'obtenir un rendez-vous avec elle pour lui présenter mon projet. Mon ancienne patronne m'a toutefois demandé de lui envoyer les détails plutôt par mail, prétextant que son temps était précieux. Je me suis retenue *in extremis* de lui rétorquer des propos acerbes. Heureusement, elle m'a relancée hier en me fixant un entretien dans le même bureau qui a été témoin de mon licenciement.

– Bonjour, Erin, m'accueille-t-elle avec vingt minutes de retard. Je vous prie de bien vouloir m'excuser pour l'attente, j'étais en ligne.

Pas de problème. Je n'ai que ça à faire de poireauter en me rongeant les sangs.

– Ne vous en faites pas, je ne suis pas pressée, dis-je toutefois en me tempérant.

– J'ai bien pris connaissance de votre mail et je dois avouer que vous êtes plutôt surprenante, comme jeune femme.

– C’est une bonne chose ?

– C’en est une, en effet, répond-elle en haussant un sourcil. Votre présentation est claire et démontre votre connaissance dans le milieu de la mode rétro. Votre business-plan tient la route, à quelques petits détails près, et votre étude de marché a été rondement menée. Vous avez abattu un sacré travail.

– Merci, madame.

– Je ne vous cache pas qu’il faut tout de même être un brin culottée pour me proposer une association alors que je vous ai renvoyée.

– La vie mérite que l’on prenne des risques. Et sans vouloir paraître grossière, si j’avais les moyens, je me passerais de vous.

La femme d’affaires pose ses coudes sur le bureau et me jauge d’un œil expert.

– Je vais être franche avec vous, Erin. Je suis emballée par ce que vous me proposez mais je ne peux pas prendre le risque d’investir une telle somme avec si peu de recul.

La déception me noue la gorge et l’assèche. Je m’apprête à me lever pour partir lorsqu’elle m’arrête du regard.

– En revanche, j’ai peut-être une proposition à vous faire.

Ne crions pas victoire trop vite, Maddie m’avait prévenue qu’elle négocierait les termes du partenariat.

– Je vous écoute.

– Je dispose d'un petit local deux rues plus haut d'ici, que je loue de temps à autre. Actuellement, il est vide, et cela me désole un peu. Que diriez-vous de vous y installer pour créer un *pop-up store*[14] ?

Prise au dépourvu par son idée, je ne trouve rien à répondre.

– Si tant est que vous acceptiez, vous auriez six mois pour me prouver que je peux vous suivre et investir sur le long terme dans votre affaire. En attendant, vous seriez la responsable de la boutique, mais avec un statut d'employée. Si vous étiez amenée à relever le défi, nous deviendrions ensuite associées.

Elle me tend plusieurs feuilles qui s'avèrent être l'ébauche d'un contrat de travail avec toutes les conditions qu'elle vient d'énumérer. Certes, ce n'est pas ainsi que je voyais les choses, mais cela reste tout de même une belle opportunité. C'est même presque trop beau pour être vrai.

Motivée, je scelle notre accord en tendant ma main droite à Mme Freeman, qu'elle s'empresse de serrer en retour.

– Marché conclu, annoncé-je.

– Parfait. Je fais préparer tous les documents officiels par mon comptable, ainsi que les statuts juridiques, et je reviens vers vous dès que c'est prêt. Vous êtes libre, là, tout de suite ?

– Euh… oui.

---

14. Boutique éphémère.

– Que diriez-vous, dans ce cas, d'aller visiter les locaux dont je vous ai parlé ?

– Ce serait avec plaisir ! m'exclamé-je en me levant déjà.

La scène est plutôt singulière alors que nous remontons côte à côte la rue depuis Bloomingdale's. J'ai un peu de mal à réaliser que tout ceci est réel quand Mme Freeman s'arrête à quelques rues du salon de Maddie. La porte à peine ouverte, je me rue à l'intérieur et tourne sur moi-même plusieurs fois à m'en donner le tournis. J'ai envie de hurler tellement j'aime l'endroit.

– L'espace est parfait ! m'exclamé-je, bluffée. Il a un effet cosy tout à fait approprié.

– Vous aimez ?

– J'adore, lui assuré-je en la regardant droit dans les yeux. Je suis consciente de l'opportunité que vous me donnez et de la confiance dont vous me témoignez. Je peux vous garantir que j'ai la ferme intention de me donner au maximum et de faire tourner du mieux possible ce magasin de prêt-à-porter rétro.

– Je n'en doute pas, me dit-elle en souriant. D'ailleurs, laissez tomber la paperasse. Il est grand temps de passer de la théorie à la pratique. À partir d'aujourd'hui, considérez-vous comme la responsable de cette boutique.

– Que voulez-vous dire ?

– Vous commencez aujourd'hui. Il va vous falloir prévoir rapidement un stock de départ. J'ai l'habitude de fonctionner en flux tendu pour ne pas sortir trop d'argent d'un seul coup. Aussi, je ne saurais que trop vous conseiller de faire pareil.

– Entendu, soufflé-je en jetant encore un coup d'œil circulaire à l'endroit.

– Je suis en déplacement les prochains jours et je ne sais pas exactement quand je serai de retour. Je vous tiens au courant par mail dès que les fonds seront débloqués afin que vous puissiez passer vos premières commandes. N'hésitez pas à m'appeler si vous avez des questions. J'insiste là-dessus, car toutes les décisions prises devront être validées par mes soins.

– J'en prends bonne note.

– Tenez, me dit-elle ensuite en me tendant une pochette. Vous avez ici la liste de mes fournisseurs habituels pour tout ce qui concerne les besoins d'une ouverture de boutique. Appelez-les de ma part, et ils interviendront rapidement.

J'acquiesce en prenant les documents en question.

– Je vous remets également un jeu de clés. Vous êtes donc libre de venir ici quand vous voulez.

– Très bien, merci, balbutié-je, légèrement sonnée par les émotions.

– Bon courage, Erin.

Lorsqu'elle referme la porte, j'ai clairement du mal à réaliser. Je suis allée à ce rendez-vous motivée mais peu rassurée. J'étais loin d'imaginer que Mme Freeman serait aussi emballée par mon projet. J'ai envie d'appeler Calvin sur-le-champ pour partager la nouvelle et lui dire qu'il avait raison sur toute la ligne. Que le fait de croire en moi m'a permis de me surpasser et de me prouver que j'en étais capable. Mais quelque chose me retient. Notre accord de départ.

Plus j'y pense et moins j'y vois clair dans notre relation. La seule certitude que j'ai, c'est que j'éprouve des sentiments pour lui. J'ai beau essayer de me raisonner, je ne peux plus nier l'évidence. Je suis attirée physiquement par le Calvin musclé et ultra sexy que j'ai découvert à mon déménagement et je suis éprise du Calvin bienveillant et papa-gâteau.

Au lieu de composer son numéro, je prends place derrière le seul et unique meuble disposé au sein des locaux : une grande console d'accueil en bois où je pourrai installer la caisse et derrière laquelle se trouve un tabouret qui a connu de meilleurs jours. Je décide de me mettre à bosser sans perdre une seconde en jetant un œil aux papiers qu'elle m'a donnés.

Réalisant l'ampleur de la tâche, je décide d'employer la même méthode que lorsque j'ai dû affronter ma grossesse seule : j'élabore des *to-do list* en notant tout ce qui me passe par l'esprit et que je dois impérativement faire. Puis je me relis et classe les priorités. Réfléchir au nom du magasin est inutile. Ce sera Charleston Clothes, comme indiqué dans la présentation. Grâce aux coordonnées que m'a léguées ma patronne, je passe tout de suite la commande au fournisseur pour les devantures extérieures. La première chose à faire est de dénicher une équipe d'ouvriers prêts à repeindre les murs et à poser du parquet au plus vite.

Deux bonnes heures et quelques appels plus tard, j'ai trouvé un artisan enclin à me dépanner en quelques jours, à condition qu'il travaille en soirée. Ce dernier peut même s'occuper de m'installer l'achalandage du magasin.

Je suis fière de moi. Et comme d'habitude lorsque c'est le cas, j'ai envie de partager ça sur Instagram. Alors, ni une ni deux, je crée un compte intitulé « Charleston Clothes » et publie une photo du local vide avec quelques hashtags : #BientôtÀSanDiego, #ModeVintage, #PictureOfTheDay. Bien entendu, je partage ensuite le cliché sur mon profil perso et invite mes abonnés à me suivre dans ma nouvelle aventure.

Au même moment, je reçois un SMS de Nick.

De Nick :
Avec Léon, on se balade
pas très loin de Bloomingdale's.

Tu finis à quelle heure ?

C'est vrai qu'il n'est toujours pas au courant que j'ai perdu mon job et que j'ai la lubie d'ouvrir une boutique. Mais ça ne saurait tarder maintenant que les choses sont rentrées dans l'ordre.

De Erin :
Vous pouvez passer tout de suite
mais au 105 Kettner Boulevard,
en revanche.

Un quart d'heure plus tard, un coup frappé à la porte d'entrée me sort la tête de mes papiers. Je m'empresse d'aller ouvrir, ravie à l'idée de voir mon fils.

– Coucou, me salue Nick en premier, j'ai pensé que ça te ferait plaisir qu'on passe te voir.

Je jette un bref coup d'œil à ma montre avant d'attraper mon petit garnement dans mes bras et l'attaque de mille bisous. Étant donné que je m'y suis prise plus tôt que prévu, j'ai bien le droit de m'accorder quelques minutes de pause.

– Je n'ai pas vu la journée passer, avoué-je en reposant Léon sur le sol.

– Heureusement que ton fils a pensé à t'apporter un muffin à la myrtille avec un café, alors, me taquine mon ex.

Je lui souris en attrapant le sac à emporter de chez Starbucks qu'il me tend. C'est drôle qu'il se souvienne encore de mes goûts.

– Merci, c'est gentil, mais il ne fallait pas.

– Tu m'expliques ce que tu fais ici ? m'interroge-t-il, incrédule, face au lieu complètement vide.

Je lui raconte les événements de ces dernières semaines et le rebondissement inattendu de ce matin.

– Félicitations ! s'exclame-t-il aussitôt. Je suis heureux pour toi. Mais tu sais, tu peux me le dire si tu as le moindre souci financier. Je veux que tu sois capable de compter sur moi et mes parents quand il le faut. Nous tenons tous les trois à subvenir aux besoins de Léon.

– Merci, Nick.

Décidément, cela va me faire beaucoup trop d'émotions pour une seule et même journée.

– Ce sont tes plans d'agencement ? m'interroge-t-il en voyant mon croquis réalisé à main levée.

– Exactement. Il y a quelqu'un qui doit repeindre les murs et poser le parquet d'ici peu. J'ai donc commencé à organiser l'espace.

– J'ai un logiciel pour ça sur mon PC. Si tu veux, je peux te faire le plan.

– T'embête pas. Le gars en question se débrouillera.

– Au cas où, laisse-moi ta feuille et donne-moi les plans de la boutique avec les dimensions de la pièce. Je t'envoie un mail ce soir. Cela t'évitera d'être interrompue à tout bout de champ par des ouvriers.

– OK, si tu insistes, dis-je en lui remettant ce qu'il me réclame. Mais prends-les en photo au cas où j'en aie besoin demain.

Je me tourne ensuite vers mon fils.

– On rentre, mon petit bonhomme ? Maman va travailler depuis la maison pour finir la journée.

En effet, de chez moi, je pourrai très bien contacter les quelques fournisseurs qui ont retenu mon attention et aussi prévoir une action de communication autour de l'ouverture. Je ne serai certainement pas la première maman à jongler entre des couches et du mailing.

– Je vous ramène ? propose Nick.

Au fond de moi, je sais que je ne devrais pas accepter. Tout comme je n'aurais pas dû me laisser tenter par le muffin et le café. Toutefois, je remarque bien les efforts que fait mon ex-compagnon pour lisser nos rapports, alors je le suis et le laisse nous ramener.

– Tu es libre samedi ? me demande-t-il alors qu'il se gare en bas de chez moi.

– Je te demande pardon ? m'exprimé-je un peu fort.

– Tu sais, je t'avais demandé de l'aide pour m'équiper, histoire que Léon ne dorme pas dans mon lit à chaque fois.

– Ah ! oui, pour ça ! Bien sûr, samedi, pas de problème.

Je sors mon fils du siège auto que Nick s'est déjà chargé d'acheter et les laisse se dire au revoir en dehors du véhicule. Avant qu'il reprenne le volant, je lance à Nick, tout sourire :

– Tu sais, avoir un lit bébé pour Léon ne te garantit pas qu'il ne dormira plus dans le tien à l'avenir. Crois-en mon expérience.

Ce n'est que lorsque j'ai refermé la porte d'entrée derrière moi que je perçois le bruit du moteur de Nick depuis le parking.

CHAPITRE 26

Ces derniers jours, je n'ai pas arrêté. J'ai peaufiné dans les moindres détails le choix des articles qui seront en boutique et j'ai très régulièrement alimenté le compte Instagram du magasin avec les photos de mon avancée. Cela commence tout juste à porter ses fruits, si j'en crois le nombre d'abonnés qui grimpe doucement mais sûrement.

Je n'ai pris conscience de la teneur de cette folle aventure que lorsque ma patronne m'a fait signer la paperasse administrative qui indiquait que j'avais cette merveilleuse boutique à charge. Depuis, je vis un rêve éveillé. Tout ce à quoi j'ai pensé va pouvoir prendre vie grâce à son soutien financier. En effet, l'univers rétro et vintage que j'ai imaginé aura son empreinte dans chacune des tenues mises en vente, des robes de soirées aux modèles de baskets anciennes en passant par les accessoires pour lesquels j'ai aménagé tout un espace. Chapeaux, sacs à main, hair-bands et épingles à cheveux inspiration années vingt vont faire fureur, j'en suis persuadée.

En bonne exécutante, je fais ce que Mme Freeman a exigé et lui passe systématiquement un coup de fil avant d'investir une somme d'argent importante, comme c'est le cas actuellement.

– Allô ? décroche-t-elle après la troisième sonnerie.

– Bonjour, madame. C'est Erin.

– Bonjour, Erin. Vous vous en sortez comment ?

– Bien, merci, assuré-je. Avez-vous un moment à me consacrer ? J'ai trouvé un fournisseur qui a l'habitude de travailler avec des boutiques éphémères, et il accepte de reprendre tous les invendus. J'ai préparé la commande que je souhaite lui passer mais j'aurais besoin de votre accord.

– Envoyez-moi tout par mail et je vous réponds dans la journée, me propose-t-elle. En tout cas, c'est une bonne négociation pour le retour de marchandise, bravo.

– Merci, madame, je suis ravie aussi.

– Tout se passe bien ? Vous avez prévu quelque chose de spécial pour l'ouverture ?

– Pas d'inquiétudes de ce côté-là, tout est sous contrôle, la rassuré-je. Je sais exactement ce que je vais organiser, alors faites-moi confiance sur ce point.

– Très bien. Je dois vous laisser, Erin. Mais vous aurez un retour de mail rapidement.

– Merci encore. À bientôt, madame.

Grâce au plan d'exécution de Nick, mon super artisan a avancé à une vitesse impressionnante sur la pose du parquet et l'installation de l'achalandage. Tous les portants vides disposés au cœur de l'espace me rendent euphorique à l'idée de les habiller. Comme je l'ai sous-entendu à ma boss, j'ai également bossé sur une action de communication d'envergure pour le jour de l'ouverture. Mon cerveau est en surchauffe à force d'y penser depuis ce matin. Et la migraine n'est pas loin. Depuis que j'ai les clés des lieux, je me terre presque quotidiennement dans mon futur magasin.

En début d'après-midi, je me replonge dans l'élaboration des flyers qui seront à distribuer dans la rue quand Maddie fait son apparition dans la boutique. Fidèle à elle-même et à son look un brin provocateur, elle arbore un décolleté qui rendrait jalouse Amy.

– Salut, ma belle ! me lance-t-elle joyeusement. Comme tu ne viens plus me voir, je me suis dit que je pourrais passer.

C'est vrai que nous n'avons même pas encore pu fêter mon nouveau contrat de travail, pourtant obtenu grâce à ses conseils et son expertise.

– Tu as bien fait, Maddie ! Je croule sous le boulot, mais ce n'est pas une excuse. Je n'ai même pas pris le temps de te remercier comme il se doit pour tout ce que tu as fait. Sans ton aide, je n'aurais jamais franchi le pas.

– Arrête un peu. Un jour ou l'autre, tu aurais fait quelque chose de ton carnet, j'en suis sûre.

– J'ai quand même prévu un petit truc pour te signifier ma gratitude, dis-je en allant dans la réserve.

Cela fait plusieurs jours que je lui confectionne un accessoire qui, j'espère, saura lui plaire.

– Voilà, dis-je en lui tendant le tote bag. C'est fait par mes petites mains.

Ses yeux s'embuent alors qu'elle tourne le sac à main dans tous les sens. À l'origine, il s'agissait simplement de morceaux de tissus que j'ai cousus entre eux et auxquels j'ai ajouté ma touche personnelle : de légères breloques, des strass et des écussons thermocollants trouvés sur Amazon. J'ai même brodé le tatouage qui sert d'effigie à son salon en le décalquant de sa carte de visite et en l'agrandissant.

– Ben merde, alors… Il est magnifique, Erin !

– C'est vrai, il te plaît ?

– Je l'adore ! s'exclame-t-elle en me prenant dans ses bras. Merci, sincèrement. Je suis très touchée que tu m'aies fait un cadeau si personnel.

– C'est la moindre des choses. Tu as été si gentille avec moi…

– Oui, bon, allez, on s'arrête là avec la séquence émotion, sinon mon *smoky-eyes* va être foutu. Dis-moi plutôt comment se passe cette installation.

– J'ai un mal de dos atroce à rester installée sur ce fichu tabouret mais je suis tellement heureuse de monter ce projet de toutes pièces que cela m'est égal. J'ai choisi les articles qui seront disponibles pour le lancement et je suis en plein dans le plan de communication.

– Ton idée de page Instagram est top, en tout cas ! J'ai bien envie de m'en faire une pour le salon, maintenant.

– Ça ne peut que t'apporter plus de visibilité, si tu veux mon avis. Enfin, bref, voilà pour le magasin. Et toi, comment vas-tu ? Rien de nouveau ou de croustillant à me raconter ?

– *Nada*, calme plat. On n'a pas toutes un dieu du sexe sous la main, me charrie-t-elle. Quelles sont les dernières nouvelles de ton côté ?

Belle tactique pour changer de sujet ! Cette nana est décidément bien secrète.

– Nick est top avec Léon, tout se passe bien. Et pour ce qui est de mon Apollon, je commence à me perdre un peu.

– Pourquoi ça ? Raconte.

Je repense alors à Calvin et à notre dîner au restaurant, à nos fous rires, à ses confidences sur sa blessure, puis à sa venue ce week-end alors que nous étions malades avec Léon. Et, bien sûr, mon traître de cœur s'emballe.

– On commence à partager plus que du sexe, et ça m'effraie, parce que je ne suis pas sûre que notre relation évolue aussi de son côté.

Elle réfléchit à mes propos en tapotant son index sur ses lèvres violettes.

– Je suis la moins bien placée en matière de mecs pour te conseiller. Mais si j'ai appris une chose au cours de ces dernières années, c'est qu'il faut toujours s'assurer que son partenaire est sur la même longueur d'ondes. Au risque de se prendre une sacrée baffe dans la tronche quand les choses viennent à capoter.

Je n'ai pas l'occasion de la questionner à ce sujet car l'alarme de son téléphone retentit soudain.

– Je dois filer, c'est le rappel de mon prochain rendez-vous.

– Pas de souci. Merci encore pour tout, Maddie, la salué-je en la prenant dans mes bras. Et la prochaine fois qu'on se voit, je veux que tu me racontes qui est l'imbécile qui t'a fait du mal.

Mon amie sourit, mais je vois bien qu'elle sera coriace à cuisiner à ce propos.

Plus tard dans l'après-midi, un message sur mon téléphone interrompt mon travail.

De Calvin :
Ça te dit d'assister
à un combat amical ?

À ma salle pour 20 h ?

Sa proposition ne pouvait pas mieux tomber puisque Nick emmène Léon au cirque ce soir. Mon ex m'a proposé de me joindre à eux, mais j'ai bien senti que c'était par pure politesse. J'ai donc décliné son invitation.

De Erin :
J'y serai ! Tu veux que je fasse
la chauffeuse de ring ?

De Calvin :
En privé après, avec plaisir.

Je ris un instant face à l'écran de mon portable avant de le ranger dans ma poche. Durant les quelques heures qui suivent, je termine mes tâches du jour, puis saute dans le métro afin de rejoindre la salle de Calvin.

Une fois sur place, je constate qu'il y a plus de voitures sur le parking que la dernière fois que je m'y suis aventurée. À l'intérieur du bâtiment, je croise le jeune homme qui m'avait si cordialement accueillie, mais cette fois-ci, je n'ai pas droit à un mot de sa part. Il semblerait qu'il ait retenu la leçon, le gentil toutou. C'est bien.

Je file en direction du bureau de Calvin, où je le trouve le nez dans la paperasse.

– Bah alors… on m'avait promis un combat !

– Erin ! s'exclame-t-il en m'apercevant. Viens par là.

Je m'avance et m'assois de façon naturelle sur ses genoux pour l'embrasser.

– Je suis content que tu aies pu te libérer sans trop de problème avec Léon.

– Disons que, pour une fois, nos agendas coïncident, lui rétorqué-je avec un clin d'œil.

– Tu vas bien ? Cela fait un moment que je ne t'ai pas vue.

– Je suis crevée, pour tout te dire. Je commence à me demander si je vais réussir à tout gérer en temps et en heure.

– Pour réussir, il faut avoir confiance en soi, ma belle. C'est ce que je vais essayer d'inculquer à mon jeune dans les vestiaires tout à l'heure. Et c'est ce que toi, Erin Wilkinson, tu dois te répéter encore et encore, dit-il en tapotant mon front avec son index. Tu es capable de réaliser de grandes choses. Ne laisse pas tes peurs te dominer et t'empêcher d'accomplir tes rêves.

– Je vais tâcher de m'en souvenir, soufflé-je.

– Je serai là pour m'en assurer, me confie-t-il spontanément en plongeant son regard dans le mien.

Je parviens à susurrer un « merci » avant qu'un « je t'aime » m'échappe. Il ne manquerait plus que ça, tiens.

– Allez, en route ! lance-t-il en m'invitant à me lever. Il est temps que tu ailles dans les gradins et que je rejoigne mon poulain pour le motiver.

– Pour l'engueuler comme tu sais si bien le faire, tu veux dire, ironisé-je.

– Non, je t'assure, Erin. Le soir du combat, je lui fais comprendre que c'est le plus fort et que rien ni personne ne pourra se mettre en travers de sa route.

– Faut se faire démolir à l'entraînement pour obtenir des compliments le jour J, en somme ?

Il lève les yeux au ciel avant de me pousser hors de son bureau, un sourire au coin des lèvres.

Dans la salle commune, l'ambiance est relativement différente à celle de d'habitude. Seul le brouhaha des gens déjà présents résonne dans la pièce qui est éclairée uniquement en son centre. De l'espace a été dégagé autour de la cage où aura lieu le combat, et des chaises pliantes ont été installées tout autour. Ma main dans celle de Calvin, je le laisse me guider jusqu'à l'une d'entre elles sur laquelle est scotché le mot « RÉSERVÉ ». Il l'arrache et me fait signe de prendre place. Après son fameux clin d'œil, il s'éloigne, mais je le retiens par le bras.

– Est-ce qu'on peut te souhaiter bo…

Il pose son index sur mes lèvres.

– Non, on ne peut pas, Erin, répond-il en souriant.

– Quoi, tu es superstitieux ? Je n'y crois pas ! balancé-je, espiègle.

– Arrête de bavarder et profite de la soirée.

Je pince les lèvres pour ne pas éclater de rire alors qu'il se montre contrarié par mes taquineries.

Quelques minutes plus tard, les deux boxeurs en compétition pénètrent dans la salle et s'installent tranquillement sans que le public se déchaîne comme à la télé. Du moins, pas jusqu'aux deux premiers rounds. Je n'y connais rien, mais à en croire les bribes de paroles qui me parviennent, le combat est serré. De mon côté, je n'ai d'yeux que pour Calvin. J'ai bien conscience d'être la seule personne à ne pas avoir la tête tournée vers la cage, mais la violence gratuite n'a jamais été mon fort.

Le coach qui me fait rêver ne cesse de crier sur son jeune. Il lui dit où frapper, le félicite de bien tenir sa garde, lui recommande de foncer, de ne pas attendre que son adversaire vienne vers lui, de montrer qui il est. Mon visage se crispe à chaque coup tandis que la foule présente crie un peu plus.

Durant les quelques secondes de pause, je ne le lâche pas du regard. Calvin donne de l'eau à son boxeur, lui nettoie le visage, panse rapidement ses blessures et ne cesse de lui dire qu'il est le meilleur. « Encore un dernier effort », parviens-je à lire sur ses lèvres. La victoire est à portée de main, et je vois dans les yeux de ce jeune garçon qu'il croit en son coach dur comme fer et qu'il est survolté par ses mots.

Le match reprend, et les rounds se suivent, plus violents les uns que les autres. Lors du dernier, le combattant de Calvin gagne par K.-O., ce qui me fait sauter de ma chaise et crier avec les personnes présentes alors que je n'ai même pas vu l'action. Je ne suis pas très à l'aise dans cet univers.

Une fois désigné vainqueur par l'arbitre, le poulain de Calvin savoure les applaudissements du public, le visage tuméfié. Cela dure ainsi de longues minutes avant que les deux adversaires rejoignent les vestiaires, accompagnés de leur entraîneur respectif. Maintenant que le show est terminé, les spectateurs se dispersent, alors je suis le mouvement.

Dans l'entrée, un buffet simple composé de divers apéritifs a été disposé. J'aperçois Harry donner un coup de main à deux jeunes femmes qui servent des boissons – ou plutôt, les draguer ouvertement. Ne voulant pas casser son coup et étant un peu oppressée par le monde, je vais prendre l'air sur le parking.

– Salut, Erin ! me crie une jolie petite tête blonde se précipitant vers moi.

– Nina ? m'étonné-je. Salut, ma belle. Que viens-tu faire ici ?

– J'avais envie de voir papa, m'explique-t-elle simplement. Maman, par ici !

Elle appelle une femme élancée qui avance vers nous d'un pas déterminé. Sa chevelure brune immense fait se retourner plusieurs hommes présents sur les lieux.

– Tu te souviens que je t'ai parlé de Léon, le petit garçon du zoo ? Eh ben, ça, c'est sa maman, dit-elle en me pointant du doigt.

– Enchantée, maman de Léon, dit-elle en me souriant. Moi, c'est Cameron, la maman de Nina, comme vous l'aurez compris.

Et l'ex de Calvin, soit dit en passant. Alors, oui, je crois que mon cerveau a reçu le message. Et mon cœur aussi.

La jeune femme me tend sa main, et je réponds à son geste, mal à l'aise.

– Erin, balbutié-je.

– Tu as vu le combat ? me questionne Nina. Maman n'était pas d'accord pour me déposer plus tôt. Elle ne veut pas que je regarde le sang.

– Et elle a raison, tu sais. J'ai moi-même fermé les yeux à plusieurs reprises.

– Tonton Harry ! s'époumone-t-elle en changeant de centre d'attention dans la seconde.

Elle court vers lui et saute dans ses bras tandis que Cameron m'abandonne après un sourire contrit. Je suis persuadée qu'elle n'est pas dupe et qu'elle a bien compris pourquoi mon fils et sa fille sont amis. Je pousse un soupir de soulagement lorsqu'elle quitte mon champ de vision.

– Salut, Erin, me lance le plus jeune frère Cooper en s'approchant. Tu avais déjà assisté à ce genre de spectacle avant ?

– Non, et j'ai trouvé ça assez barbare, pour être honnête.

Il se marre en chatouillant sa nièce, qui rit aux éclats en le suppliant d'arrêter.

– Je veux aller voir papa, réclame cette dernière, aussitôt les pieds sur le sol.

– Ça marche, vas-y.

Harry surveille qu'elle rentre bien dans la salle puis reporte son attention vers moi.

– Je suis étonnée par ton look très sérieux, lui lancé-je en le détaillant.

Aujourd'hui, nous avons droit au pantalon de costard et aux chaussures de ville. Les manches de sa chemise sont relevées, et ses tatouages colorés débordent sur ses bras. Ce garçon attire l'œil et sait jouer de ses charmes. Un véritable bourreau des cœurs.

– Certaines choses nécessitent parfois qu'on doive faire bonne impression dès les premiers instants, m'avoue-t-il en souriant. Et *a priori*, porter un costume est gage de sérieux.

Il ne pouvait pas trouver meilleure oreille que la mienne pour ce genre de discours.

– Peut-on savoir à qui tu souhaites plaire autant pour accepter de te transformer en pingouin ?

– Si je te le dis, je devrai te tuer, élude-t-il ma question. De toute façon, je dois te laisser. Il est l'heure de rentrer.

Il m'indique d'un signe de tête la serveuse qui l'attend et va la rejoindre d'un pas pressé. Après avoir poireauté dix bonnes minutes, je décide que j'ai suffisamment attendu et retourne à l'intérieur pour retrouver Calvin. Ne le voyant nulle part dans la foule, je continue mon chemin jusqu'à son bureau mais m'arrête au beau milieu du couloir, interceptant les bribes d'une conversation entre lui et celle que je devine être Cameron.

– Sérieusement, Calvin ? hausse-t-elle la voix. Tu te tapes une maman ?

Euh, c'est quoi le problème ?

– Peu importe ma vie privée, cela ne te regarde pas, Cameron. Je ne me mêle pas de tes histoires de fesses, à ce que je sache.

– Non, mais contrairement à toi, je ne présente personne à notre fille !

– Je l'ai croisée au zoo, d'accord ! Et c'est la sœur d'Amy, la copine de Julian. Je n'allais pas faire comme si je ne la reconnaissais pas, s'énerve-t-il.

C'est uniquement pour la faire taire qu'il parle de moi ainsi. Je m'en persuade.

– C'est sérieux ?

– Cam…

– Est-ce que c'est sérieux, Calvin ?

– Non. Enfin, oui… Peut-être, je n'en sais rien.

– Si ça l'est, cela veut dire qu'elle sait. Je suppose que tu lui as dit, n'est-ce pas ?

– Lui dire quoi ?

– Ne joue pas au con avec moi. Elle a un fils. Un petit garçon, selon les dires de Nina. Or, si tu la fréquentes, c'est que le père de ce dernier ne fait plus partie du tableau.

– Où veux-tu en venir, Cameron ?

– Est-ce qu'elle est au courant que tu es le genre d'homme qui abandonne sa copine enceinte ?

Un haut-le-cœur me fait reculer d'un pas.

C'est impossible.

– T'en as pas marre de toujours revenir là-dessus ? On en a parlé des centaines de fois. Je me suis expliqué, je me suis excusé. Nina a 5 ans. Il serait temps que tu passes à autre chose. D'autant que ce qu'il s'est passé entre nous ne concerne en rien ma relation avec Erin. Ce n'est pas comme si on prévoyait de se marier ou de faire des gosses !

Mon cœur explose dans ma cage thoracique. Je ne sais même pas comment je fais pour retenir mes larmes à ce stade.

– Tu sais quoi, Calvin ? Tu t'envoies qui tu veux, je m'en fous. En revanche, tu ne laisses pas ta pouffe du soir s'approcher de Nina… Peu importe qui est sa sœur, sa mère ou je ne sais qui encore !

Je pressens que l'altercation va prendre fin, alors je fais marche arrière et me dépêche de rejoindre les festivités, l'estomac noué. Arrivée près du buffet, je descends deux coupes de champagne à la suite, ce qui me permet ainsi de ne pas ressasser la conversation que je viens d'entendre. Il est encore trop tôt pour réfléchir à cela.

Quelques minutes plus tard, j'aperçois Cameron quitter les lieux à travers les vitres de la salle. Je la suis des yeux jusqu'à ce qu'une voix me fasse sursauter.

– Alors, tes impressions sur le combat ?

En reconnaissant le parfum de Calvin derrière moi, je me ressaisis. Je ne veux pas qu'il puisse déceler mon trouble. Je ne sais même pas contre qui je suis le plus en colère : lui parce qu'il ne m'a jamais révélé qu'il avait été aussi lâche que Nick, ou moi-même parce que je me suis perdue dans cette relation. De toute évidence, les sentiments que j'éprouve ne sont pas partagés.

– C'était intéressant, dis-je d'une petite voix. Enfin, c'était surtout violent.

– On ne peut rien te cacher, petite maline !

Détrompe-toi, Calvin.

J'ai envie de lui crier au visage qu'il a bien su garder pour lui qu'il avait abandonné une femme qui l'aimait alors qu'elle était enceinte et que, malgré ses invitations, nos tonnes de messages échangés, sa façon de me rassurer et ses confidences, je ne suis rien de plus qu'une nana qu'il s'envoie lorsque l'occasion se présente.

– Hé ! interpelle-t-il Nina qui passe par-là. Viens ici au lieu de te balader partout.

Il soulève la miss pour la porter contre son flanc, et cette dernière passe les mains autour de son cou. Mon cœur est de plus en plus lourd. Calvin est un si bon père que j'ai du mal à croire qu'il n'a pas voulu l'être au départ.

– Est-ce qu'Erin et Léon peuvent venir à la maison demain pour ma soirée pyjama, papa ?

Je profite de la diversion que suscite cette conversation pour me siffler une nouvelle coupe.

– Tu sais, ma puce, je crois que Léon est un peu petit pour ça. Et puis, c'est un garçon, ajoute-t-il en lui tapotant le nez. Et les garçons sont interdits.

– Oui, mais Erin, c'est une fille et c'est ma copine aussi, alors je peux l'inviter, négocie la demoiselle.

– Nina… Erin est une adulte, et les soirées pyjamas sont faites pour les enfants.

Voyant qu'elle s'apprête à argumenter, il ajoute dans la foulée :

– N'insiste pas !

Il faut dire que sa mère a été on ne peut plus claire sur le fait qu'elle ne voulait pas me voir près de sa fille. Et il faut croire que je ne suis pas si particulière que cela pour que Calvin ne parvienne pas à faire de différence entre ses conquêtes d'un soir et moi. Le pire, c'est que je ne peux aucunement le lui reprocher. J'étais d'accord sur le principe de notre relation.

– Ça va ? me demande-t-il en fronçant les sourcils. Tu n'as pas l'air dans ton assiette. Est-ce que tu as mangé quelque chose cette fois-ci avant de boire ?

– Je suis assez grande pour gérer ma consommation d'alcool moi-même, merci.

– Hé ! du calme. Il y a un problème ?

– Pardon, tenté-je de rattraper mon excès. C'est juste ma mère qui vient de me prévenir que Léon avait un peu de fièvre et ça m'inquiète.

Bon, OK. Ce n'est vraiment pas beau de se servir de son fils comme excuse, et en mentant, qui plus est. Mon karma me le fera payer, mais je ne suis plus à ça près.

– Tu devrais rentrer alors, me conseille-t-il. Ton fils a plus besoin de toi que moi.

Il ajoute son fameux clin d'œil, mais en l'état des choses, cela me donne uniquement envie de lui crever les yeux. Je le hais d'être si bienveillant envers mon fils et moi, car c'est l'une des choses qui font que je suis amoureuse de lui aujourd'hui.

– De toute façon, j'imagine qu'avec l'arrivée imprévue de Nina, nous n'aurions pas pu passer la soirée ensemble.

Je plonge mon regard dans le sien dans l'attente de sa réponse mais suis immédiatement déçue par celle-ci.

– C'est vrai. Malheureusement, c'est notre arrangement avec Cameron. Si Nina a envie de me voir, elle me la ramène. Elle m'a prévenu par texto pendant le combat.

Suis-je vraiment en train d'éprouver de la jalousie envers une petite fille de 5 ans ? Pathétique.

– Nos enfants doivent toujours être notre priorité, concédé-je, espérant tout de même qu'il s'appuie sur mes mots pour me prouver que je compte pour lui.

– Laisse-moi t'appeler un taxi pour rentrer, me propose-t-il. Tu seras de retour plus vite, et ça sera plus sûr également.

Je soupire, anéantie par la tournure qu'a prise la soirée. C'est fou ce qu'il m'agace à faire croire à mon cœur qu'il se soucie de ce qu'il pourrait m'arriver. Pas étonnant que je sois tombée sous son charme sans en prendre véritablement conscience.

– Merci, me contenté-je de répondre en m'éloignant de quelques pas.

Le temps que le taxi arrive, des habitués de la salle viennent parler avec Calvin, ce qui me permet de me calmer un moment. Lorsque la voiture jaune se gare sur le parking, mon *sexfriend* – et rien de plus – me dépose un léger baiser sur les lèvres. Si nous n'étions pas entourés de tant de personnes, il se rendrait peut-être compte de l'amertume que je laisse transparaître dans ce que j'imagine être notre dernière étreinte.

CHAPITRE 27

Durant le trajet, je me suis promis de ne pas pleurer. Hors de question de faire un *remake* de mauvaise qualité d'un film à l'eau de rose. En revanche, une fois dans l'intimité de mon appartement, je m'effondre sur mon lit et me roule en boule sous la couette, comme lorsque j'avais 14 ans et que mon petit ami de l'époque, Jason, m'avait plaquée. À l'exception près que je n'étais pas pompette ce jour-là à cause de flûtes de champagne bien trop vite ingurgitées. Je crains que la femme brisée soit bien plus difficile à consoler que l'adolescente blessée.

Calvin a débarqué il y a quelques mois dans ma vie et a su s'y faire une place en toute discrétion. Notre accord n'incluait pourtant que de prendre du bon temps. Il faut dire qu'un mec qui sonne chez vous un soir, vous fait prendre votre pied et puis s'en va sans un mot n'a généralement aucune intention de faire de vous la femme de sa vie. Et je me mettrais bien des baffes de ne pas avoir gardé ça en mémoire. Comme une idiote, je me suis laissée charmer par ses conseils et ses encouragements. Pire encore, le fait qu'il croie en moi m'a fait penser qu'il ressentait quelque chose d'un peu plus fort qu'une simple attirance à mon égard. Et puis, les plans cul ne viennent jamais prendre soin de vous lorsque vous êtes malade habituellement, pas vrai ?

Je sais que Calvin apprécie beaucoup Amy depuis qu'elle a posé un pied dans la salle de Julian. Et c'est uniquement son amitié envers elle qui a joué en ma faveur. Je m'en rends compte à présent. Mes larmes redoublent d'intensité en imaginant avoir bénéficié d'un piston sur le tableau de chasse de Calvin Cooper.

Au-delà de la considération qu'il me porte, je n'arrive pas à croire qu'il ait pu abandonner Cameron alors qu'elle était enceinte. J'ai toujours jugé impardonnable le comportement de Nick à mon égard, alors pourquoi ferais-je une exception pour Calvin ? Ne serait-ce pas un peu hypocrite de ma part ?

L'absence de Léon me pèse particulièrement ce soir. S'il était là, il pourrait me divertir avec ses gazouillis et ses sourires. Son odeur me réconforterait. Malheureusement, il est chez son papa et profite du temps qu'ils ont tous les deux pour apprendre à se connaître. Cette nouvelle devrait me réjouir, mais j'ai l'impression que l'on me retire l'exclusivité de l'amour qu'il me porte. Je ne veux pas que mon fils m'aime moins maintenant parce qu'il a son père dans sa vie.

***

Lorsque mes paupières se décollent et que je parviens à ouvrir les yeux, je réalise que je me suis endormie en ressassant encore et encore les signes précurseurs que je n'ai pas su identifier plus tôt. Comme lorsque vous tentez de résoudre une énigme et qu'une fois la réponse dévoilée, vous vous dites « Mais bien sûr ! Comment ai-je pu louper ça ? ».

Le noir de mon mascara a coulé sur mon oreiller et me rappelle l'état dans lequel était Amy lorsqu'elle s'était disputée avec Julian à cause de Jax Hankes. Il semblerait que les frères Cooper soient des spécialistes pour faire pleurer les sœurs Wilkinson. Heureusement que nos parents n'ont eu que deux filles, d'ailleurs…

Il y a deux ans, quand Nick m'a quittée, Amy était là pour ramasser les miettes et me réconforter. Elle m'a fait comprendre que je valais mieux que ça et qu'il fallait que je me prenne en main. Certains hommes n'en valent pas la peine, m'avait-elle dit.

C'est avec ce mantra que je sors du lit et file sous la douche pour effacer les stigmates de cette nuit. Je ne dois pas laisser Calvin avoir ce pouvoir sur moi. Dans ma vie, seuls Léon et Amy ont de l'importance. Viennent ensuite mes parents et mon avenir professionnel. Je suis plutôt bien entourée et n'ai donc aucunement besoin d'un compagnon. Amy a raison. Et puis, si Calvin ne doit être qu'un cinq-à-sept, alors je peux m'en contenter. Le tout est de clarifier la situation. Du gâteau, n'est-ce pas ?

Comme cela était convenu, je dois passer l'après-midi avec Nick aujourd'hui afin de l'aider à s'équiper en matériel de puériculture. Du côté de ma boutique, l'homme que j'ai engagé termine petit à petit les finitions. Autant ne pas être dans ses pattes à le gêner.

Face à mon armoire, j'opte pour le jean le plus destroy que je possède avec mon top court à capuche. Des Vans aux pieds et un maquillage léger plus tard, je file me chercher un café serré au Copper Top. Mon ex a proposé de passer me récupérer à l'appartement pour que nous nous rendions ensemble à la galerie commerciale, mais j'ai refusé. Il fallait que je sorte de mon appartement au plus vite afin de cesser de ruminer. Mais bien entendu, je reçois un message de Calvin en chemin.

De Calvin :
Je suis désolé de t'avoir fait
un faux plan hier soir.

J'avais vraiment envie de passer
la nuit avec toi.

Je ne parviens plus à faire preuve de discernement. Comment dois-je interpréter son message ?

Il voulait passer la nuit avec moi, mais dans quel sens ? Uniquement pour continuer à assouvir nos fantasmes ou parce que lui aussi se sent bien lorsque nous sommes ensemble ?

Je devrais lui répondre et mettre les choses au clair, mais je ne sais tout simplement pas quoi lui écrire. Alors, je range mon téléphone et choisis d'attendre de savoir quoi dire.

Après vingt minutes de métro, j'entre dans le centre commercial et repère Nick de suite. Il admire son fils faire un tour de manège sur le carrousel dans l'entrée. Un vrai piège à parents, ce machin, impossible de l'éviter. Je détaille l'homme que j'ai aimé autrefois. Il arbore son éternel look d'adolescent avec un baggy et un tee-shirt sur lequel figure le bouclier de Captain America.

– Hey, salut ! lance-t-il dès qu'il me voit approcher. Je te préviens tout de suite, c'est toi qui joues le rôle de la méchante pour le sortir de là.

Il m'arrache un sourire, car je sais à quel point Léon peut être une teigne lorsqu'on veut le faire descendre du manège.

– Il en est à combien de tour, là ? l'interrogé-je en haussant un sourcil.

– C'est le quatrième…

– Tu as conscience qu'il pourrait en faire cent comme ça et quand même pleurer si tu lui refusais le prochain ?

– Je n'arrive pas à lui dire non.

– Rappelle-toi comment tu as su si bien le faire lorsque je t'ai dit que je l'attendais.

Merde. C'est sorti tout seul.

– Eh bah, putain ! s'exclame-t-il, piqué au vif.

Je m'excuse platement alors que le manège se termine et m'empresse de récupérer mon petit gars qui m'a tant manqué depuis hier. Il crie « maman » et me tend les bras dès que j'arrive à sa hauteur. Cela me remonte instantanément le moral et, contre toute attente, nous parvenons à quitter le manège sans colère de sa part. Un véritable exploit.

Nous empruntons l'escalator pour nous rendre chez Lullaby Baby qui se situe à l'étage. Léon a des étoiles plein les yeux en voyant tous les jouets mis en avant sur les étalages. Tandis qu'il s'approprie une petite voiture à piles, Nick et moi nous dirigeons vers les poussettes.

– Tu peux déjà opter pour une simplifiée. Trois positions et facile à plier pour mettre dans ton coffre.

– Trois positions ? demande mon ex en haussant un sourcil.

– Assis, semi-allongé et complètement couché.

Sa moue perplexe me fait sourire tandis que je lui indique la trois-roues que je choisirais à sa place. Côté chambre, Nick choisit un lit et une commode à son goût. Il achète également une planche de stickers de vagues et de surfeurs pour décorer la pièce.

– J'aimerais acheter quelques jouets. J'ai vu une tablette éducative qui est idéale pour les enfants à partir de 2 ans.

– Alors, je t'arrête tout de suite, haussé-je la voix. Tu ne mets pas de tablette ou de console de jeux entre les mains de mon fils. Il est bien trop petit pour cela.

– Mais ça a été conçu spécialement pour cet âge-là.

– N'insiste pas. Il n'a pas besoin d'être déjà le nez collé à un écran. Trouve autre chose.

– C'est pour son éveil, Erin. L'apprentissage des mots et…

– Léon te semble en retard sur quelque chose, peut-être ?

– Non, je n'ai pas dit ça. C'est juste qu'il joue sans arrêt avec ses cubes et ses machins en bois et que je ne vois pas ce qu'il apprend avec ça.

J'inspire un grand coup en joignant mes mains devant mon visage.

Ne pas commettre de meurtre aujourd'hui. Ne pas commettre de meurtre aujourd'hui.

– Je vais tenter de te dire les choses calmement parce qu'on est en public, annoncé-je, pince-sans-rire. Mon fils développe sa motricité avec les jouets que je lui achète et il apprend à parler grâce à chacune des histoires que je prends le temps de lui lire le soir avant le coucher. Je ne me contente pas de lui donner un truc qui fait du bruit et de la lumière pour être tranquille.

– Tu vois, c'est exactement pour ça qu'on a commencé à s'éloigner l'un de l'autre. On a un point de vue bien trop différent sur certains sujets.

Il faut vivre avec son temps, Erin. Ce n'est pas un jeu vidéo qui va faire de ton gosse un attardé.

– Et qu'est-ce que tu en sais ? Tu as gardé ton fils une semaine et deux nuits. Comment peux-tu croire que tu t'y connais mieux que moi en matière d'éducation et d'éveil ?

Léon interrompt notre dispute en nous rapportant un ballon et en criant « balle » plusieurs fois d'affilée. Nick se baisse à sa hauteur et le prend dans ses bras.

– Donne le ballon à papa, il va l'acheter, lui dit-il en le mettant dans son chariot.

– Si tu veux partager quelque chose que tu aimes avec Léon, alors emmène-le à la plage, lui conseillé-je. Fais-lui découvrir ta passion pour l'eau et ta planche de surf. Construisez des châteaux de sable, courez ensemble derrière ce ballon que tu vas lui acheter.

Il hoche la tête et continue ses achats, un brin vexé. J'aurais peut-être pu être moins virulente, mais ce n'est pas le bon jour pour me chercher. Je n'ai aucune leçon à recevoir de lui, et il était important qu'il le saisisse tout de suite.

Néanmoins, je comprends que le message est bien passé lorsque je le vois choisir quelques livres à mettre dans la chambre de son fils.

– Un jour ou l'autre, je lui achèterai une console de jeux, me chuchote-t-il tout de même en souriant malicieusement. Tu ne pourras pas éternellement m'en empêcher.

– C’est ça ! Allez, va en caisse au lieu de dire des bêtises !

Soulagé de quelques milliers de dollars, Nick se démène pour tout faire entrer dans le coffre de sa voiture tandis que Léon patiente près de moi. Comme je m’en veux un peu d’avoir été abrupte tout à l’heure, je propose à Nick de rester avec nous le temps du dîner. Il est encore tôt, mais j’aimerais que notre fils soit couché le plus rapidement possible. À l’idée de passer davantage de temps avec mon ex, j’entends presque la voix de Maddie m’engueuler et me dire que je suis cinglée.

Je tiens la main de mon garçon alors que nous marchons en direction du snack qui fait le coin de la rue. Léon tend l’autre à Nick dans un geste parfaitement naturel, et nous parcourons ainsi le chemin, tous les trois liés.

Pour dissiper la gêne, Nick commence à compter jusqu’à trois pour que nous hissions Léon dans les airs. Nous répétons l’opération à chaque fois qu’il crie « core », soit à peine a-t-il posé les pieds par terre.

Après plusieurs envols, je relève la tête en riant mais perds aussi vite mon sourire. Dans la file qui fait face à un vendeur de glaces ambulant, Calvin nous observe, le regard sombre. Dès que Nina me repère à son tour, elle me fait des grands signes de la main, et je ne peux donc décemment pas faire comme si je ne les avais pas vus. Calvin est canon dans son look total jean : short et chemise légère ouverte sur un tee-shirt blanc simple. Mon rythme cardiaque s'accélère à mesure que nous avançons vers eux et que son regard me transperce.

– Léon, tu te souviens de Nina ? dis-je pour attirer l'attention de mon fils sur la petite fille.

– Moi, je me souviens de lui, assure-t-elle en arrivant à notre hauteur.

Je lève les yeux pour saluer son père mais surprends celui-ci en train de dévisager Nick d'un air mauvais. Il a largement une tête de plus que lui. Alors que Calvin n'est apparu que depuis une poignée de secondes, je meurs déjà d'envie de me jeter à son cou ou d'être dans ses bras. Il n'y a que lui qui me fasse cet effet.

– Nick, je te présente Calvin. C'est le frère de Julian, le petit ami d'Amy.

Les deux hommes se serrent la main et s'échangent un « bonjour » froid.

– Tu es l'amoureux d'Erin ? demande innocemment Nina.

C'est bien, on peut compter sur les enfants pour mettre les choses à plat.

Nick rit, un peu gêné, avant de passer une main sur sa nuque.

– Non, je suis juste le papa de Léon.

– Ah ! d'accord… Ma maman et mon papa aussi, ils ne sont pas amoureux. Alors je comprends.

– Bon, Nina, tu vas peut-être éviter de raconter ma vie comme ça à des inconnus, intervient Calvin sans pour autant hausser le ton.

– Est-ce que tu vas au zoo ce dimanche ? me demande la petite fille, pleine d'espoir.

Cette chipie est décidée à ne rien m'épargner.

– Sûrement, oui.

– Chouette ! Comme ça, je pourrai montrer à Léon d'autres animaux.

– Allez… On va vous laisser continuer votre petite promenade familiale, nous dit Calvin en allant reprendre sa place dans la file d'attente. Ravi d'avoir fait ta connaissance, Nick.

Je bredouille un « au revoir » à Nina, et nous reprenons notre ascension vers le snack. Arrivés sur place, nous nous installons à une table près d'une fenêtre et passons commande dans la foulée car Léon commence à avoir faim. Nick me jette un regard amusé.

– Qu'est-ce qu'il y a ? le questionné-je.

– Ce type qu'on vient de croiser… C'était juste le frère du copain d'Amy, ou… ?

– Je ne crois pas que ça te regarde.

– C'est bien ce qui me semblait.

– Pfff… J'ai toujours eu horreur que tu me tires les vers du nez comme ça.

Notre commande arrive, et Léon devient tout fou devant ses frites. C'est sûr que ça le change des purées de légumes auxquelles il a droit habituellement.

– Tu as quelqu'un dans ta vie, toi ? demandé-je à Nick.

Je ne me suis pas posé la question depuis qu'il a fait sa réapparition, ce qui prouve bien à quel point je suis passée à autre chose.

– Rien de sérieux. Apparemment, tu n'es pas la seule femme à ne pas désirer avoir comme concurrente principale un ordinateur.

– Comme c'est étrange ! ironisé-je.

– Et toi, alors ?

– Depuis sa naissance, je me suis focalisée sur Léon. Et je commence à peine à me rappeler que j'existe, pour tout te dire.

– C'est grâce aux talents d'Hercule ? plaisante-t-il.

– Alors, pour commencer, ne l'appelle plus jamais comme ça. Autrement, je risque de faire un transfert bizarre avec le dessin animé que regarde parfois Léon. Et ensuite, il n'est pas question que nous ayons cette conversation tous les deux. Maddie m'assassinerait !

– Qui ça ?

– Non, rien. Laisse tomber, dis-je en secouant la tête. Finis plutôt ton hot-dog, parce que ce jeune homme aura sommeil aussitôt qu'il aura terminé ses *potatoes*. Le connaissant, il sera grognon si nous ne sommes pas rentrés pour le début de sa nuit.

Nick a bien compris que je faisais diversion mais il choisit de ne rien ajouter. Une fois notre repas réglé, j'accepte qu'il nous raccompagne en voiture car, comme je l'avais prédit, Léon se frotte les yeux et câline son doudou tigre, signe qu'il va bientôt sombrer.

– Je vais pas mal bosser en début de semaine prochaine pour ensuite avoir le plus de temps possible à partir de mercredi, m'annonce Nick. Ne t'étonne donc pas de ne pas avoir de mes nouvelles. Tu me connais, une fois que je me plonge dans le boulot…

– Je sais, oui.

Une fois à l'intérieur de mon appartement, je prends soin de débarbouiller Léon de ce repas un peu gras et de le mettre en pyjama. Une comptine et quelques bisous plus tard, mon bébé est endormi. Que ça fait du bien de l'avoir à nouveau avec moi !

Maintenant que je suis au calme, je me rends dans la cuisine et m'autorise un verre de vin. J'ai tout de même passé une grande partie de ma journée debout à faire les boutiques avec Nick. Alors, je le mérite bien.

Mon téléphone dans la main, j'admire l'écran de longues secondes sans pour autant trouver de réponse appropriée au message que Calvin m'a envoyé plus tôt dans la journée. C'est encore plus dur maintenant que nous nous sommes croisés au centre commercial. Malgré tout, j'ai besoin de mettre des mots sur ce que nous partageons tous les deux. Il faut que je sache exactement ce que je veux et jusqu'où je suis capable d'aller pour cette relation, quand bien même dévoiler mes sentiments à Calvin risquerait de le faire fuir.

CHAPITRE 28

J'ai déposé Léon chez mes parents ce matin, et, bien évidemment, la morale du jour portait sur Nick et son rôle de père. Ma mère m'a bien fait comprendre que je n'aurais pas dû accepter qu'il s'occupe de son fils. Selon elle, il ne mérite pas de le voir et encore moins de le garder. C'est drôle, car durant toute ma grossesse, il n'y a pas eu un jour où elle n'a pas sous-entendu que je devrais l'appeler et tenter de recoller les morceaux avec lui. Elle disait toujours qu'il était préférable qu'un enfant grandisse avec ses deux parents… C'est horrible, mais parfois, je me demande si je n'aurais pas été plus heureuse sans elle. Quand je repense à mon enfance, je ne la vois qu'en train de se plaindre de moi.

Heureusement, je suis assez forte aujourd'hui pour passer outre ses remarques. Avant qu'elle puisse continuer de me diminuer, je suis donc partie retrouver l'ouvrier qui a terminé ses travaux dans ma boutique.

Une fois sur place, je tourne la clé dans la serrure et marque un petit temps d'arrêt avant de pénétrer dans les lieux et de voir le résultat. L'émotion me noue la gorge. Quand je fais mon premier pas à l'intérieur, un cri m'échappe. Je ne peux retenir mes larmes. Tout est parfait. J'ai bien essayé d'imaginer à quoi pourrait ressembler cette boutique au cours de ces dernières semaines, mais le résultat est encore mieux que dans mes rêves les plus fous. Le parquet noir fait ressortir le blanc des murs, les quelques pans réalisés avec le carrelage, style dallage ancien, donne du cachet à l'endroit. Je n'en reviens pas.

À présent, je suis on ne peut plus gonflée à bloc pour parvenir à impressionner Mme Freeman. Je veux lui prouver que ce pop-up store mériterait d'être permanent.

Mécaniquement, je sors alors mon téléphone de ma poche et décide de poster la première *story* Instagram de la boutique. Et voilà : une petite vision à 360° du local refait à neuf pour montrer l'avancement des travaux et prévenir les gens que Charleston Clothes ouvrira très vite ses portes. Il le faut, de toute manière, car j'arrive de moins en moins à tenir mon banquier à l'écart ces derniers temps, et ce, malgré mon salaire.

Pour m'occuper l'esprit et ne pas penser à un certain coach de boxe, je m'immerge complètement dans le travail. Mme Freeman a répondu à mon mail sur le choix des articles que j'ai sélectionnés. Elle les a classés en deux catégories : ceux qui lui semblent cohérents et ceux auxquels elle ne croit pas. J'apprécie qu'elle ait argumenté ses décisions et qu'elle termine son message en me répétant que le verdict final m'appartient, car je suis celle qui connaît cette mode et en maîtrise les codes.

Sans aucune surprise, les produits recalés sont les baskets, les vestes en cuir et les casquettes. J'imagine que ma boss n'envisage pas de voir une femme porter ce genre de couvre-chef. Néanmoins, hors de question de faire l'impasse dessus. Cette liste va rejoindre celle des admis. Ni une ni deux, je contacte le fournisseur afin de passer la commande.

J'ai abattu la moitié du boulot que je me suis imposé aujourd'hui quand quelqu'un frappe à la porte d'entrée. Lorsque Calvin m'indique qu'il s'agit de lui, la panique fait accélérer les battements de mon cœur. Je n'ai toujours pas répondu à son message et je ne sais pas ce qu'il pense de notre entrevue d'hier alors que j'étais avec Nick. Je prends donc une profonde inspiration, puis vais ouvrir.

– Salut, dis-je d'une voix qui sonne faux.

Il entre et jette un coup d'œil circulaire autour de lui. Comme toujours, je le trouve séduisant dans sa tenue sportive. Son haut sans manches me permet d'apprécier ses biceps gonflés et ses pectoraux développés qui étirent le tissu. Un régal pour les yeux.

– C'est impressionnant à quel point tu as réussi à métamorphoser cet endroit ! s'exclame-t-il, me sortant de ma contemplation.

– Merci…

– Aussi impressionnant que de te croiser avec le père de ton fils, enchaîne-t-il en croisant les bras.

Il semblerait que les hostilités démarrent d'entrée de jeu. C'est peut-être ma chance de lui faire cracher le morceau sur notre relation et de savoir comment il voit les choses de son côté.

– Qu'est-ce que tu insinues ? demandé-je alors naïvement.

– Au restaurant, tu m'as dit qu'il t'avait laissé tomber alors que tu étais enceinte. J'ai cru que vous n'aviez plus de contact, mais de toute évidence, vous en avez encore. Je vous ai d'ailleurs trouvés adorables à jouer au papa et à la maman parfaits.

Au moins, me voilà fixée sur son ressenti. Pour qui se prend-il à me parler sur ce ton ? C'est quand même l'hôpital qui se fout de la charité. Monsieur ne va pas me reprocher à moi de lui avoir caché des choses !

– Depuis quand est-il revenu dans ta vie ? reprend-il.

– Si tu as une question précise, pose-la au lieu de tourner autour du pot, Calvin.

– As-tu recommencé à le voir après nous ?

Un rire grotesque m'échappe. Je désigne du doigt l'espace qui nous sépare et hausse le ton.

– « Nous » ? Parce qu'il y a un « nous » maintenant ?

– T'es sérieuse, là ?

C'est presque à celui qui criera le plus fort.

– Quoi ? C'est pourtant bien ce que tu as proposé ! Un petit coup vite fait lorsque nos agendas le permettent.

– Au départ, oui ! gueule-t-il en se passant les mains dans les cheveux. Mais tu es injuste de me le reprocher. Tu étais d'accord ! Et j'ai été transparent dès le début !

– Tu en es sûr ? Tu ne t'es pourtant pas vanté d'avoir été aussi minable que le père de mon fils.

Il fronce les sourcils et me dévisage d'un air ahuri.

– Comment as-tu… C'est Cameron. Tu l'as entendue, c'est ça ? C'est pour ça que tu étais bizarre, que tu n'as pas répondu à mon texto.

– C'est sûr que ce n'est pas toi qui as eu le courage de me l'avouer !

– Je n'ai pas à m'excuser auprès de toi d'une erreur que j'ai commise il y a plusieurs années. C'est mon passé et ça ne te concerne pas.

– Peut-être que cela ne me regarde pas non plus de savoir que je ne suis rien de plus à tes yeux qu'un coup d'un soir. Ou que la seule raison pour laquelle nous couchons ensemble est parce que tu as décidé d'accorder un traitement de faveur à la sœur de la copine de ton frère ! craché-je, acerbe.

– Tu as tout compris de travers, Erin. Tu aurais mieux fait de venir me parler de ce que tu avais entendu plutôt que de prendre la fuite. On n'en serait sûrement pas là aujourd'hui.

Non, mais j'hallucine.

– Tu as un sacré culot de me dire ça maintenant, Cooper, fais-je en m'avançant vers lui d'un pas. Au-delà du fait que je trouve ton comportement immonde vis-à-vis de Cameron, tu n'es pas clair avec ce que tu souhaites pour nous deux depuis le début. Un coup, tu souffles le chaud. Un coup, tu souffles le froid. Je ne sais pas si je peux te faire confiance. Et pire encore, rien ne me donne la certitude que tu ne me feras pas le même coup que Nick, un jour ou l'autre. Quand bien même je ne suis pas une fille avec laquelle tu comptes « te marier ou avoir des enfants ».

Je reprends mon souffle tout en le défiant du regard. Je suis aussi triste que hors de moi.

– Tu vois, Erin… ça, c'est un sacré coup bas. Je n'ai jamais cherché à te manquer de respect ou à te faire du mal volontairement. Mais il semblerait que ce genre de choses te soit égal. Au fond, je ne suis pas très étonné. Tu l'as dit toi-même : tu foires toujours tout dès qu'il t'arrive un truc bien. Comme quoi, ta mère avait peut-être raison, finalement.

Sa phrase a l'effet d'un coup de poignard en plein dans ma poitrine. Si je n'avais pas un minimum d'ego, je m'effondrerais dans la seconde.

– Sors d'ici ! lui crié-je à la place, le corps tremblant. Dégage !

Voyant qu'il ne bouge pas, je lui attrape le bras et l'emmène jusqu'à la porte avant de le pousser dehors en hurlant :

– Fous le camp !

Et à peine a-t-il disparu des lieux que je m'assois par terre et plonge la tête dans mes bras pour pleurer. En l'espace d'une seconde, Calvin a réussi à faire voler en éclat le peu de confiance en moi qu'il était parvenu à m'insuffler.

CHAPITRE 29

Emmitouflée dans le pyjama le plus doux qui soit sur le canapé du salon, je m'abrutis devant une série hospitalière. J'ai l'espoir de faire taire les mots assassins que Calvin m'a balancés à la figure il y a quelques heures de cela et qui tournent en boucle dans mon esprit depuis. Pour l'instant, sans succès.

La fin de journée a été laborieuse. Il n'y a que Léon qui a été capable de me procurer un minimum de joie ce soir. À tel point que je n'avais pas envie qu'il s'endorme.

À vingt-deux heures tapantes, mon téléphone se met à vibrer sur la table basse. Je suis presque déçue de voir apparaître le visage de ma sœur sur l'écran.

– Allô ? soufflé-je dans le micro, sans entrain.

– Eh ben… Cache ta joie, sœurette. C'est quoi, le problème ?

– Tout va pour le mieux dans le meilleur des mondes, rétorqué-je. Tu voulais quelque chose de spécial ?

– Non, c'est juste que Julian m'a plantée pour aller chercher en urgence son frère je ne sais où, alors j'avais un peu de temps devant moi pour t'appeler. J'ai vu la *story* sur Insta. C'est fou comme tu as changé le lieu !

– Excuse-moi, mais tu as dit quoi avant ? Que Julian était parti en urgence chercher son frère ? Lequel ? Calvin ou Harry ?

– Hum… Ça m'aurait étonnée que tu n'y sois pour rien, tiens ! Qu'est-ce qu'il s'est passé ?

– C'est Calvin, alors ? Dis-moi ce que tu sais, s'il te plaît, Amy.

– Oui, bon, je ne sais pas grand-chose. Calvin a appelé Julian un peu plus tôt et, apparemment, il était très éméché. Ils se sont engueulés au sujet d'un truc que je n'ai pas compris, et Julian a complètement pété les plombs. Il est parti sans m'expliquer où se trouvait son frère, mais je suppose qu'il s'agissait d'un bar.

Je trouve le comportement de Calvin décevant. Comme si l'alcool pouvait changer quelque chose à la situation. Je le pensais plus responsable que ça. Comme quoi je me suis trompée sur plusieurs points à son sujet.

– Tu es bien silencieuse, reprend ma sœur. Tu as quelque chose à me dire ?

Je soupire et baisse le son de ma télévision afin de me confier.

– Il se peut que nous nous soyons disputés cet après-midi.

– À quel propos ?

Ne sachant pas vraiment par où commencer, je sens une boule se former au fond de ma gorge. Avant même que je puisse lui répondre, des larmes chaudes dévalent mes joues.

– Oh ! Erin… Tu veux que je vienne ?

– Non, c'est inutile, lui assuré-je en reniflant. C'est la vie. Quand je pense que Julian et toi vous étiez disputés à cause de mensonges… On n'est finalement pas mieux de notre côté.

– Qu'est-ce que tu veux dire ?

– Les secrets, c'est ce qu'il y a de pire dans une relation. Sauf que j'avais tellement peur que cela n'en soit pas une que j'ai tout envoyé chier comme je sais le faire.

– Je suis désolée, ma belle, mais tout ça n'est pas très clair. Arrête-moi si je me trompe, mais à ce que j'ai compris, vous vous êtes engueulés à cause de non-dits et, maintenant, vous êtes tous les deux en train de ruminer dans votre coin, analyse-t-elle.

– Je ne rumine pas… je regarde une série, protesté-je.

– Tu es dans ton pyjama gris tout doux ?

– … bon d'accord.

– Erin, c'est moi. Je suis ta sœur, je ne te juge pas. La seule chose qui m'importe est de savoir si tu l'aimes. Est-ce que c'est le cas ? Est-ce que tu es amoureuse de Calvin ?

– Il a abandonné la mère de sa fille alors qu'elle était enceinte. Tu crois que je peux m'imaginer avec un homme qui a fait subir ça à une autre femme alors que c'est ce que j'ai moi-même vécu ?

– Ne fais pas d'amalgame, Erin. Calvin n'est pas responsable des erreurs de Nick.

– Et si un jour j'attends un enfant de lui ?

– Je crois que je ne connais pas de meilleur papa que Calvin. Il s'est peut-être trompé il y a longtemps, mais de toute évidence, il se rachète chaque jour auprès de sa fille. Et puis, tu vois bien qu'avec le temps, c'est exactement ce que tu laisses Nick faire auprès de Léon.

– Ce n'est pas tout, Amy… On s'est balancé des paroles horribles à la figure. Des mots qui ont dépassé notre pensée mais qui resteront à jamais gravés dans nos mémoires.

– C'est vrai que lorsque tu es en colère, tu peux être effectivement blessante…

Je lève les yeux au ciel, quand bien même ma sœur ne peut pas me voir.

– J'ai mes raisons, me défendé-je. J'ai surpris une conversation entre la mère de Nina et lui l'autre jour… Il avait l'air de dire que je n'étais qu'une fille parmi tant d'autres. Et je me suis sentie tellement rabaissée que je voulais qu'il ressente la même douleur.

– Ça a fonctionné ?

– Je pense que oui, vu ce qu'il m'a rétorqué en retour. Il a été d'autant plus dur dans ses propos.

– Super… Il n'y en a donc pas un pour rattraper l'autre, désespère ma sœur. Qu'est-ce que tu comptes faire ?

– Rien. Je vais reprendre ma vie là où elle en était avant que ce Cooper de malheur ne vienne y foutre la pagaille.

– Et tes sentiments ?

– Ils passeront. Comme ceux que j'avais pour Nick.

– Si tu le dis.

Ne voulant pas argumenter plus longtemps, je mets fin à la conversation de manière plus ou moins diplomatique.

– Je vais te laisser parce qu'il faut que je dorme un peu avant que Léon se réveille.

– OK… Prends soin de toi, s'il te plaît. Je passerai te voir dans la semaine pour que tu me fasses visiter ton antre de la mode.

– Ça marche, bisous.

– Oh ! attends, Erin… Une dernière chose.

– Oui ?

– Tu veux que je te prévienne quand Julian rentre ?

Je me laisse une fraction de seconde pour réfléchir, puis lui réponds simplement :

– Non.

À peine le téléphone posé et la télé éteinte, je me tourne contre le dossier du canapé et verse mes larmes dans les replis du tissu. J'ai vraiment le don pour foutre les choses en l'air.

CHAPITRE 30

De Maddie :
Salut, miss, toujours OK pour déjeuner avec moi ce midi ?

Après des heures passées le nez dans ma paperasse, c'est en sursautant que j'accueille le message de mon amie. Je m'autorise une petite pause dans l'élaboration de mon mail de commande adressé à mon fournisseur pour lui répondre.

De Erin :
Compte sur moi, je serai là.

Je dois valider avant onze heures aujourd'hui les bonnes quantités des articles que je souhaite mettre en vente pour l'ouverture au risque de ne pas être livrée dans les temps. Cela fait maintenant une semaine que je me jette à corps perdu dans l'organisation de cette boutique afin d'oublier mes problèmes de cœur. Faire l'autruche m'a toujours paru être la meilleure solution dans ce genre de cas.

En effet, lorsque je prétends que Calvin n'existe pas, la douleur dans ma poitrine s'amoindrit un peu, et je parviens à avancer tant bien que mal. Quand bien même je lui avais expressément demandé de ne pas le faire, Amy m'a appelée dès que Julian a ramené son frère chez eux en toute sécurité. Il n'a pas voulu lui dire ce qu'il s'était passé, néanmoins, car il savait qu'elle me répéterait tout dans le cas inverse. Bien entendu, Monsieur Bio est en colère contre moi car il est persuadé que c'est de ma faute si Calvin s'est mis la tête à l'envers. Selon les dires de ma sœur, le soûlard n'aurait pas arrêté de leur répéter que tout était de ma faute, ce qui prouve bien que Calvin n'a rien à faire de ce que je ressens actuellement. J'ai donc cordialement invité Amy à dire à son mec et son frère d'aller se faire foutre, et elle m'a assuré qu'elle s'en était déjà chargée.

Une fois ma commande passée, je prends mes affaires et file au salon de tatouage de Maddie, qui est déjà en train de manger un bagel salé.

– Tu as une sale tête, me dit-elle à peine ai-je franchi la porte.

– Et toi, tu as enfin passé une jupe qui couvre tes fesses.

– Espèce de petite insolente, va !

Mon amie me tape sur le bras et me fait les gros yeux, même si elle a très bien compris que je la taquine. M'installant près d'elle, je me sers un petit sandwich au poulet et à l'avocat parce que je meurs de faim depuis ce matin. N'ayant pas réussi à dormir cette nuit, j'ai essayé de traîner dans mon lit jusqu'au dernier moment pour économiser mon énergie. Résultat des courses : je n'ai pas pris de petit-déjeuner et j'ai rêvé de trucs gras à me mettre sous la dent toute la matinée.

– Tu es avec moi ? m'interroge Maddie en passant sa main devant mes yeux.

– Oui, pardon.

– Qu'est-ce qu'il t'arrive ? Tu as un problème avec ton dieu du sexe ?

J'hésite à lui faire part de la situation car je crains qu'en parler me fasse replonger. Mais après tout, la première fois que je lui avais confié mes doutes, cela m'avait fait un bien fou. Et puis les amies, ça sert à ça également.

– Si tu veux tout savoir, je l'ai croisé il y a peu, alors que j'allais dîner avec mon fils et son père. Eh oui ! ajouté-je dans la seconde, je sais que tu penses que je ne devrais pas faire ce genre de choses, mais c'est trop tard. Quoi qu'il en soit, cette rencontre impromptue ne lui a pas plu, et il me l'a reprochée.

– Effectivement, je trouve que partager un repas en mode famille parfaite avec son ex est une mauvaise idée. Et je comprends que ton loustic soit contrarié.

– Je te passe les détails, mais il n'a pas été tout à fait correct avec moi avant cet épisode. Et il se peut que j'ai tenté de lui mettre un coup de pression pour lui faire dire qu'il était attaché à moi. Mais je m'y suis prise comme un pied.

– Ne t'en veux pas, Erin, tu as bien fait, m'assure-t-elle. Il vaut mieux être fixée plutôt que de s'attacher à quelqu'un pour qui on ne compte pas. Quel a été le résultat de cette technique ?

– On s'est balancé des horreurs à la figure et je l'ai foutu dehors. Fin de l'histoire.

– Ah ! par contre, ça, c'est du gâchis !

– Peut-être. Mais c'est mieux ainsi. Nous n'étions pas faits pour être ensemble. Il a fait certains choix dans sa vie que je ne peux pas ignorer. Par ailleurs, il a tenu des propos à mon encontre qui m'ont réellement blessée. Il est donc préférable qu'on en reste là.

– Je comprends… S'il t'avait dit qu'il t'aimait, est-ce que cela aurait changé quoi que ce soit ?

– Peu importe, puisqu'il ne l'a pas fait.

– Peut-être qu'il n'en était pas encore conscient… Toi-même, tu ne savais pas mettre de mots sur cette relation, rappelle-toi. Peut-être était-il donc simplement perdu.

– Et si on parlait d'autre chose ? proposé-je. Tu me donnes pas mal de conseils niveau relation, mais tu restes très secrète à ce sujet. Dis-moi tout.

– Pas question. Je refuse d'être celle qui te rassure en te disant que tu n'es pas aussi désespérée qu'elle.

Je lui frappe le bras tandis que nous rions de sa phrase.

– OK. Dans ce cas, parlons de tout autre chose. Ta cliente est-elle toujours d'accord pour venir le jour de l'ouverture de ma boutique ?

– Détends-toi, je t'ai déjà confirmé cinq fois qu'elle serait là.

– Mme Freeman me laisse tout gérer pour cet événement, alors je ne dois pas me louper.

– Tu vas assurer, j'en suis certaine. Alors ne doute pas de toi, OK ?

Je hoche la tête en feignant d'être d'accord, mais je ne suis pas convaincue. Quand c'était Calvin qui m'encourageait, mon cœur le croyait dur comme fer. Mais depuis notre dispute, plus rien de ce qu'il a pu me dire dans le passé pour me motiver ne trouve de valeur à mes yeux.

***

C'est le cœur lourd que je prépare le sac de Léon. Nick est déjà là pour l'emmener chez lui jusqu'à vendredi. Je n'ai aucune envie de me retrouver seule avec mes pensées. Cela va faire presque deux semaines que je suis sans nouvelles de Calvin. Julian ne laisse rien filtrer de son côté, et je ne peux même pas lui en vouloir. Entre frères, ils se serrent les coudes.

– N'oublie pas de mettre dans le sac le maillot de bain de Léon, s'il te plaît, crie mon ex depuis le salon. Je compte l'emmener à la piscine pour commencer à lui apprendre à nager.

Plutôt que de rester ici à ruminer, j'aurais presque envie de m'incruster dans leur plan père-fils tout ficelé. Mais au lieu de céder, je fais bonne figure et garde pour moi mon mal-être. Malgré les jours qui passent, je me sens toujours aussi triste et en colère d'avoir laissé Calvin m'atteindre. Si notre relation particulière n'a pas marché, ce n'est pas uniquement de ma faute, bon sang. Lui aussi est responsable.

Du coin de l'œil, je remarque que Nick fait son entrée dans la chambre de Léon et vient m'aider à plier quelques affaires.

– Ça va, toi ? me demande-t-il simplement.

– Ça roule.

– Alors pourquoi est-ce que tu pleures ?

Je pose les mains sur mes joues et y récolte, à ma grande surprise, des larmes. Je ne m'étais même pas rendu compte que j'avais commencé à craquer, une fois de plus.

– Ne t'en fais pas, Nick. Je suis simplement très nulle… et fatiguée.

– Je t'interdis de dire ça, d'accord ? Regarde où tu en es aujourd'hui. N'importe quelle autre nana dans ta situation n'aurait pas su faire face. Toi, tu as un toit, un projet d'avenir, tu es une maman en or et ton fils est parfait. Tout te sourit, quand bien même c'était mal parti. Sans rire, qui aurait parié sur la Erin que j'ai laissé filer il y a deux ans de cela ? dit-il en soulevant mon menton pour que je le voie sourire.

Épuisée, je laisse tomber mon front contre son épaule et l'autorise à me caresser le dos dans un geste réconfortant. Au point où j'en suis, je ne dis plus non aux câlins.

– Est-ce que c'est le papa de la petite pipelette de l'autre fois qui te met dans cet état ?

Je me contente de hocher la tête.

– Il n'a pas vraiment apprécié de nous voir tous les trois, c'est ça ?

– C'est ça, murmuré-je.

– Je suis le père de ton enfant, il va devoir s'y habituer.

– C'est juste que Calvin ne savait pas que l'on se revoyait. Il a mal pris de l'apprendre comme ça.

– Pourquoi ne lui en as-tu pas parlé plus tôt ? s'étonne Nick.

– Parce qu'on s'était mis d'accord pour ne pas se lancer dans une histoire sérieuse et ne pas se prendre la tête.

– Je ne suis pas un spécialiste de la question, mais je sais pourtant que cela ne fonctionne jamais, ce genre de relation, me dit-il, compatissant.

– Qu'est-ce que tu me conseilles ?

– Commence par être certaine de ce que tu veux, peut-être.

– Hum… facile à dire.

Je recule d'un pas parce que notre proximité m'embarrasse un peu maintenant que j'ai repris mes esprits.

– Avant de prendre une décision définitive, il faut que les choses soient claires entre vous. Ne vous quittez pas sur un malentendu, ce serait trop bête.

– Oh ! mais il n'y a aucun malentendu. Crois-moi, on s'est dit tout ce qu'on pensait.

– C'est encore pire si vous vous séparez sur une dispute.

Il marque une pause puis se fend d'un sourire.

– Je dois vraiment être le type le moins bien placé pour te donner ce genre de conseil…

Je ris à sa boutade en passant les doigts sous mes yeux afin d'effacer le maquillage qui a dû y couler. Une fois le sac de notre fils prêt, nous retournons auprès de lui dans le salon.

– Assez parlé de moi, annoncé-je en m'asseyant sur le canapé. Quoi de neuf de ton côté ?

– Tu es sûre que tu veux en parler ? Je croyais qu'on ne devait pas aborder ce sujet-là ?

– Tu en sais plus sur moi que moi sur toi, alors ça ne compte pas.

– OK, rigole-t-il. Alors, j'ai fait la connaissance de quelqu'un il y a peu, mais j'ai peur de sa réaction quand je vais lui avouer que j'ai déjà un enfant.

Je m'apprête à l'engueuler lorsqu'il se reprend :

– Ce n'est pas de Léon que j'ai honte, mais de ce que j'ai fait quand j'ai su que tu étais enceinte. La connaissant, elle me demandera sans doute pourquoi la mère de mon enfant et moi avons rompu, et j'appréhende de lui expliquer.

– Tu es un homme bien, Nick. Tu t'évertues chaque jour à essayer de rattraper ton erreur. Il faut que tu dises la vérité à ton amie pour qu'elle s'en rende compte, elle aussi.

Mon ex-compagnon me sourit sans pour autant répondre, mais je suis persuadée qu'il va réfléchir à mes mots le restant de la soirée.

– Viens faire un gros câlin à maman avant de partir, ordonné-je à mon garçon en le prenant subitement dans mes bras.

Je m'enivre de son odeur avant de passer le flambeau à Nick. En les voyant partir tous les deux depuis la fenêtre du salon, je me dis que la chose la plus importante à mes yeux est que mon fils soit heureux. Si Nick parvient à contribuer à son bonheur, alors ce qu'il m'a fait il y a deux ans ne devrait plus me peser autant.

Peut-être suis-je même en train de lui pardonner.

CHAPITRE 31

Alors que la nuit est tombée depuis peu, la sonnerie entêtante de mon téléphone portable me sort de ma déprime. Le prénom que mon écran indique fait immédiatement accélérer mon rythme cardiaque. Je n'hésite pas une seule seconde à décrocher.

– Allô, Calvin ?

– Tout ça… toute cette merde…

– Quoi ? Je t'entends mal.

– Et qu'est-ce que ça peut te foutre, hein ?

– Euh… Rien, tu as raison. Je ne sais même pas pourquoi j'ai pris l'appel.

Je m'apprête à raccrocher lorsqu'il poursuit :

– Maintenant, ça suffit. Je veux que tu arrêtes d'occuper mes pensées. Sors de mon esprit, Erin !

– Va voir un psy, lui rétorqué-je sèchement.

– Mais c'est ta faute si j'en suis là ! À cause de toi que je vais sombrer à nouveau.

– Mais de quoi est-ce que tu parles ?

– Ce rendez-vous, ce restau… Tu l'as fait exprès, j'en suis sûr. Tu jouais déjà avec mes nerfs. C'est ce que tu as toujours voulu, en fait. Me faire perdre les pédales. Es-tu satisfaite de toi ? vocifère-t-il, la voix pâteuse.

– Calvin… Je ne comprends vraiment pas de quoi tu parles. Je ne t'ai jamais voulu du mal.

– Tu parles ! crache-t-il, acerbe. J'essaye de résister pour Nina, mais putain, j'en peux plus, là.

– Mais résister à quoi ? Calvin, tu me fais peur, là. Où es-tu ?

– Je suis dans un endroit où je m'étais juré de ne plus jamais remettre les pieds. Et où j'ai failli retourner par ta faute il n'y a pas si longtemps que ça…

Je réfléchis à toute allure pour deviner où il peut bien être, mais rien ne me vient. Nous nous sommes rarement vus en dehors de chez nous, du parc Balboa et du Jam's Rock.

– Tu es dehors ? Tu es dans un bar ?

Sa respiration devient haletante. Je perçois son désarroi à travers ce foutu téléphone. Il semble en pleine crise d'angoisse.

– Calvin, réponds-moi ! m'écrié-je pour le faire réagir.

– Laisse tomber, je n'aurais jamais dû t'appeler.

Et il raccroche.

C'est quoi, ce bordel ?

Je le rappelle immédiatement mais tombe sur la messagerie. Je retente ma chance trois fois de suite, sans succès. Il me faut réfléchir. Où peut-il bien être ? Je ne vois qu'une personne susceptible de le savoir. Je fais défiler mon répertoire et appuie sur son prénom.

– Julian, est-ce que tu sais où est ton frère ?

Nous n'avons pas de temps à perdre en politesse. La voix torturée de Calvin au téléphone m'a alarmée.

– Aucune idée, pourquoi ? répond-il dans la seconde. Il y a un problème ?

– À vrai dire, je ne sais pas. Il vient de m'appeler, complètement ivre, et a tenu des propos incohérents.

– Ouais, ben c'est souvent le cas lorsqu'il est bourré… Il doit être au *Toronado*, un bar qui fait l'angle sur Lincoln Avenue. Je vais aller le récupérer.

– OK, je te rejoins là-bas. Ce n'est pas très loin de chez moi en métro.

– Ce ne sera pas nécessaire, Erin. J'ai l'habitude de m'occuper de mon frère et je pense que tu en as assez fait.

La franchise des Cooper... Calvin lui a probablement fait part de nos déboires.

– Je ne te demandais pas ton autorisation, lui dis-je avant de raccrocher.

Je me lève d'un bond du canapé et enfile mes baskets sans prendre le temps de faire les lacets. J'attrape ensuite mon sac à main et claque la porte de mon appartement derrière moi. Je me précipite dans le métro. Durant le trajet, je ne cesse de téléphoner à Calvin, mais cette andouille n'a pas rallumé son portable.

Au moment où je quitte le métro et m'approche de l'établissement dont a parlé Julian, je lui envoie un texto pour lui signaler que je suis arrivée.

De Julian :
Va voir à l'intérieur, je serai là
dans cinq minutes.

Lorsque je mets les pieds dans le fameux bar, l'ambiance bat son plein, et l'alcool coule à flots. Je circule parmi la foule et dévisage méticuleusement chaque homme qui pourrait correspondre à celui dont je suis tombée amoureuse. Je constate rapidement qu'il n'y a pas beaucoup de types de plus d'un mètre quatre-vingt dans les parages. Je ressors donc bredouille et encore plus inquiète.

Alors que je compose une énième fois le numéro de Calvin, j'aperçois la voiture de Julian se garer en double file. Je m'approche du véhicule et coupe simultanément la voix impersonnelle du répondeur. Harry est présent également.

– Il n'est pas là, les informé-je.

– Fais chier, s'énerve Julian en tapant sur le volant.

– J'ai peut-être une idée, annoncé-je alors. Un soir, Calvin m'a emmenée dans un bar qu'il fréquente souvent. Le *Bolt* quelque chose… Hum… Le *Bolt Brewery*, il me semble. Il coache le fils du patron.

– Ouais, je vois où il est.

Les deux frères échangent un regard lourd de sous-entendus avant de hocher la tête. J'ouvre immédiatement la portière arrière et prends place dans la voiture, avant que Julian ne me laisse ici. Le trajet s'effectue en silence. Heureusement que nous ne sommes qu'à quelques rues.

– Mais quel gamin ! m'écrié-je en tombant une fois de plus sur le répondeur de Calvin.

– Calme-toi, on va le retrouver, tente de me rassurer Harry.

Oui, mais dans quel état ?

Dans la rue du bar où notre soirée avait pris une fin orageuse, il n'y a aucune place de libre. Julian est à bout et finit par s'arrêter en plein milieu de la route, devant l'entrée.

– Va à l'intérieur vérifier s'il y est, m'ordonne-t-il en me jetant un coup d'œil dans le rétroviseur. Si jamais il n'est pas coopératif ou trop soûl, tu ressors nous prévenir.

Je hoche la tête et me précipite à l'intérieur.

Comme la fois précédente, il y a du monde. Je décide donc d'aller directement au comptoir et croise les doigts pour que le patron se souvienne de moi.

– Bonsoir, Mike ! l'interpellé-je d'une voix forte pour m'imposer.

– Bonsoir ! me salue-t-il chaleureusement. Ravi de te revoir ici.

Bon… c'est déjà ça de gagné.

– Est-ce que Calvin est là ?

– Non, ma jolie. Je suis désolé, ajoute-t-il en voyant mon air déçu.

– S'il passe, vous voulez bien m'appeler, s'il vous plaît ?

Je sors un stylo de mon sac à main et inscris mon numéro de téléphone sur une serviette.

– C'est important, vraiment, insisté-je.

– C'est noté.

Je le remercie et retourne auprès de Julian et Harry, restés à l'extérieur. Une altercation entre deux ivrognes a créé un embouteillage autour de la voiture. Je redresse donc la tête et fais signe à Julian de loin pour lui indiquer que Calvin n'est pas là. Harry se penche par-dessus son frère pour s'adresser à moi.

– Que t'a-t-il dit exactement lorsqu'il t'a appelé ?

Je me remémore notre conversation et essaye d'y déceler un indice.

– Il m'a accusée de lui faire perdre les pédales. Il m'a dit qu'il essayait de résister pour Nina, mais que c'était difficile.

– Ce n'est pas ça qui va nous aider, s'impatiente le plus râleur des deux.

– Laisse-la se concentrer, l'engueule Harry.

– Il a également dit un truc bizarre à la fin… Euh… Il m'en voulait de l'avoir emmené dans un endroit où il s'était juré de ne jamais remettre les pieds. Je crois que c'était ses mots.

– Eh merde ! Tu as entraîné Calvin dans un casino, c'est ça ? s'emporte soudain Julian.

– Euh, oui. Enfin, non ! Nous sommes allés manger au restaurant du Seven Mile Casino, c'est tout ! me défendé-je face à son accès de colère.

– Elle n'est pas au courant, intervient Harry.

– Au courant de quoi ?

Vu la mine défaite et le regard noir que me lance Julian, je comprends que c'est grave. Et c'est presque comme si les pièces d'un puzzle se mettaient subitement en place devant mes yeux. La proposition de Calvin de manger ailleurs ce fameux soir, le type qui l'a salué et qu'il a ignoré, son refus catégorique d'aller jouer ne serait-ce qu'une pièce…

Ni une ni deux, j'abandonne les garçons et me mets à courir pour rejoindre le bâtiment situé un peu plus bas. Je dévale le trottoir sur un bon kilomètre avant de parvenir à destination. C'est essoufflée que j'entre dans l'établissement de standing et jette un coup d'œil circulaire autour de moi. Ne le voyant nulle part, je m'avance dans l'entrée pour rejoindre les machines à sous et les tables de jeux.

– Excusez-moi, mademoiselle, m'interpelle une voix suffisante.

Je me retourne et fais face à un métis gigantesque qui me toise d'un œil mauvais. J'ouvre mon sac et en sors ma carte d'identité.

– Je suis majeure, déclaré-je d'un ton condescendant. C'est bon, je peux y aller ?

– Je suis désolé, mais une tenue correcte est exigée.

Il est vrai que je suis partie à la hâte et que mon tee-shirt basique n'est pas de la plus grande classe.

– Je n'ai pas l'intention de jouer, je viens juste chercher une personne qui se trouve dans la salle. Je ne reste pas longtemps.

– Pourquoi ne l'appelez-vous pas plutôt ?

– Il ne répond pas, m'agacé-je.

– Dans ce cas, décrivez-le-moi et je verrai si je le repère.

– Mais j'irai beaucoup plus vite seule ! Laissez-moi juste deux minutes et je m'en vais !

J'essaye de passer sur sa droite en le prenant au dépourvu, mais c'était sans compter son agilité de ninja. Le vigile m'attrape le bras pour me retenir.

– Ce n'est pas possible d'être aussi con, putain ! Je vous dis que je viens juste chercher quelqu'un !

– C'est bon, mec ! Elle est avec moi, tu peux la lâcher maintenant.

Je rêve ! La raison de mon anxiété arrive comme une fleur à notre hauteur. Je m'apprête à lui crier tout un tas de bêtises lorsque l'homme qui me retient prisonnière desserre son emprise et nous ordonne de dégager les lieux.

– Qu'est-ce que tu es venue foutre ici ? me crie Calvin, une fois que nous sommes dehors.

– Je te demande pardon ?

– Tu es là pour m'admirer au fond du trou ?

La fureur que je lis sur ses traits ne m'est pas familière. L'alcool y est pour beaucoup, c'est certain. Son haleine fétide ne laisse place à aucun doute sur le fait qu'il a dû faire la tournée des bars de San Diego.

– Tu sais quoi ? Je ne sais même pas pourquoi je suis venue jusqu'ici, dis-je en me rappelant que nous sommes fâchés. J'aurais dû laisser tes frères gérer ça seuls.

– Tu as prévenu Julian et Harry ? Putain, mais t'es pas possible !

Je ne reconnais pas cet homme arrogant qui braille comme si nous n'avions rien vécu ensemble. Prudente, je m'approche d'un pas et plonge mon regard dans le sien. La douleur que j'y décèle me fait mal au cœur. Dans un automatisme, je pose la paume de ma main contre sa joue pour tenter de calmer ses blessures. Au même instant, la voiture de Julian se gare sur le bas-côté, et Harry se dépêche d'en sortir. Calvin ne tient pas debout, et vu son gabarit, l'aide de son frère est la bienvenue. À ma grande surprise, Calvin se laisse guider vers l'arrière de la voiture, où nous nous asseyons l'un à côté de l'autre. Une fois en route vers son appartement, une myriade de questions se bousculent dans mon esprit. J'aimerais les lui poser, mais je suis persuadée qu'il n'est pas en état de répondre.

Arrivés à destination, Julian et Harry portent leur grand frère jusqu'au salon où ils le déposent sur le canapé.

– On te raccompagne chez toi, si tu veux, me propose le plus jeune des deux.

– Merci beaucoup. Est-ce que vous pouvez me laisser cinq minutes avec lui ?

– Aucun souci. On t'attend dans la voiture.

Calvin s'est endormi tout habillé, alors je décide de lui retirer ses chaussures et sa veste.

– Hé ! champion, dis-je à son intention, va falloir m'aider un peu, d'accord ?

Il cligne plusieurs fois des yeux et finit par me sourire.

– Tu es tellement sexy… Pas étonnant que tu me fasses perdre la tête.

– L'alcool aide beaucoup, ironisé-je.

Je parviens à lui retirer les manches une à une.

– T'as les mains baladeuses, baragouine-t-il. Je peux te peloter aussi ?

– Dégage tes pattes de mes fesses, Cooper !

J'attrape son plaid qui traîne non loin de là et le recouvre avec.

– Tu joues à ça depuis le début, m'attaque-t-il à nouveau avec un ton plein de reproches. Jouer à souffler le chaud puis le froid.

– Je ne vais certainement pas avoir cette discussion avec toi maintenant. Je ne sais pas ce qu'il s'est passé ce soir, mais tu me dois des explications. Et il est hors de question que tes frères se chargent de me délivrer la vérité. Je veux que cela vienne de toi. Alors, dès que tu auras décuvé, tu as intérêt à m'appeler.

Je le laisse sur ces belles paroles, en espérant de tout cœur que l'homme que j'aime, celui qui est drôle, courageux et bienveillant, saura se montrer plus fort que cet ivrogne dont je viens de m'occuper.

***

Une semaine s'est écoulée entre l'épisode du casino et aujourd'hui. Et depuis, rien. *Nada*. Pas une seule nouvelle de Calvin. Ce manque de considération m'a rendue folle de rage à mesure que les jours ont passé. À tel point que j'ai décidé de lui rendre une petite visite surprise à sa salle de sport.

Celle-ci n'a plus aucun secret pour moi. J'y pénètre comme si j'étais une habituée et me dirige vers le bureau du directeur d'un pas vif. Malheureusement, celui-ci est vide. Je fais donc marche arrière pour rejoindre la salle commune et, à peine la porte entrouverte, j'entends sa voix résonner.

– Monte plus haut ta garde !

Il est en plein entraînement avec un adolescent dans la cage de MMA. Il équipe ses mains de coussins de frappe alors que je m'approche. Son regard croise le mien et, durant une fraction de seconde, ni lui ni moi ne bougeons. Il finit par se tourner à nouveau vers son boxeur en levant ses bras face à lui.

– Enchaîne les gauches et les droites. Et n'oublie pas tes appuis.

Calvin persiste à continuer ses exercices durant plusieurs minutes comme si je n'étais pas là, ce qui m'agace au plus haut point. Je sais que je le dérange en plein travail, mais tout de même.

– On peut se parler ? lui demandé-je d'une voix énervée.

Son poulain s'interrompt aussitôt pour me regarder.

– Est-ce que je t'ai dit d'arrêter ? l'engueule Calvin. Non ! Alors, continue !

Il prend une profonde inspiration avant de me balancer :

– Comme tu peux le voir, je n'ai pas le temps.

– Tu n'en as pas eu de toute la semaine ne serait-ce que pour m'appeler ?

– À quoi bon ?

– Tu te fous de moi, Calvin ? Tu t'es comporté comme un *loser*, et je t'ai pourtant sauvé la mise en venant te chercher avec tes frères ! crié-je pour couvrir le bruit ambiant de la salle. Tu me dois la vérité sur cette histoire de casino !

– Ça ne te regarde pas.

– Ah oui ? Alors pourquoi m'appelles-tu en pleine nuit, dans ce cas ? Pourquoi me reproches-tu des choses que je ne comprends pas ? Pourquoi me fais-tu tourner en bourrique ? m'emporté-je.

– Tu te fais des idées. J'étais soûl, ton numéro est le premier que j'ai trouvé. Et puis, je te rappelle qu'il n'y a pas de « nous », donc je ne te dois rien.

– C'est comme ça que ça se finit, alors ? dis-je, tremblante, en essayant de retenir mes larmes.

Calvin baisse les bras et fait signe à son jeune de patienter un instant. Je m'imagine qu'il va enfin sortir de cette foutue cage, mais non, il s'approche simplement du filet qui l'entoure pour me regarder droit dans les yeux.

– Non, Erin, ce n'est pas fini. Pour ça, il aurait fallu que ça ait commencé.

Il me tourne le dos et reprend son entraînement comme si de rien n'était.

Ces quelques mots me font l'effet d'un uppercut en plein cœur. Aussitôt, je me précipite vers la sortie pour ne pas me donner en spectacle dans sa salle. Je ne me retiens pas pour pleurer en m'asseyant dans le métro. Quel gâchis… Je n'arrive pas à croire que cela ait pu dégénérer à ce point entre nous. Peut-être n'a-t-il pas tant changé que ça depuis l'époque où il a laissé tomber Cameron, la mère de Nina. Peut-être n'en a-t-il rien à faire de faire souffrir les gens qui l'aiment. Peut-être ne pense-t-il qu'à lui.

Lorsque j'arrive à la boutique, je prends la décision de consacrer mon énergie aux choses positives : ma famille et mon travail. Le reste n'est que futilité. J'ai survécu à bien pire que cela. Je m'en remettrai.

CHAPITRE 32

– Vous êtes seule pour déballer tous ces cartons ? s'étonne le livreur qui vient de déposer ma commande dans la boutique.

– Est-ce là votre façon de me proposer votre aide ?

Je lui offre un sourire courtois en signant son bon.

– J'ai encore quelques livraisons à effectuer, mais je peux repasser en fin de journée avec des pizzas…

J'éclate de rire en le voyant faire onduler ses sourcils.

– Vous êtes encore plus jolie comme ça, me baratine-t-il en souriant à son tour.

Après l'avoir remercié, je lui rends sa feuille, et il s'en va en me gratifiant d'un clin d'œil. Ce geste, pourtant anodin, me met un coup au cœur. Et je hurle mentalement d'être encore une fois amenée à penser à Calvin. Cela fait un mois que je n'ai plus de nouvelles de sa part et que je reste pourtant obsédée par notre histoire. Tôt ou tard, j'espère m'en remettre et aller de l'avant, pour mon bien et celui de mes proches. Si Amy et Julian sont amenés à finir leur vie ensemble, il faut bien que je me rabiboche avec cet éventuel beau-frère dont je suis irrémédiablement tombée amoureuse.

Avec le recul, j'en viens à me dire qu'il était peut-être trop tôt pour que j'envisage une vie sentimentale sérieuse. Léon est encore petit et a besoin de toute mon attention. De plus, maintenant que je dois gérer Charleston Clothes et parvenir à relever le défi de Mme Freeman, mon avenir professionnel est en jeu. Autrement dit, j'ai assez de choses en tête pour avoir à gérer en plus les débuts tumultueux d'une pseudo-relation où chaque partie a des valises à trimbaler. Et je me persuade que c'est mieux ainsi.

Comme j'en ai pris l'habitude, je poste une *story* sur Instagram avec tous les cartons dans la boutique qui attendent d'être déballés. Heureusement que Nick garde Léon aujourd'hui et que je n'ai pas à surveiller l'heure pour le récupérer. Ces deux-là s'entendent à merveille, et Léon est formidable. Il s'adapte comme un petit chef à son papa et n'est pas perturbé le moins du monde. Je me suis un peu inquiétée pour rien, finalement.

Pour une fois, je décline la proposition de Maddie d'aller la retrouver pour le déjeuner. Si je veux finir dans les temps, je ne peux m'accorder de pause aujourd'hui. J'ai tellement hâte d'être à l'ouverture ! J'espère que ce que j'ai prévu fera venir du monde. Je n'ai pas le droit à l'erreur.

L'organisation est le maître mot dans l'étape de l'installation. Je commence donc par ouvrir chaque paquet afin de vérifier leur contenu puis les place à l'endroit où les articles devront être installés. Deux heures passent ainsi, pendant lesquelles je déballe, range et installe. Tous les colis ont été dispatchés. Comme c'était à prévoir, il me manque des articles, tandis que d'autres sont en trop. Ces imprévus m'ont pris du temps et me plombent un peu le moral. Sans compter le mal de dos que toute cette manutention m'a donné. Ça va être un casse-tête chinois pour tirer ça au clair avec mon fournisseur. Assise sur mon tabouret qui n'arrange rien à mon lumbago, je m'octroie une micro pause de cinq minutes afin de recharger les batteries. Beaucoup d'efforts me sont demandés à l'approche du jour J, mais mine de rien, j'ai une chance incroyable de pouvoir travailler dans un univers qui me passionne.

Alors que j'ai les yeux rivés sur mon téléphone pour lire les réactions qu'a suscitées ma dernière publication sur les réseaux, j'entends la porte de la boutique s'ouvrir. Je reste hébétée en apercevant Calvin s'avancer vers moi de quelques pas, les cheveux parfaitement coiffés en arrière. Il porte un polo vert clair qui met son regard en valeur. Je ne vois que ça tandis que sa présence envahit tout l'espace autour de moi. Qu'il débarque ici sans s'annoncer après un mois de silence me chamboule.

– Salut, dit-il simplement.

Sa voix se répercute comme un écho à l'intérieur de mon corps. Je me lève et reprends mon rangement pour faire mine d'être occupée, mais également pour éviter de me jeter dans ses bras et de lui dire que je regrette ce qu'il s'est passé.

– Tu as cinq minutes à m'accorder ? me questionne-t-il d'une voix presque timide.

– Vu le temps qu'il t'a fallu pour venir, je propose que tu te débarrasses de ce que tu es venu me dire pendant que je continue mon travail.

Je ne vais certainement pas lui dérouler le tapis rouge après la manière dont il s'est comporté avec moi la dernière fois. Comme promis, donc, je me concentre sur l'habillement de certains portants et fais mine de réfléchir à leur disposition dans la pièce.

– J'avais besoin de régler mes problèmes et de faire le point.

– C'est tout ? m'énervé-je en voyant qu'il n'ajoute rien de plus.

– Erin…

– Laisse tomber. De toute façon, c'est trop tard. Tu n'avais qu'à t'expliquer lorsque je suis venue à ta salle. Au lieu de ça, tu as été odieux. Ce que tu as ou non à dire ne m'intéresse plus aujourd'hui.

– Je sais que j'ai été cruel, mais je te tenais encore pour responsable de mon état à ce moment-là. J'ai compris depuis que tu n'y étais pour rien.

– Félicitations, Einstein. Tu en as mis du temps.

– Il fallait que je retrouve le Calvin que tu connaissais avant de revenir vers toi.

– C'était inutile de te donner cette peine. Je ne sais pas qui tu es et je crois que je ne l'ai jamais su en réalité.

– Bien sûr que si, tu me connais. Il y a juste quelques zones d'ombre dans ma vie que je préférerais que tu ignores. Je ne suis pas fier de tout ce que j'ai pu faire dans le passé.

– Parce que tu crois que je suis fière de m'être fait larguer enceinte à 20 ans ? Ou d'avoir une mère qui me rabaisse sans cesse depuis mon enfance parce que je suis moins intéressante que ma sœur ?

– Il m'était impossible de t'avouer avoir laissé tomber Cameron. Tu venais juste de me décrire la douleur que l'abandon de Nick avait pu te causer. Je… je n'ai pas pu.

– Donc c'est ma faute si tu ne m'as rien dit, c'est ça ?

Il ferme les yeux puis prend une profonde inspiration.

– Tu te souviens du combat de boxe dont je t'ai parlé ? Celui à cause duquel j'ai foutu en l'air ma carrière.

Je hoche la tête en ajustant une robe de soirée sur un mannequin pour masquer le tremblement de mes mains. Je n'en mène pas large.

– Je n'ai pas été tout à fait honnête à ce sujet… En réalité, il s'agissait d'un combat clandestin prévu depuis quelque temps déjà. J'étais jeune et invincible à l'époque. Grâce à mon talent pour la boxe, je me faisais un sacré paquet de fric. Tout ça m'est monté à la tête, et j'ai fini par plonger dans les jeux d'argent. Il m'en fallait toujours plus.

Cette fois, j'arrête mon remue-ménage et le regarde dans les yeux.

– Lorsque j'ai compris que la boxe, c'était fini pour moi, j'étais dans un sacré merdier. J'avais des créanciers à rembourser mais je n'avais plus aucun moyen de gagner du pognon facilement. J'ai vécu une période de ma vie assez dure après ces événements. Plus rien n'avait de sens ou de valeur à mes yeux. Le fait de ne plus pouvoir devenir ce pour quoi j'avais tant travaillé m'a fait me replier sur moi-même et perdre de vue ce qui était réellement important. Mon addiction au jeu s'est décuplée, et j'ai fini par tout perdre. C'est un putain de cercle vicieux. Tu commences par jouer des petites sommes, et celles-ci deviennent de plus en plus importantes sans que tu y fasses gaffe. Lorsque l'argent ne suffit plus, ce sont les objets de valeur qui y passent : montre, voiture… jusqu'à ce que tu sois obligé d'hypothéquer ton appartement pour rembourser tes dettes. Et ça non plus, ça ne t'arrête pas. Tu continues à miser dans l'espoir fou que tu pourras te refaire un jour. Jusqu'à ce que tu te fasses refaire le portrait par les mecs à qui tu dois de l'argent. Là, tu réalises qu'il est trop tard pour rattraper tes erreurs.

La colère que je perçois dans sa voix me noue la gorge.

– Lorsque mes frères m'ont vu dans cet état, reprend-il, ils ont compris que mon problème était beaucoup plus grave que ce qu'ils pensaient. Ils ne m'ont plus lâché et m'ont obligé à suivre une thérapie de groupe. J'ai dû vendre mon appart et quelques bijoux de famille pour me remettre à flot. C'est d'ailleurs pour ça que j'ai créché chez Harry un certain temps. Ça ne fait que quelques mois que je vis à nouveau à North Park. Je tenais vraiment à m'y réinstaller pour me prouver que mes problèmes étaient bien derrière moi. Comme tu l'as remarqué, je n'ai pas encore pu le meubler correctement… Bref. Tout ça pour dire que j'ai fait des mauvais choix que je regrette encore aujourd'hui, mais pour lesquels je tente de me racheter.

Je ne dis rien, car la sincérité que je lis dans ses yeux me donnerait presque envie de tout lui pardonner. Je comprends qu'il ait eu du mal à tout m'avouer. Et ça me fait de la peine de savoir qu'il a dû traverser de tels moments. Mais tout ça, c'est trop pour moi. Je n'arrive plus à réfléchir convenablement. S'il s'était confié plus tôt, nous n'en serions pas là. Nous aurions peut-être réussi à construire quelque chose. À surmonter nos échecs respectifs.

– Je suis venu m'excuser. Je ne pensais pas ce que je t'ai asséné la dernière fois et j'espère que tu le sais.

– Tu as quand même attendu un sacré bout de temps pour me le dire.

– Je suis complètement parti en vrille, Erin. Tu avais raison de te poser des questions sur mes activités nocturnes à la salle. Je ne m'occupais pas de paperasse en retard comme je l'ai prétendu. En réalité, j'organisais des tournois entre boxeurs amateurs. J'ai compris que c'était un moyen de rester proche de ce milieu de paris et d'argent facile. Je me donnais bonne conscience en me disant que ça m'aiderait à subvenir aux charges de la salle. Après notre dispute, j'ai eu très peur de replonger, alors j'ai repris contact avec mon parrain qui m'a suivi durant ma thérapie à l'époque. Il fallait d'abord que je mette fin à tout ça et que je me reprenne en main pour faire les choses correctement avec toi.

– Le problème, Calvin, c'est qu'avec toutes les choses que tu m'as dites depuis que l'on se connaît, je suis perdue. Je n'arrive plus à distinguer le vrai du faux.

Me détournant de lui, je sors mon lot de casquettes et commence à les trier sur le comptoir.

– Dans ce cas-là, Erin, écoute-moi bien, car je vais être entièrement honnête avec toi. Au début, je maîtrisais notre accord. Les choses me paraissaient simples. Tout roulait. Mais petit à petit, mon cœur s'est mis à communiquer avec toi et…

– Oh ! pitié, épargne-moi ton baratin de romantique ! le coupé-je en haussant la voix.

– Je ne sais pas exactement à quel moment je suis tombé amoureux de toi, continue-t-il avec sérieux. Mais je sais que ce sont mes sentiments qui ont foutu la merde. Je ne l'ai compris que lorsque je t'ai croisée avec Nick. Ma jalousie m'a clairement désigné ce que je tentais de faire taire depuis des jours. Quand je suis venu au magasin, tout ce que je voulais, c'était que tu me rassures. Que tu me dises que ton ex n'avait plus aucune importance pour toi. Que tu tenais à moi. Au lieu de ça, tu as insinué qu'il n'y avait pas de « nous ». Ça m'a mis hors de moi ! J'ai pensé que tu étais restée sur notre deal de départ alors que, de mon côté, j'avais tout à fait conscience de l'importance que je t'accordais.

– Donc, pour résumer, c'était à moi de prendre le risque de dévoiler mes éventuels sentiments pour toi à ce moment-là, alors même que tu m'avais caché je ne sais combien de choses à ton sujet et que tu ne m'avais encore en aucun cas prouvé que tu ressentais plus qu'une attirance pour moi.

– Le soir où nous sommes allés dîner au restaurant… je comptais te parler de mon histoire avec Cameron. Je voulais le faire après t'avoir révélé l'histoire de ma blessure au poignet. Mais… j'ai bloqué. J'avais honte de cette période de ma vie pendant laquelle je n'étais rien d'autre qu'un bon à rien. Je venais de ruiner ma carrière à cause de foutues cartes et j'accumulais les dettes de jeu. Comment voulais-tu que je me sente assez responsable pour être père ?

Le carton vide qui contenait les casquettes finit aplati sur le sol. Je me baisse pour le ramasser et vais le poser sur le tas que j'ai prévu d'aller jeter. *Si seulement cela pouvait être aussi facile de se débarrasser de ses sentiments*...

Alors que je m'apprête à soulever cette montagne de déchets, Calvin me coince contre le mur le plus proche et prend mon visage en coupe.

– Je t'aime, Erin.

J'enroule mes doigts autour de ses poignets et secoue ma tête de droite à gauche. Je ne veux pas entendre ça.

– Je t'aime parce que tu es fragile et forte à la fois, parce que tu es un peu folle et responsable en même temps, parce que tu t'assumes pleinement, mais aussi parce que tu es capable de sacrifier ta personne pour avancer.

Cette fois, ça y est, je suis terrifiée.

Ses mots me font autant de bien que de mal. Ils tourbillonnent dans mon esprit et m'empêchent d'avoir une pensée cohérente. Dans ma tête, le mot « alerte » clignote en rouge. La dernière fois que j'ai donné mon amour à un homme, il m'a lâchement laissé tomber au moment où j'avais le plus besoin de lui. Dans la balance pèsent aussi ces dernières semaines atroces que je viens de passer. Je suis terrorisée à l'idée de laisser à Calvin la possibilité de me faire encore plus de mal. Quoi qu'il advienne, je dois penser à mes priorités, et ma vie amoureuse n'en fait pas partie. Léon passera toujours avant tout le reste, et je refuse d'être une maman dépressive pour lui.

– Calvin, murmuré-je, tremblante. Je ne sais pas exactement où j'en suis actuellement, mais je crois qu'on aurait dû s'en tenir à ce qu'on avait décidé au départ. Je t'apprécie beaucoup et j'aime passer du temps avec toi, mais notre dispute m'a ouvert les yeux. Nous sommes incompatibles. Contrairement à toi, je ne veux pas de relation sérieuse. Je suis occupée ici, et Léon est en train de prendre ses marques avec son père. J'ai assez de choses auxquelles penser sans avoir en plus à gérer des problèmes de couple.

Il reste impassible face à moi alors que je viens personnellement de broyer mon organe vital. Je sais que j'ai pris la bonne décision, mais bordel, ce que ça fait mal !

– Que dis-tu de continuer notre accord et de se voir quand l'occasion se présente ? osé-je lui demander afin de lui prouver ma détermination.

– C'est ça que tu veux ? Juste du sexe ?

– C'est tout ce que j'ai à t'offrir, lui déclaré-je en haussant les épaules.

Il me scrute en passant sa langue sur ses dents dans un demi-sourire. Je me damnerais pour savoir exactement ce qui lui traverse l'esprit à cet instant.

– OK, dit-il simplement. Ça me va.

Waouh ! La claque ! À croire que ses mots doux n'étaient que du vent. Il ne tente même pas de se battre un peu pour me faire changer d'avis. Ce qu'il prend pour de l'amour n'est rien d'autre qu'un manque qu'il comblera sans peine d'ici quelque temps. Il fait fausse route s'il croit être amoureux de moi.

Sans me laisser le temps de rétorquer quoi que ce soit, Calvin pose sa bouche sur la mienne, qui s'ouvre sans difficulté pour accueillir sa langue qui m'a tant manqué. Ma respiration s'apaise, comme si je retenais mon souffle depuis notre dernière altercation à la salle.

Sa main droite emprisonne mon sein et en malmène la pointe à travers mon tee-shirt tandis que son genou décale ma jambe sur le côté. Il délaisse rapidement ma poitrine pour glisser ses doigts sous le tissu de mon short. C'est à peine s'il me laisse le temps de respirer entre deux baisers. Lorsqu'il se met à jouer avec mon intimité, des frissons de plaisir me font fermer les yeux.

Sa façon de s'immiscer en moi est un peu brute, mais notre éloignement justifie son empressement. Je tire sur ses cheveux en mordant sa lèvre inférieure pour qu'il sache que j'ai envie de lui. Il accélère alors le mouvement, et je suis presque déçue qu'il ne fasse pas durer le moment. Des gémissements m'échappent, signe évident que je suis sur le point de jouir. Mais alors que le climax est proche, Calvin s'éloigne de moi d'un seul coup. J'ouvre les yeux et tente de comprendre ce qu'il se passe.

– Alors voilà, Erin, dit-il en remettant son caleçon en place. Il est hors de question que nous ne soyons qu'un simple plan cul l'un pour l'autre. Je t'aime, et tu m'aimes. J'en suis persuadé. Si tu veux encore te voiler la face, c'est ton choix. En attendant que tu l'admettes, je ferai exactement comme toi. C'est-à-dire que je ne te donnerai qu'une partie de ce que tu veux.

– Euh… tu te fous de ma gueule, là ? m'écrié-je.

– Tu me refuses ton amour, alors je te refuse ton plaisir, dit-il comme si c'était tout à fait normal.

J'écarquille les yeux, abasourdie par sa nouvelle résolution. En à peine quelques secondes, Calvin a réussi à me faire passer de la tristesse à l'excitation. Et maintenant, c'est frustrée qu'il me laisse, après s'être retiré de moi comme si je le dégoûtais. Décidément, il n'y a que lui pour me mettre dans des états pareils.

– Je te jure que si tu ne finis pas ce que tu as commencé, tu vas me le payer ! le menacé-je avec un regard mauvais.

Il ricane en remettant quelques mèches de cheveux derrière mon oreille.

– Notre couple vaut mieux que de simples coups de reins par-ci, par-là, me dit-il avec un clin d'œil. Je m'y tiendrai le temps qu'il faudra jusqu'à ce que tu m'avoues que tu m'aimes aussi.

Je déglutis et redresse les épaules. Un peu de dignité ne serait pas de trop.

– Si c'est ça, alors tu peux retourner d'où tu viens, lui balancé-je en retournant à mes occupations.

Je tente de maîtriser mes gestes pour qu'ils ne trahissent pas ma frustration. Je ne lui ferai certainement pas ce plaisir-là.

Du coin de l'œil, je le vois tout de même se diriger vers l'entrée.

– Oh ! et j'oubliais, ajoute-t-il, j'ai décidé que je passerai ici tous les jours afin de te rappeler ce que tu loupes. Bonne fin de journée.

Je prends le premier truc que j'ai à portée de main, soit un cintre, et le balance dans sa direction. Malheureusement, la porte est déjà close, et Calvin a disparu, non sans m'adresser un dernier sourire triomphant.

Mais dans quelle galère viens-je encore de me fourrer ?

CHAPITRE 33

Alors comme ça, Calvin Cooper est amoureux de moi…

C'est drôle à quel point ses dernières confidences ont pu balayer les propos blessants qu'il m'a tenus quelques semaines plus tôt. Déjà que j'ai bien du mal à résister à ses charmes d'ordre général, mais alors, s'il se sert du sexe pour me faire chanter, maintenant, je suis dans le pétrin. D'autant qu'il sait utiliser les mots parfaits pour me faire vibrer. Depuis que Calvin a allumé ce feu ardent en moi, je suis comme une cocotte-minute sous pression.

Heureusement pour ma santé mentale, ma peur de souffrir est plus forte encore que sa détermination et m'empêchera, j'en suis sûre, de retomber dans le panneau. En effet, je suis persuadée qu'il agit par jeu pour le moment. Il dit me vouloir, mais a-t-il réellement conscience de ce qu'une relation sérieuse entre nous pourrait impliquer ? J'ai un fils, et il a une fille. On ne peut pas les écarter de l'équation sous prétexte que nous voulons nous faire plaisir.

Le soir même, alors que je me glisse, frustrée, sous la couette et que j'éteins les lumières de ma chambre, la réception d'un nouveau message fait vibrer mon téléphone.

De Calvin :
Tu me manques.

Dans un premier temps, je ne veux pas lui répondre. Je lui en veux, et il m'a mise en pétard, tout à l'heure. Et puis, soudain, je me dis qu'il mériterait bien que je l'envoie bouler. Je commence donc à taper ma réponse lorsqu'il me devance.

De Calvin :
Je t'aime, Erin.

Je t'aime vraiment.

De Erin :
C'est surtout notre alchimie
au lit que tu kiffes tant.

De Calvin :
Au départ, peut-être.

Mais c'était avant d'apprendre
à te connaître.

De Erin :
C'est Harry qui t'a coaché
en drague ?

Non, parce que franchement…

De Calvin :
Arrête de nier ce qu'il se passe
entre nous.

Je sais que tu me veux
autant que je te veux.

De Erin :
Dans ce cas, viens chez moi.

De Calvin :
Es-tu prête à avouer tes sentiments ?

De Erin :
Je suis prête à beaucoup
de choses…

De Calvin :
Tant mieux. La prochaine fois
que je m'enfoncerai en toi,

je veux que tu me murmures
à l'oreille que tu m'aimes aussi.

Il n'y a que tes sentiments
qui m'intéressent.

Tout le monde sait que tu m'aimes.

On pourrait former une belle famille
avec Léon et Nina.

Mais bordel, il va s'arrêter, oui ? Il m'énerve avec ses messages à mi-chemin entre les sextos et les déclarations d'amour. *Moi qui essayais de le faire flancher…*

De Erin :
Oublie le schéma de la famille parfaite.

Est-ce que ma bouche sur ton corps
ne t'intéresserait pas davantage ?

De Calvin :
Je veux ton corps ET ton cœur.

Il ajoute un émoticône rouge qui m'agace d'autant plus. Je décide donc de lui répondre une dernière fois avant d'éteindre mon téléphone.

De Erin :
Hé ! Calvin… Tu sais où tu peux
te le mettre, ton romantisme ?

***

J'ai eu toute la nuit pour élaborer une stratégie de vengeance. Il est hors de question qu'il soit le seul aux commandes de ce jeu stupide. Je dois absolument retourner la situation à mon avantage. Lui faire comprendre qui décide. Plus j'aurai l'avantage sur Calvin et plus mon cœur sera à l'abri d'une énième déception. En effet, je suis persuadée qu'admettre mes sentiments pour cet homme ne lui donnerait que plus de pouvoir. Alors, certes, la panique prend probablement le pas sur mon discernement et m'empêche de voir clair dans le brouillard de mes émotions. Mais c'est la seule façon que j'ai de me protéger.

C'est avec ce nouvel objectif en tête que je me douche et me prépare afin de mettre mon plan à exécution. Vu la tenue que je choisis pour l'occasion, j'opte pour un taxi et évite ainsi le métro et ses potentiels pervers. Cela fait maintenant vingt-quatre heures que je tiens bon et résiste à l'envie de me soulager toute seule. Il est hors de question que Calvin ne finisse pas ce qu'il a commencé, et je compte bien le lui rappeler.

Une fois arrivée à sa salle de sport, je longe le couloir qui mène à son bureau, remontée à bloc. La porte est fermée, mais je ne m'en formalise pas. Je l'ouvre et pénètre à l'intérieur sans prévenir alors qu'il est en pleine conversation téléphonique. Surpris, il redresse la tête et arque un sourcil en me reconnaissant, mais continue tout de même d'écouter son interlocuteur à l'autre bout du fil.

Monsieur veut se la jouer imperturbable ? Pas de souci, j'ai ce qu'il faut pour faire fléchir le bonhomme. Doucement, je fais glisser la tirette de ma veste qui m'arrive à mi-cuisse et remue légèrement mes épaules pour faire tomber au sol le seul vêtement qui m'habille, mis à part mon porte-jarretelles et mes bas. Sa bouche s'ouvre en grand tandis que ses yeux parcourent mes courbes dénudées. Je m'avance vers son siège en faisant résonner mes escarpins de quinze centimètres sur le parquet et l'observe reculer sa chaise pour me laisser un peu d'espace.

– Oui, oui, Harry… je t'écoute, se reprend-il au téléphone. Je suis d'accord.

Je souris en humectant mes lèvres du bout de la langue.

Eh bien, alors, tu perds tes moyens, mon grand ?

Je m'assois sur le bord de son bureau sans le quitter du regard et étends mes bras de chaque côté. Puis, je soulève ma jambe droite et pose délicatement mon pied sur son entrejambe. La main libre de Calvin qui remonte sur mon mollet me déclenche des frissons. Sa respiration se fait courte sous la pression de ma chaussure.

– Bon, Harry, je te rappelle.

Il raccroche subitement son téléphone et le jette à côté de dossiers qui traînent. Dans la seconde, il se lève, écarte mes jambes pour s'immiscer entre elles et colle son torse contre ma poitrine. Une fois qu'il a passé ses bras autour de mon corps, j'incline mon visage et approche mes lèvres des siennes. Je les caresse avec une lenteur qui, j'en suis sûre, pourrait le rendre dingue. Lui refusant pourtant ce baiser, je maintiens une certaine distance entre nous.

– Je sais pertinemment ce que tu es venue faire ici, susurre-t-il à mon oreille.

Toujours au ralenti, je passe mes mains derrière son cou et en profite pour presser mes seins contre lui.

– Tu perds ton temps.

– En es-tu sûr ? soufflé-je en lui jetant une œillade de côté.

Calvin en profite pour me voler un baiser, et nous y mettons toute notre frustration et notre désir de l'autre. Il me manque tellement depuis que nous nous sommes disputés.

– Je t'aime, Erin, répète-t-il. Et mes sentiments sont assez forts pour te résister.

Il s'éloigne, mais je le retiens. J'ai envie d'y croire, mais j'ai peur d'être encore une fois abandonnée.

– Tu me fous la trouille avec tous ces mots, lui avoué-je en posant mon front contre son épaule.

– De quoi as-tu peur exactement ?

– D'être déçue. D'être abandonnée. D'avoir le cœur brisé.

– Je n'ai pas la prétention de connaître l'avenir, mais je sais que je veux rattraper mes erreurs avec toi.

Son index soulève mon menton pour que nos regards se croisent.

– Si tu me repousses, c'est à cause de ce que j'ai fait à Cameron, n'est-ce pas ?

Je hoche la tête en baissant les yeux, ne pouvant soutenir les siens. D'une certaine manière, j'ai honte de le juger. Après tout, qui suis-je pour faire ça ? Et de quel droit ?

– Erin… murmure-t-il. Tu sais mieux que quiconque à quel point j'aime ma fille et à quel point je regrette de lui avoir fait faux bond lorsque j'ai appris qu'elle allait naître. Même si nous avons nos différends, mon souhait le plus cher est que sa mère me pardonne. J'aimerais qu'elle accepte qu'à ce moment-là de ma vie, j'étais perdu. À présent, je ne rêve que de pouvoir partager le bonheur de ma future femme en voyant son ventre s'arrondir. Crois-moi.

Ses mots me touchent au plus profond de mon être. Pour la première fois, je ressens pleinement sa sincérité et suis incapable de réfuter ses sentiments.

– Trop de bonnes choses m'arrivent, tenté-je d'expliquer à Calvin. Léon, l'ouverture de la boutique et… nous. Ce n'est pas normal. Je vais forcément foirer un truc.

– Tu es une maman extraordinaire, Erin. Tu n'as plus rien à prouver de ce côté-là. Quant à la boutique, tu as déjà quasiment tout réglé. J'ai vu l'avancée hier, c'est fantastique.

– Tu l'as dit toi-même, Calvin, je vais finir par tout faire foirer…

– Je t'ai balancé ça à la figure uniquement parce que je savais que ça pouvait t'atteindre. Je ne le pensais pas une seule seconde. Et en ce qui nous concerne, je me battrai pour ou contre toi, mais quoi qu'il arrive, je ne te laisserai pas filer.

Je ne peux m'empêcher de sourire quand il dit ça. C'en est fini de toutes mes bonnes résolutions. Envolée, ma détermination. Disparue, ma colère. Anéantie, ma résistance.

– Dis-le, quémande-t-il alors.

– Dire quoi ?

Il fronce les sourcils et soulève le bout de mon nez du sien.

– Tu sais très bien.

J'inspire et expire un grand coup. Alors, ça y est, je vais le faire ? Je vais lui donner mon cœur, prendre le risque de souffrir et d'être à sa merci ? Je vais lui faire confiance et espérer qu'il prenne soin de moi comme personne n'a su le faire avant lui ?

La réponse est oui. Il me semble que cette fois, je suis prête. Prête à vivre une belle histoire d'amour et à me battre pour un homme. Pas n'importe lequel…

– Calvin Cooper…

– Je t'écoute, Erin Wilkinson.

Je souris et rive mon regard au sien de nouveau.

– Je t'aime.

– Sainte Marie, mère de Dieu ! Hallelujah ! crie-t-il en débouclant sa ceinture.

Je ris aux éclats en voyant l'empressement avec lequel il se protège afin de nous unir. Nos bouches ne se quittent plus tandis qu'il va et vient en moi avec amour. Lorsque nous assouvissons enfin notre appétit de l'autre, nos gémissements ont l'écho de promesses d'avenir.

Mince, alors… Qui aurait cru que les deux sœurs Wilkinson trouveraient l'amour dans une salle de sport ?

CHAPITRE 34

Nous y sommes. C'est le jour J pour l'ouverture de Charleston Clothes, et le stress va probablement me faire avoir une crise cardiaque.

– Félicitations, Erin ! Vous avez réalisé un beau travail, me dit Mme Freeman en passant près de moi, un verre à la main.

– Merci de m'avoir laissé ma chance. J'espère vous prouver aujourd'hui que mon idée était bonne.

– Du moment que vous faites fructifier cette affaire, Erin, je suis ravie, plaisante-t-elle.

Ma patronne est arrivée tôt ce matin pour s'assurer que tout était en place. Je l'ai vu sourire lorsqu'elle a découvert les articles qu'elle avait pourtant recalés mis en avant sur un présentoir. Elle n'a pas dit un seul mot à ce sujet.

Souriantes toutes les deux, nous trinquons avec nos flûtes de champagne et nous dirigeons vers la porte de la boutique pour l'ouvrir en grand. Je parviens à la caler pour que cela incite davantage de monde à entrer et me tourne vers Mme Freeman, les yeux brillants.

– Voilà, tout est prêt.

– J'ai hâte de découvrir ce que vous avez prévu de spécial pour l'occasion. Vous êtes restée bien mystérieuse à ce propos.

C'est drôle qu'elle me dise ça à cet instant, puisque j'aperçois justement l'acteur amateur que j'ai engagé pour jouer le crieur.

– Les choses ne vont pas tarder à commencer, lui avoué-je.

Je lui indique du regard le jeune homme sur le trottoir d'en face. Le moins que l'on puisse dire est qu'il ne passe pas inaperçu avec sa redingote et son chapeau haut de forme. Il trimballe avec lui une vieille valise décolorée, et déjà se retournent nombre de passants sur son chemin. Lorsqu'il arrive devant la boutique, je lui souris et lui fais signe qu'il peut se lancer. L'acteur ouvre alors son bagage, en sort un papier défraîchi ainsi qu'un tabouret pliant sur lequel il grimpe. Dans un geste théâtral, il déroule le parchemin et fait mine de découvrir le texte avant de se lancer en criant haut et fort :

– Oyez, oyez, gentes dames et habitants de San Diego ! Aujourd'hui, et seulement pour une durée déterminée, la boutique Charleston Clothes est heureuse de vous ouvrir ses portes. Vous souhaitez adopter un look original et rétro ? Ne cherchez plus, toutes les modes et styles anciens n'attendent que vous à Charleston Clothes !

Ce garçon est brillant. Son élocution donne le sentiment que nous nous trouvons des années en arrière, et c'est exactement l'effet que je recherchais.

– Mais, Erin ! s'étonne Mme Freeman en posant la main sur son cœur. Ce crieur de rue est une idée de génie ! J'adore !

– Je l'ai engagé pour trois heures, lui indiqué-je, satisfaite. Il va faire le tour du centre-ville et continuer à crier jusqu'à ce que la boutique soit pleine à craquer de monde.

C'est sereines que nous accueillons ensemble les premières clientes, qui ne sont autres qu'Amy, Vanessa ainsi que la sœur et la copine de Trevor. À ma plus grande surprise, ma mère les accompagne et ferme la marche. Elle se précipite près des portants et fait le tour du rayon dédié aux robes de soirées.

– Tu cherches quelque chose de précis ? lui demandé-je.

– Non, pas particulièrement, me sourit-elle en jetant un œil autour d'elle avant de reporter son attention sur moi. Tu peux être fière de toi, Erin, tu sais. Ce que tu as fait ici est spectaculaire.

Prise au dépourvu par cet encouragement tant espéré, je n'arrive même pas à m'en réjouir.

– Tu sais, maman… je le suis. Fière de moi, je veux dire, admets-je, les paroles réconfortantes de Calvin en tête. Mais ce qui me ferait le plus plaisir, c'est que, pour une fois dans ma vie, ce soit ma mère qui soit fière de moi.

Lorsqu'elle perçoit l'émotion dans ma voix à la fin de ma phrase, elle attrape mes mains et les presse l'une contre l'autre.

– Mais bien sûr que je suis fière de toi, voyons !

– Alors pourquoi ne me le dis-tu jamais ?

– Eh bien, parce que tu n'as pas besoin que je te rassure. Tu es forte et indépendante depuis que tu es petite. Tu fais tes propres choix et tu les assumes quoi qu'il arrive. Nous n'avons pas toujours été d'accord sur tout toutes les deux, mais j'ai toujours su que tu t'en sortirais. Peu importe ce que tu entreprendrais.

– Alors pourquoi es-tu constamment en train de critiquer chaque chose que je fais ? J'ai toujours pensé que je ne faisais que te décevoir encore et encore.

– Erin… À chaque fois que tu as fait une chose en laquelle je ne croyais pas, tu as su me prouver que j'avais tort. Et je suis malheureusement trop fière pour avouer quand je me trompe.

Sous le coup de l'émotion, les larmes me piquent les yeux.

– Excuse-moi si mon comportement t'a fait souffrir, dit-elle en me caressant la joue. Je ne pensais pas que tu prenais autant à cœur ce que je te disais.

– Mais tu es ma mère ! Bien sûr que j'accorde de l'importance à tes mots !

– Dans ce cas, écoute-moi, ordonne-t-elle en séchant les quelques larmes qui m'échappent.

Je suis fière de toi, de la maman que tu es devenue et de la sœur aimante que tu es pour Amy. Tu as toujours été là pour elle, comme elle a toujours su te défendre quelle que soit la situation. Ne doute jamais de tes capacités. Tu es forte. Et je t'aime, ma fille.

Cette fois, je ne me retiens plus et me mets à sangloter dans les bras de ma maman. Il va nous falloir apprendre à mieux communiquer l'une et l'autre à l'avenir, si l'on ne souhaite pas gâcher la relation saine que nous pourrions avoir.

– Bon, allez, fait-elle en essuyant, elle aussi, le coin de ses yeux. Laisse-moi faire mon shopping maintenant.

Une demi-heure plus tard, alors que je me suis tout juste remise de mes émotions, ma famille et mes amies s'en vont après m'avoir prise chacune dans leurs bras.

Encouragés par la présence de quelques clientes, de nombreux passants s'arrêtent dans la boutique, et je suis très émue de voir qu'au bout de deux heures d'ouverture, celle-ci est pleine. Mme Freeman semble satisfaite que j'aie pensé à offrir à toutes les personnes qui achètent un article un bon de réduction valable pour leur prochain achat. Idée que m'a peut-être refilée Amy afin que je fasse revenir les gens, soit, mais bon, c'est aussi à ça que servent les sœurs, n'est-ce pas ?

Dans l'après-midi, la cliente de Maddie arrive pour clôturer la journée. Légèrement vêtue mais avec élégance, elle se dandine d'un pied sur l'autre pour installer une sorte de tapis à même le trottoir. Elle extirpe ensuite d'un gros sac une enceinte qu'elle allume et fait un signe de la main aux passants pour savoir si elle doit mettre plus fort. Bien entendu, les personnes rassemblées autour d'elle l'incitent à augmenter le son et commencent déjà à frapper dans leurs mains.

L'effet escompté se manifeste dès les premiers enchaînements de la jeune femme. Le petit public, semble-t-il ravi, filme le show burlesque et n'hésite pas à prendre la danseuse en photo avec la devanture de Charleston Clothes bien visible en arrière-plan. Maddie est elle aussi venue pour enregistrer le spectacle afin que je puisse continuer à gérer la boutique durant ce laps de temps. Mine de rien, je suis fière d'être à l'origine de cette idée et d'y avoir cru jusqu'au bout. Oui, je viens vraiment de me féliciter… moi. Il faut croire que c'est l'effet Calvin Cooper. Quand quelqu'un croit en vous dur comme fer et vous répète chaque jour que vous êtes capable de parvenir à votre but, alors il est bien plus aisé d'avoir confiance en soi. D'autant plus quand cette personne s'avère être l'élu de votre cœur.

Et le voilà justement qui arrive avec sa fille.

– Salut, toi, accueillé-je Nina en souriant. Tu es venue faire des emplettes ?

– Oui ! Papa m'a dit que je pouvais prendre ce que je voulais.

– Oh ! eh bien dans ce cas, ne te restreins surtout pas et fais-toi plaisir !

Je fais un clin d'œil à Calvin alors qu'elle se dirige vers les accessoires à cheveux.

– Ça se passe bien ? demande-t-il, curieux, après m'avoir volé un baiser rapide.

– Je ne m'attendais pas à ce qu'il y ait autant de monde. Je suis ravie !

Au moment où je termine ma phrase, Nick et Léon font leur entrée dans la boutique, et c'est une surprise totale. Mon ex ne m'avait pas prévenue qu'il passerait, et le moins que l'on puisse dire, c'est que le timing est plutôt mal choisi.

– Hey ! lance Calvin à mon ex en allant lui serrer la main. Je suis content que tu aies pu te libérer !

Euh… J'ai loupé un épisode ? Depuis quand ces deux-là sont-ils amis ?

– J'espère que ça ne te dérange pas, me glisse Nick, mais Calvin m'a demandé de ramener Léon à la boutique.

Ce dernier me saute dans les bras, et j'en profite pour lui faire un énorme bisou sur la joue.

– C'est une super idée, sourié-je, mais je ne vais pas fermer avant un peu plus d'une heure…

– Ne t'inquiète pas, Léon reste avec son père, m'avertit Calvin. J'ai simplement pensé que cela te ferait plaisir d'avoir une photo avec ton fils aujourd'hui, histoire de marquer le coup.

Je reste bouche bée, profondément touchée par son geste. Calvin a dû comprendre que j'aimais capturer chaque instant de notre vie, et cette idée ne peut donc que me ravir. Discrètement, je plonge mon regard dans le sien et lui murmure un discret « je t'aime » auquel il s'empresse de répondre. Je lis sur ses lèvres un « moi plus que toi » qui me rend presque fébrile.

Décidément, cette journée est vraiment parfaite.

Près d'une demi-heure plus tard, alors que je m'occupe de clientes indécises et que Nick et Calvin discutent près de l'entrée, mon ex me fait un signe de la main afin de m'indiquer qu'il s'en va. J'ai juste le temps de faire un bisou à mon fils avant que le duo ne franchisse la porte.

– Tu l'as fait fuir ? demandé-je à Calvin, les yeux plissés.

– Mais non, rit-il. Les choses sont cool entre nous, maintenant.

– OK, mais rassure-moi, vous n'allez pas devenir amis ? Parce que je trouverais ça vraiment bizarre.

– Aucun risque ! Je lui ai simplement dit ce que j'aimerais entendre de la part d'un homme qui se mettrait en couple avec la mère de ma fille.

– C'est-à-dire… ?

– Ça, ça ne te regarde pas. C'est une histoire d'homme à homme.

– N'importe quoi !

Je lève les yeux au plafond alors que Nina revient avec plusieurs articles dans les bras.

– Eh bien, tu as très bon goût, la félicité-je de ses choix.

– J'ai vu plein de jolies choses mais je n'ai pris que les meilleures. Et j'ai choisi le sac à main pour maman.

Je me marre en voyant la tête que Calvin fait en réalisant que l'article le plus cher est pour Cameron. Avant que je puisse lui faire la moindre ristourne, il me glisse un billet de cent dollars dans la main.

– Ce qu'il y a en trop, c'est pour la ravissante vendeuse.

Quel baratineur !

– Merci bien, m'exclamé-je pourtant avec un brin d'exagération. Surtout, reviens quand tu veux.

Lorsque Calvin et Nina quittent la boutique, il me reste trente minutes avant la fermeture. Après quoi je ferai un brin de ménage et irai me changer à l'appartement. Nous avons tous rendez-vous au Jam's Rock ce soir pour faire la fête. Et j'ai hâte d'y être. En effet, depuis que j'ai avoué mes sentiments à Calvin dans son bureau la semaine dernière, nous avons tellement travaillé tous les deux qu'il nous a été difficile de trouver un moment d'accalmie. Et puis, ça sera aussi la première fois que nous sortons ensemble officiellement. J'ai besoin de franchir cette étape symbolique pour me dire que notre couple est bel et bien réel.

CHAPITRE 35

La musique bat son plein au Jam's Rock. De nombreux habitués se déhanchent sur la piste tandis que notre petit groupe d'amis reçoit ses premières commandes. Pour célébrer l'ouverture de ma boutique, Calvin a vu les choses en grand et a demandé au serveur de nous apporter du champagne. Être entourée ainsi de tous mes proches dans un moment pareil me fait chaud au cœur.

– Bravo pour ton premier jour, Erin, me félicite Julian. J'ai été un peu vache avec toi ces derniers temps, mais je t'aime vraiment bien.

– Sans rancune, Monsieur Muscles. Mais à condition que tu ne fasses pas regretter à ma sœur d'avoir définitivement emménagé avec toi, plaisanté-je en lui rendant son étreinte.

– Marché conclu, rigole-t-il dans sa barbe. Prends soin de mon frère comme tu as su le faire par le passé. Il n'en a pas l'air comme ça, mais c'est un garçon fragile.

– C'est bizarre, intervient le principal intéressé en glissant un bras possessif sur mes épaules, c'est exactement ce que vient de me dire Amy à propos de sa sœur.

Nous rions en trinquant, et après que j'ai bu une gorgée de ma coupe, Calvin me vole un baiser sous les regards amusés des membres du groupe.

– Ta copine la tatoueuse ne devait pas venir ? m'interroge-t-il.

– Si, mais elle ne me l'a pas promis… Je ne sais pas, j'ai l'impression que cette fille cache quelque chose.

– Tout le monde a ses secrets, dit-il en haussant les épaules.

– Ouais, ben tu ferais bien de tous me les révéler, si tu ne veux pas qu'il t'arrive une bricole, le menacé-je.

– Oh ! tiens, voilà Harry, élude-t-il avec un clin d'œil.

Les frères Cooper se tapent le poing d'un même geste. Le plus jeune a sorti l'artillerie lourde, ce soir. Crête structurée sur le crâne et vêtu d'habits entièrement noirs, il paraît mystérieux et insaisissable.

– Ce soir, je chope, les gars ! D'ailleurs, les frangines Wilkinson, vous n'auriez pas une cousine célibataire ? plaisante-t-il en s'asseyant entre nous.

– Même si on en avait une, tu pourrais courir pour qu'on te la présente, rit Amy.

Harry fait mine d'être offusqué en posant la main sur son cœur.

– Ah ! la voilà enfin ! m'écrié-je en apercevant Maddie entrer au loin.

Elle porte une robe noire moulante qui lui arrive bien au-dessus du genou avec des cuissardes en cuir. Comme aimantés par sa silhouette, la plupart des hommes du bar ont déjà les yeux rivés sur elle et semblent prêts à passer à l'action. Je m'extrais du divan et vais à sa rencontre, un grand sourire aux lèvres. Lorsqu'elle m'aperçoit, le sien s'élargit, et je peux lire le soulagement sur son visage.

– Pardon, pardon, Erin. Je suis complètement à la bourre.

– On a déjà sabré le champagne, mais il y aura probablement une autre bouteille à ouvrir. Viens, je vais te présenter à tout le monde.

Je lui indique notre table d'un signe de tête, mais elle s'arrête dans son élan.

– Attends, dit-elle en attrapant mon avant-bras. Comment tu as dit que s'appelait ton copain, déjà ?

– À vrai dire, il ne me semble même pas te l'avoir dit ! Il s'appelle Calvin.

Elle se pince le nez avant de me faire les gros yeux.

– Calvin Cooper ?

– Euh… oui. Tu le connais ?

– J'aurais dû me douter qu'il n'y avait qu'un Cooper pour mettre une femme dans un état pareil. Je te jure, Erin, qu'est-ce que tu ne me feras pas faire !

Alors là, je suis perdue.

– Tu les connais ?

– Hum… Particulièrement l'un d'entre eux, m'avoue-t-elle. Bon, allez, sers-moi une coupe de champagne, je vais en avoir besoin.

Nous rejoignons le groupe l'une à côté de l'autre, et mon amie s'empresse de saluer ma sœur puis Vanessa, Trevor et leur copine respective.

– Tiens, Harry… Ça faisait longtemps, lance-t-elle ensuite à l'attention du plus jeune frère Cooper.

Sa voix se fait hésitante lorsqu'il lui répond :

– Madelyn ? Qu'est-ce que tu fais ici ? Je te croyais en France.

– Eh bien, non… Comme tu vois, je suis là.

Il se passe une main dans les cheveux, se décoiffant au passage. Il semble drôlement mal à l'aise, là où mon amie affiche un sourire de façade. *Faites qu'ils n'aient pas couché ensemble, par pitié…*

– Tu connais Erin ? lui demande-t-il en haussant les sourcils.

– Décidément, on ne peut rien te cacher.

Heureusement, mon amoureux intervient à cet instant précis pour me sortir de cette confrontation ambiguë et me tire sur la piste pour que nous allions profiter de la soirée. Les Cooper me surprendront toujours.

Tout au long de la nuit, alors que je me déchaîne sur le *dancefloor* aux côtés de mes amis et de l'homme que j'aime, je réalise à quel point je suis heureuse. Ces dernières années ont été difficiles. Elles m'ont fait surmonter challenge après challenge, au point où j'aurais pu baisser les bras de nombreuses fois. Pourtant, aujourd'hui, je suis là. Entourée des gens que j'aime, fière de mon métier, épanouie dans mon rôle de maman. Pour rien au monde, je ne voudrais que les choses se soient faites différemment. Comme le dit l'héroïne d'un dessin animé que Léon adore regarder : « Le meilleur moyen de réaliser l'impossible est de croire que c'est possible[15]. »

---

15. *Alice au pays des merveilles*.

ÉPILOGUE

Il s'est écoulé presque trois mois depuis l'ouverture de Charleston Clothes. Les affaires sont bonnes, et le bouche-à-oreille fonctionne du tonnerre. Je suis donc dans les clous pour réaliser le chiffre d'affaires imposé par Mme Freeman. Cette dernière garde d'ailleurs un œil sur toutes les décisions que je prends tout en commençant réellement à me faire confiance. Sur le plan professionnel, on peut dire que je suis comblée.

Avec Nick, nous commençons à prendre nos petites habitudes. L'alternance de la garde de Léon se fait sans trop de problèmes, et au besoin, nous ajustons. Mon fils est un grand fan de son papa. Il n'y a qu'à voir comment il court vers lui à chaque fois qu'il arrive à l'appartement pour venir le chercher. Nick a su tisser un lien solide avec lui à une vitesse incroyable. La semaine dernière, il m'a prévenue qu'il voulait lancer la procédure pour le reconnaître afin que Léon porte son nom. J'ai donné mon accord à la seule condition qu'il garde aussi le mien. Léon Hearst-Wilkinson. Malgré notre histoire commune, Nick a compté dans ma vie, et je suis heureuse qu'il s'épanouisse lui aussi dans son rôle de papa.

Je n'ai pas revu Maddie depuis ce fameux soir au Jam's Rock où nous avons célébré l'ouverture de la boutique. Quelques jours plus tard, elle m'a envoyé un message pour m'annoncer qu'elle devait retourner en France à cause de problèmes familiaux. Harry m'a harcelée pour avoir son numéro, mais j'ai catégoriquement refusé. Depuis, il boude comme un enfant dès qu'il me voit.

Du côté des amours, ma relation avec Calvin est au beau fixe. Il me pousse constamment vers le haut tandis que je l'aide du mieux que je peux à éviter de retomber dans ses travers. Notre équilibre se nourrit aussi bien de nos faiblesses que de nos forces.

Depuis que je lui ai avoué que ses sentiments étaient réciproques, nous sommes inséparables. Calvin a eu une discussion sérieuse à mon sujet avec la mère de Nina. Je crois qu'il lui a fait comprendre que notre relation n'était pas simplement passagère. Suite à cela, Cameron a dit qu'elle ne s'opposait pas à ce que je sois dans le décor, mais elle refuse tout de même que sa fille dorme chez moi. Je la comprends. Les choses se feront petit à petit si Calvin et moi restons ensemble, ce que j'espère. Et cela ne nous empêche pas d'arpenter le parc Balboa tous les quatre, avec Léon, le dimanche.

***

Il est dans les environs de vingt et une heures lorsque j'arrive à North Park. Comme mon fils passe la nuit chez les parents de Nick, j'en profite pour dédier la mienne à l'homme que j'aime. Ce dernier m'ouvre la porte, une main dans le dos et l'autre sur la poignée. Alors que je m'avance pour l'embrasser, il m'arrête d'un signe de tête.

– Est-ce que tu as été sage ? demande-t-il, coquin.

– Pourquoi ? J'ai droit à une fessée si je dis non ?

– Peut-être bien. Mais avant cela, je vais devoir m'assurer que tu ne vas pas me filer entre les doigts.

– C'est-à-dire ?

Il dévoile ce qu'il tenait caché derrière son dos dans un sourire.

– C'est bien toi qui m'as dit que tu n'avais rien contre une paire de menottes ?

Je lui tends mes deux mains en me léchant les lèvres d'un air aguicheur.

– Je suis toute à toi.

FIN

REMERCIEMENTS

« Émue » et « reconnaissante » sont les deux mots qui ne m'ont pas quittée tout au long de l'écriture de ce second tome de *Cooper Training*. Sans votre engouement pour Julian, je n'en serais pas là aujourd'hui.

Un immense merci à toutes les blogueuses, chroniqueuses, instagrameuses, etc. qui ont partagé leur ressenti sur les réseaux sociaux et qui ont ainsi permis à beaucoup d'autres lectrices de découvrir les trois frères Cooper. Vous m'apportez une part de bonheur à chaque fois que je lis vos mots et pose mes yeux sur vos superbes arrangements photos. J'espère qu'Erin et Calvin vous auront plu autant qu'Amy et Julian.

Cette folle aventure n'existerait pas sans le soutien de Roxane, mon éditrice. Merci de croire en moi comme tu le fais et aussi de me signaler quand mes blagues sont vraiment douteuses… #LucyLiu.

Merci à la team Hugo Poche pour sa confiance et pour l'opportunité qui m'est donnée.

Merci à Fyctia d'avoir fait naître l'autrice que je suis.

Et quelques mercis tout particuliers :

Comme toujours, j'ai pu compter sur ma « jumelle », Marjorie, durant l'écriture de ce tome. Et jusqu'au bout, tu m'as poussée à faire ressortir le meilleur de mon texte. Merci pour ta présence quotidienne à mes côtés, pour ta vitesse de relecture à chaque fois que je t'envoie un bout de texte. Tout cela ne serait pas aussi *fun,* si tu n'étais pas là.

Encore une fois, j'ai eu la chance de pouvoir compter sur Flora pour rendre l'aventure de nos deux tourtereaux plus « bambam » (traduction : « percutante »). Ton honnêteté et ton franc-parler me sont devenus indispensables. C'est inestimable d'avoir une amie telle que toi pour me dire quand mon idée est une FBI (Fausse Bonne Idée).

Estelle, ma businesswoman attitrée ! Tes conseils m'ont été précieux pour tout l'aspect professionnel d'Erin. Merci d'avoir pris le temps de répondre à mes questions et de m'avoir aidée à rendre tout cela plus cohérent.

Emilie, merci à toi d'avoir pris le temps de lire la première version de l'aîné des Cooper, et merci pour tes remarques. J'espère que l'histoire finale te plaira.

Et le meilleur pour la fin : ma famille. Un grand merci à mon mari qui fait preuve de beaucoup de patience et de compréhension. Je crois que c'est parce qu'on s'aime autant que je suis inspirée pour écrire des histoires d'amour. #QLF

Composition et mise en pages
Nord Compo à Villeneuve-d'Ascq